温泉小説

朝比奈あすか

Asahina Asuka

光文社

温泉小説

目次
温泉小説

装　幀　泉沢光雄

装画・本文イラスト　今日マチ子

女友達の作り方

旅に出たいとふいに思い、ネットで見つけた日帰りバスツアーとやらに、勢いで申し込みをしたのだった。

「ひとり参加限定」という条件を見つけた時、これだ、と思った。全員がひとり参加なら気楽だし、もしかしたらいい出会いがあるかもしれない、なんて。いやいや、婚活ツアーじゃあるまいし。申し込みボタンを押しながら、少しにやけてちいさく首を振った。けど、飛行機で隣の席になった人と意気投合して付き合うことに……という、少し前にバズったショート動画が、ちらと頭を過《よぎ》ったのはたしかだった。

そうこうしているうちにツアーの日が来て、いそいそと荷物をまとめ、自宅最寄り駅から電車で集合場所までやってきた。この日のために服を買い、普段より丁寧にマスカラを塗って。

そして思った。

なんか、違う。

旅行会社の旗をもったバスガイドが、

「ひとり旅バスツアーの皆様はこちらでーす」

と周りににこにこ呼びかけている。

改めて思った。

絶対、違う。

集まっているのは、おばさん、おばさん、おばあさん、おばさん、おばさん、おじいさん、といった具合で、え、若い人がまったくいない。ていうか、わたしが最年少。

なかば呆然《ぼうぜん》としていると、

「電車、混んでた？」

近くに立っていたおばさんに、いきなり訊《たず》ねられた。

え、と思って見ると、話しかけてきたその人は、かなりの美人だった。濃いブルーの昭和風アイシャドウとともに、つけまつ毛かまつエクか、何らかの細工を施した目周りが、強い印象を与える。が、どう見ても六十歳は過ぎている。少なくとも、わたしの母よりはずっと歳上《としうえ》に思われる皺《しわ》具合。ちなみにわたしの母は五十五歳。

「ええと……？」

電車というのは、ここに来るまで乗っていた電車ということだろうか。

「わたし、満員電車、久しぶりだったわー。途中で急病人が出たっていうアナウンスがあったから、びっくりしちゃったけど、すぐに動いてくれて、なんとか間に合って良かったー」

おばさんは朗《ほが》らかだった。どうやら、わたしへの質問というよりは、自分の朝の事情を誰かに話したかったらしい。

「そうですかー」

口調を合わせてわたしが答えると、

「受け付けしましょー」

友達みたいな口ぶりだ。どうしよう、この流れでこのおばさんと隣に座るはめになるのか、そのまま丸一日二人組みたいな感じで一緒に行動することになるのか、と、はらはらしながらも、そうなったらなったで仕方がないと諦めている自分もいた。乗り口にバスガイドとおぼしきショートヘアで仕事ができそうな顔つきの中年女性が立っていて、美人なおばさんが「蒲田《かまた》です」と先に名のり、慣れた足取りでバスへと乗り込んでゆく。わたしの番になる。

「宮辺《みやべ》です」

「宮辺さん……宮辺さん……あった」

と、バスガイドは手に持っている出欠簿みたいなボードにチェックを入れる。

「はーい。こちらのバッジを目立つところにつけていただいて、それからお座席を確認して、お座りください」

ツアー会社の名前がついた赤くて丸いバッジを渡された。どうやら、自由席ではないらしい。バスの乗り口に座席表が貼られていて、わたしは前から六番目の窓側に決められていた。「宮辺」のお隣の名前は「高宇」。たかう、と読むのだろうか。見たことのない名前だ。
一、二、三……
と数えながら六番目の席にたどり着くと、そこにはすでに「高宇」さんが座っていた。

よかった、とわたしは直感的に思った。白髪交じりの茶金髪をベリーショートにし、赤いタートルネックのセーターを着た高宇さんは、都会的でかっこいい感じがした。目鼻が小粒で皺が無いから、五十代と言われても、三十代と言われても、そうかもと思えて年齢不詳。さっきの美人の蒲田さんのように、押しの強そうな感じはしない。

「すみません」

わたしが言うと、高宇さんは、

「どうぞ」

と言って、さっと立ち上がってくれた。おしつけがましさのない自然な譲り方だった。わたしはちいさく頭を下げて、奥の席に入らせてもらう。狭い空間だが、座ってみれば窮屈《きゅうくつ》というほどでもない。昔の修学旅行を思い出す。

「よろしくお願いします」

今日一日隣の席なのだからと思い、わたしは頑張って挨拶をした。高宇さんは、会釈してくれたもののすぐにスマホを取り出し、それを見だした。彼女が他人と積極的におしゃべりしたがるタイプではないことに、わたしは改めてほっとした。気楽な旅になりそうだ。

「皆様、おはようございまーす。本日はAK《エーケー》ツーリスト主催、東条《とうじょう》交通さんのバスによる『秋満載！　紅葉懐石に舌鼓！　名湯わくわく温泉王様で紅葉狩り！　もみじ林で富士山と記念写真付き日帰りバスツアー』にお申し込みいただきまして、ありがとうございまーす」

ツアー客が全員乗ると、バスはゆるゆると走り出した。さきほど受け付けをしてくれたバスガイドが運転席の横に立ち、バスの揺れと共に身体《からだ》を揺らしながら話し始める。

「本日の参加者は三十八名様。満席の、大人気ツアーとなっておりまーす。本日一日、安全運転に努めさせていただきますのは、東条交通バス運転手の青木《あおき》さん、青木さんでーす」

ぱらぱらぱらと拍手が湧く。高宇さんは、指の先をちいさくつんつんと合わせる程度の、労力をかけない拍手をしている。わたしのほうが、ちゃんと音の出る拍手をしている。

「そしてガイドを務めさせていただきます、わたくし、柏木《かしわぎ》と申しまーす。日帰りツアーにて、本日一日限りのお付き合いとはなりますが、誠心誠意努めさせていただきますので、どうぞよろしくお願いしまーす。それでは安全のため、ここから先のアナウンスは着席にてさせていただきますこと、ご了承くださーい」

そう言うと、バスガイドは席についた。たしかに、彼女が座ってくれたほうがこちらも安心して聞いていられる。

「さて、朝の新宿駅はまさに今、会社の始業時刻といったところでしょうか。日本最大規模のビジネス街のざわめきの中、バスは目的地を目指し、走行中でございます。順調に行けば、夜の十八時にはここに戻ってくると思いますが、渋滞などでお時間が遅くなることもございます。先週、同じツアーがございましたが、その際は帰宅時間が十八時三十分、十八時三十分だったということでーす」

けっこうこまごまとした情報を伝えてくれるものだなと思いながら、目の前にそびえたついくつものビルを眺めている。

窓のすぐ横を見下ろすと、歩道に会社員とおぼしき人々の姿がある。スーツ姿の男女が、忙しそうに行き交《か》っている。君たちはこれからお仕事なんだろうけどこっちはバス旅行だよーんと愚にもつかない優越感をわざと持ってみるが、そういえばわたしも、逆の立場で仕事へのみちみち視界の中に観光バスをとらえていたかもしれないと思い、しかしその際、別段何も感じていなかったのを思い出す。

バスはバス。仕事は仕事。立場はくるくる入れ替わる。見上げると、都心の有名なホテルの前を通過中だ。

まさにこのホテルで、短大の卒業イベントが開かれたのを思い出す。臙脂《えんじ》色の袴《はかま》をレンタルしたな、という記憶。

あの時、わたしの周りにいたのは短大の同級生ではなく、高校の同級生たちだった。イベントの後、わたしは着替えて、彼らとボウリングに行ったのだ。その中のひとりがわたしの当時の彼で、その友達ともわたしは仲が良く、男五人とわたしというのがイツメンだった。他の男の彼女が時々交じっては消えて行った。その日のボウリングは、女はわたしひとりだったように思う。

短大を出てアルミ加工会社に就職すると、高校イツメンとそれまでのように頻繁《ひんぱん》には遊べなくなった。高校つながりの彼とも別れた。正社員として勤めたわたしが、新しい生活に慣れるのに必死だったというのもあるが、彼らも就職活動が始まり忙しくなったのだ。

アルミ加工会社には、八か月ほど通った。アルミにも加工にも興味はなかったが、正社員になりたいと思っていたので、まあまあの待遇とまあまあの通勤時間に惹《ひ》かれてそこに就職したのだった。

わたしが配属されたのは金属設計課というところで、同期には諸橋《もろはし》さんという女子がいた。

同期といっても諸橋さんは四年制の大学を出ていて、その大学に入るために浪人もしたと言っていたから、年齢は向こうが三つ上だった。「ためぐちでいいよ」と彼女は言ってくれたが、わたしはこっちが三つも年下であることを周りにアピールするためにもずっと丁寧語で話しかけていて、そのせいで最後まで距離が縮まることはなかった。

総合職の彼女は、総合職だから仕方がないのだけど、わたしよりずっときつい仕事を強《し》いられているようだった。わたしは、皆の机を拭いてまわったり、コーヒーメーカーをセットしたり、出張者の土産《みやげ》ものを配ったりというような、しょうもない雑用ばかりしていたのだが、諸橋さんは設計や図面作成といった高度な仕事に勤《いそ》しんでいて、たびたびミスもしているようで、しょっちゅう怒られていた。

三つも年上の諸橋さんと友達になる気はなかったが、同じ空間に長いことといれば彼女の人柄が良いことはわかってくるもので、理不尽に怒鳴られているのを見ると、心が痛んだ。今も彼女の、笑うと皺がよるちいさな鼻や、頰《ほお》の上のほうにぱらぱらと散ったそばかすを思い出す。本人はひどく気にしていて、ファンデーションを濃く塗っていたが、夕方になって化粧が落ちてくると、そばかすがあらわれてきて、心ない男性社員が「若いのにシミだらけだな」などと言った。わたしは内心で、は？と思ったが、諸橋さんは言い返さず、悲しそうな目で笑っていた。「そばかすですよね、白人だと、小学生くらいでもありますよ」とわたしが言ってやると、男性社員はへーってくらいの浅い返しで、諸橋さんは後からわたしに謝ってきた。礼ではなく謝罪する諸橋さんの、そういうところが、人をつけあがらせるのだと、わたしはいらいらした。

彼女をからかったり怒鳴ったりしていたのは三十歳くらいの佐山《さやま》さんという男性社員で、なぜかその佐山さんにわたしは好かれた。気が利くとか、本当は頭がいいとか、飲み会の席でたくさん褒《ほ》められた。飲みの席で、佐山さんは、諸橋さんとわたしを比較し、わたしを褒めるようなこともよく言った。わたしは、ただ褒められるのは悪い気はしなかったが、諸橋さんと比較されると、なんだかそれは、不当な利益を得ているような、奇妙に落ち着かない気分になった。それに、いくら佐山さんに褒められたからといってわたしには仕事に対する向上心はなかった。総合職になりたいなんて、まったく思わなかった。佐山さんもお酒のある場所ではわたしを褒めたが、会社でわたしに諸橋さんと同じ仕事を任せようとはしなかった。

わたしは佐山さんや、その周りの男性社員の前では、にこにこと楽しそうに振舞っていたが、実際のところ、まだ若く、夜遊びをたくさんしていたい時期だったから、会社や仕事をものすごくつまらなく感じていた。とにかく朝早く起きるのがしんどくて——始業が八時だった——、当時の彼氏には辞めたい辞めたいと毎日のようにこぼしていた。

その頃わたしが付き合っていたのは外資系コーヒーチェーンの店長で、社会人になってすぐにマッチングアプリで知り合い、意気投合した。

付き合い始めた時、わたしたちは、わたしたちを出会わせたマッチングアプリを同時にアンインストールし、もうやらないことを誓いあった。しかし、彼は付き合ってから一か月もしないうちから、ふたりでいる時にも明らかにスマホをちょこちょこ見まくるようになり、あまりにも怪しかった。わたしが暗証番号を盗み見してスマホの中身をこっそり漁《あさ》ると、一緒にアンインストールしたはずのマッチングアプリをぬけぬけと再インストールして元気に活動していることがわかった。それを指摘すると店長はいったんキレたが、わたしに詰められると泣いた。泣くのが癖になっているような泣き方だった。

店長と別れ、アルミ加工会社も辞めて、心機一転、求人サイトで見つけた派遣会社に登録した。辞める時、諸橋さんのことだけが若干気になった。なぜか、彼女を置き去りにしてしまった気がした。けど、大手商社の入っているぴかぴかのビルの受付で働き始めたら、前の職場のことなどすぐ忘れた。わたしはそこから十年あまり、派遣社員としてあちこちの会社を転々と巡るタイプの働き方で生きてきた。

最初に就いたその受付業では、びっくりするほどナンパされた。わたしは張り切って、たくさんの飲み会に参加した。……などと言うと、まるで多数の男といちゃついてきたかと思われそうだが、そういうわけでもない。わたしは、仲良くなるうち女として見られなくなり、友達になってしまうタイプなのだ。昔から女子のねちねちした関係が苦手で、女と話すより男と盛り上がるほうが楽しい、さばさばした性格だった。きれいな店の女子会でケーキをつつくより、男たちと居酒屋で飲み明かすほうが好き。彼氏はいたりいなかったりだが、男の飲み友達が尽きることはなかったのだ。最近までは……。


「バスツアー、初めて?」

という声がし、ぼんやりと思い出に浸っていたわたしははっとした。あまりにもくっきりした声だったので、一瞬自分が話しかけられたのかと思った。

「二回目です」

と後ろの誰かが返事をし、後部座席の会話だとわかった。

「前回は何に参加したの?」

「前回は地下迷宮に……」

地下迷宮?

「ああ、わたしもそれ、参加した。二年くらい前に」

このくっきりとした大きめの声は、さっき受付の前でわたしに話しかけてきた美人な蒲田さんじゃないかと思うが、振り向いて顔を確認するわけにもいかない。

「あれ、面白かったけど、寒かったですねえ」

もうひとりは、やわらかく控えめな口ぶりである。

「そうよー。あそこは寒いの。ちゃんと防寒していった？」

「はい」

どうにも気になり、わたしはスマホで、「地下迷宮　バスツアー」と検索した。「地下迷宮の謎を解く～大谷石《おおやいし》文化が息づくまち宇都宮～日帰りバスツアー」というのが見つかり、納得する。

「バスツアーは、お好きなんですか？」

もうひとりが蒲田さんらしき人に訊ねている。

「好きかどうかはわからないけど、よく参加してる」

じゃあ好きなんだろうと思うが勿論《もちろん》黙っている。

「そうなんですか。どこが良かったですか。最近は」

「そうねえ、色々行ってるから……。あ、先月、お友達と埼玉に。そうそう、見て聞いて話す猿のやつに行ってきて、まあまあだったわね」

「ああ、スピリチュアルのツアー」

「そう、それ」

「ご利益《りやく》ありました？」

「さあ。どうかしら」

「うふふ」

わたしは仕方なくスマホにバスツアーのホームページを出して「埼玉　見る聞く話す猿　スピリチュアル　バスツアー」と検索し、「人生百年時代！　見て聞いてたくさん話す『お元気三猿』に会いに行こう！　埼玉スピリチュアルスポット日帰りバスツアー」を見つけて心を落ち着けた。

「ご挨拶遅れましたけど、わたくしね、蒲田と申します」

やはり蒲田さんだったか、と、わたしは妙にすっきりした気分になる。

「あ……、わたしは小林《こばやし》ヒロコと申します」

「小林さんね、お隣さんがいい人で良かったわー」

「ええ、そんなぁ」

小林さんは頬を赤らめているかのような可憐《かれん》な声を出す。歳のいったおばさんたちが、こんな可愛《かわい》らしいやりとりをするのか。

「今日はよろしくね」

「はい。よろしくお願いします」

わたしは静かに窓を見る。日差しに包まれ、遠くに山々の稜線《りょうせん》がくっきりと見えていた。東京都から神奈川県へ入ったところだ。それにしても、わたしのお隣さんは、ずっとスマホをいじり続けている。何をしているんだろうとそれとなく観察すると、麻雀《マージャン》をやっていた。バスで麻雀やるんだ……と思ってから、別にいいけどさ、とまた窓を見る。

「皆様〜」

ガイドの柏木さんがマイクで話しだした。

「さて、当バスはもうじき小田原《おだわら》の有名なかまぼこ屋さんに到着しまーす。スケジュール表には書かれておりませんが、ここでトイレ休憩を取りたいと思いまーす。かまぼこ屋さんの二階テラスからは海が見渡せますので、お手洗いの必要がない方も、少しお立ち寄りいただけると良いかと思いまーす。まだ時間は早いですが、お店も開けてくださっておりますので、早めにお土産をゲットしておきたい方はお買い物もどうぞ……。では、そうですね、バスへの戻り時間は十時二十分。十時二十分までにお願いいいたしまーす」

柏木さんが立ち上がり、「10：20」というパネルを皆に見せる。バスは速度を落とし、かまぼこ屋さんの駐車場に滑り込んで行った。

かまぼこ屋さんというから庶民的な店をイメージしていたが、ガラス張りのとてもきれいな建物だ。皆が降りるようだったので、わたしも降りることにした。集団行動なので、トイレには行ける時に行っておいた方が良いだろう。

行列に並んでトイレを済ませてから、少しだけ店内を覗《のぞ》いてみると、後ろの席の蒲田&小林ペアは何をどうしたのかこの短時間で他の数人のおばさんたちとグループを作り、これは美味《おい》しそう、これは日持ちするかしら、などと言い合いながらいきいきとかまぼこの試食をしていた。わたしは独り、ガイドさんの言っていた二階テラスへ上がった。そこにもすでにツアー客のおばさんたちがたくさんいて、全員ひとり参加のはずなのに、海がきれいですねえ、よく見えますねえ、と口々に感想を述べあっている。たしかに海はきれいだった。しかし、おばさんたちがびっしり並んで写真を撮っているので、わたしの居場所はない。

バスに戻ると、すでに高宇さんは座席にいて、やはり麻雀をやっていた。オンラインなので、途中でやめられないのかもしれない。

「皆様、おかえりなさいませ。お土産を購入された方もいらっしゃったかと思いまーす。二階のテラスからの眺めはいかがだったでしょうか。今日は天気が良かったので、海の色もいっそう鮮《あざ》やかに見えたことと思いまーす。

さて、この先バスはしばらく海沿いの道を走りまして、伊豆《いず》もみじヶ丘レストランにて紅葉の季節の特別ランチをお楽しみいただきます。紅葉をあしらった懐石の重ね弁当とのことですので、時間をとって、ゆっくり召し上がっていただきたいと存じまーす。

その後、皆様にはレストランの建物の裏手にありますもみじ林の散策路をお楽しみいただき、秋の美しい季節を思う存分に味わっていただいてから、ふたたびバスへお戻りいただきまして、それからお待ちかねの『わくわく温泉王様ハウス』！　こちらは、もみじ林を見渡せることで有名な露天温泉だけでなく、ワイン風呂、打たせ湯、それから、えー、寝湯、泥湯、蒸し風呂など様々な種類のお風呂を楽しめる大型温浴ワンダーランドとなっておりまーす。観光客はもちろん、地元の方々からも愛されており、最近は外国人観光客の皆様にも人気だということで」

「ここの露天、寝たままもみじを見上げられて、有名なのよね。ついこのあいだもテレビでやってたわよ」

蒲田さんが小林さんに言うと、柏木さんが「そうなんです！」とその声を丁寧に拾い、「今、お声があがりましたように、『わくわく温泉王様ハウス』は、改築以降テレビや雑誌などでもたくさん取り上げられておりまーす。紅葉の季節はとても人気ですので、今日は平日ではありますが、お天気が良いですから、もしかしたら少し混んでいるかもしれません。なお、こちらでは今流行《はや》りのサ活《かつ》もできる、と伺っておりまーす」

「『さかつ』って?」

後ろの席で小林さんが、ちいさな声で蒲田さんに訊《き》いた。蒲田さんもわからないらしく、

「『さかつ』ってなんでしょう」

と、大きな声で訊く。

「失礼しましたー。『サ活』とは、サウナ活動です。最近、美容と健康のために、サウナと水風呂を行き来して血行を良くし、心と身体を『整える』ことが注目されているとのこと。こちらの施設にはサウナもございますので、皆様も、健康状態と相談しながら、ぜひお試しくださいませ……」

「わあ。見て、海!」

自分で質問しておいて、皆まで聞かずに蒲田さんが大声を出した。

ちょうど景色が開け、青い海が顔を出したところだった。水面《みなも》がきらきらと眩《まぶ》しく輝いている。久しぶりに見る海に気持ちが華やぐけれど、紫外線が少し気になる。一応、日焼け止めは塗っているのだが。

そんなわたしの気持ちを汲《く》み取ったかのように、

「当バスは紫外線カットの遮光ガラスを採用しておりますので、ご安心ください。ただ、それでもやはり気になります方、眩しい方は、お隣の方と相談のうえカーテンを閉めてくださいねー」

と、柏木さんが言ったので、わたしはちらと、隣の高宇さんを窺《うかが》った。自分はこのままカーテンを開けていても良いのですが気になるのならば閉めましょうか、という質問をこめて彼女の表情を見やったが、高宇さんはこちらを見ない。さっきからずっとスマホ画面を凝視していた。まだ麻雀やっ

てんのかなと思って見ると、今度は何やらネットニュースの記事を読んでいる。バスツアーで海まで来て、読みたいネットニュースなどあるのか。

「そうそう、夏に行った浜焼きの食べ放題ツアーも良かったわー」

蒲田さんが小林さんに言う声が、自然と耳に入ってくる。

「まあ、浜焼き」

「あのね、食べ放題なのよ」

「食べ放題」

「そう。その場でなんでも取ってきていいの。ホタテや車海老《くるまえび》やサザエをね、どんどん食べられるのよぉ、炭火であぶってね、ちょっと塩をかけるだけなんだけど、それが美味しいったらなかった」

聞いているだけで唾《つば》がわく。

「羨《うらや》ましいわあ。それも、おひとりのツアーで?」

「ううん。それはね、大食いのお友達と」

「大食いのお友達」

小林さんがころころと笑う。

「そう、そう。もうね、わたし、食べ物関係はその友達って決めてるの。たくさん食べてくれる人と行かないと、面白くないから。で、美術館とか神社仏閣を巡るツアーは、またちがう会社の同僚を誘うのよ。御朱印集めている人がいるから。誰とも予定が合わない時だけ、こういうツアーにするの」

蒲田さんが言うのを聞いて、働いてるのかーとわたしは思った。「会社の同僚」と言っていた。会社勤めしているのか。事務とかしてるのかな。おばさんとはいえ相当美人だし、コミュ力が高すぎる。

なんだか負けたような気分になる。

実を言えば、わたしは無職だ。少し前まで、ベイエリアの倉庫会社に派遣され、事務を執《と》っていたのだが、先月任期満了し、そこを去った。

不景気のせいで、損をしている。これまで、任期満了後も延長してもらった派遣社員や、会社と再契約をして嘱託社員になった人もいたのに、わたしはあっさり切られた。社員のおじさんたちと仲良くやっていたから、契約延長を求められるだろうなと思っていたのだが、会社の業績悪化を理由にお払い箱となったのだ。

とはいえ、通達された時点では、さほど悲観していなかった。同じようなことは過去に何度もあり、都度、登録している派遣会社から別の仕事を紹介してもらえ、経験値が上がったことで、時給も上がってきていたからだ。都内の自宅で両親と暮らしているわたしは、収入ゼロになっても、当面食うに困りはしない。少し休んでから、もっと良い場所を紹介してもらえばいいと思った。

が、今回はそんなに甘くなかった。

「何か事務系の資格があったほうが、企業さんにアピールしやすいんですが」

任期満了が迫り、次の派遣先を求めていたわたしに、新しい派遣担当者はそう言った。

「これまでずっと事務をやっていたんですけど、だめですか」

「いいえ、だめというわけでは。宮辺さんは、経験豊富という点は非常に魅力的なのですが、何かもうひとつあると、より良いというか……」

気心の知れていた以前の担当者は、いつの間にか別の部署に異動してしまっていた。新しい担当者はわたしよりも年下と思われる女で、おまけに面談はオンラインだった。

「今からでも間に合いますから、事務系の資格の講習会を入れるのはどうでしょう」

と、提案され、

「えー、でもそれってお金かかるんですよね」

と、確認すると、いくつかのコースを説明された。そう高くはないが、やっぱりこちらの持ち出しはあるというので、わたしは黙った。

「キーボード入力の検定とかでもいいんですけど。何か売りがあったほうが……」

画面越しにも、担当の女が耳たぶにわりと大きなピアスをつけているのがわかった。髪色も明るい。背景をふざけた外国の街の画面にしており、オフィスではなく、自宅にいるのかもしれず、もしかしてカフェとかだったりしてと想像したらいらついた。そんな舐《な》めた仕事ぶりで給料をもらえている彼女が羨ましくてならなくなった。

ベイエリアの会社は、特に接客などがあるわけでもないのに、身だしなみに厳しかった。地味でださい制服を着させられ、ピアスもネイルもＮＧで、髪色も黒に統一されていた。そういう古臭い会社だったからこそ、事務職の仕事になあなあな面もあり、おじさんたちにお茶を淹《い》れてあげたり、出張者からのお土産ものを配ってあげたりしてぺちゃくちゃ楽しく話していれば、みんなにこにこされて楽しく一日が終わっていく気軽さもあったのだが、画面の中の若い女が自由なムードで、おそらくは正社員として名のしれた派遣会社で働いているのを見ると、不平等な感じがする。せめて、前の担当者に戻してもらいたいと思った。五つ年上の男で、親しくなって、仕事外で何度か飲みに行ったこともある。今までわたしが通っていた会社も、わりと楽で時給が良いというので、彼がわたしに優先的にあてがってくれたのだ。

「前任の加護《かご》さんはどうしてるんでしょう」

参考までに聞いておきたいといった口ぶりで訊ねると、

「さあ。社内異動が何度かありましたから……」

と、要領を得ない返事をされた。そして、

「語学はどうでしょうか。英語の資格がある人を優先的に受け入れてくださる企業さんもありますから」

と、話を戻された。

「英語は、ちょっと」

「あ、別に、業務で英語を使うわけではなく、資格を持っているってだけで。英検三級とかでも」

「ないです」

「そうですか……」

担当の女は、それは困ったといった顔つきで書類をめくり、

「では、今の条件に合うものをサーチしまして、いくつかリストアップしてから送らせていただきます」

と、話をしめくくった。

その後しばらくして派遣先候補が八件送られてきたが、どれも以前の企業に比べると、待遇が下がっていた。交通費に関しても上限をつける会社ばかりだった。事務職希望だと言っているのに、事務兼販売という微妙にきつそうな仕事も入っていた。

これでは話にならないと思ったわたしは、以前の担当だった加護に久しぶりにＬＩＮＥを送った。

手始めに、「ひさしぶりー。元気？」と軽く送ってみたところ、加護からすぐに返事が来た。ピロンッと秒で通知が来た時は笑ったが、内容を読んで、は？　と思う。

「ご無沙汰しております、宮辺さん。お元気ですか。こっちは半年前に結婚し、すっかり落ち着いてしまいました(^^)」

何この人。以前はわたしを桃子《ももこ》さん呼びだったたし、最後にご飯を食べた時など、桃ちゃんて呼んでいい？　と訊かれたり、寒くない？　と腕を撫《な》でられたりしたのだが、あまりにきもすぎてその後誘いを断り続け二年ほど連絡を取らないうちに、担当から降りていた上、結婚マウント取ってきた。

「え、まじでやばい」と呟《つぶや》きながら、「Congratulation!」のスタンプを、間髪容《い》れずに送ってやった。

ピロンッとまた鳴って、「お仕事、がんばっていますか」と加護に訊かれた。わたしが無職になりかけていることを知らないようだったので、任期満了したため新しい職場を探しているのだとあまり感情を込めずに送ってみた。わたしの困窮ぶりを知り、ほくそえむことだろうと思うと癪《しゃく》だったが仕方ない。会って相談に乗ろうか？　と言われたら、少し返事をじらそうか。好みでもない既婚者からあわよくばなんて思われたくはない。思われたくはないが緊急事態だ、良い職場に斡旋《あっせん》してもらえるのならば頼るしかない。全ては加護の出方次第である。

そんなことを考えながら待っていると、またピロンッと鳴って、「宮辺さんならきっとどこでも活躍できますよ。がんばってください」と言われた。そして、アニメのいかついキャラクターが「FIGHT!」と呼びかける、なんだかぎらぎらした感じのスタンプが送られてきた。

加護はどうやら鈍《にぶ》いらしい。事の深刻さがわかっていないと思い、

「新しい担当者に塩対応されてます！」

わたしは思いきってぶっちゃけた。

すると、同じアニメキャラクターの「ドンマイ！」スタンプが送られてきた。知らないキャラクターに「ドンマイ！」とか言われる屈辱よ。わたしから、可愛い女の子が片目から涙を流し「かなしみ」と述べているスタンプを送った。誘いやすくしてあげたつもりだ。さて、どう来るかと思っているうち時は経《た》った。

翌朝確認すると、「かなしみ」への既読はついていた。

まじか？　とわたしは思った。加護のくせに、ここで既読スルーするつもりなのか？

あんなやつに、ここまで手の内を晒《さら》したことが悔しくなった。わたしは加護をブロックしつつ、新しい担当者から連絡が来ていないかを一応確認する。しかし、例のいけてない八件の候補先以降、ノーリアクションだ。こうして次の職場も決まらぬまま、派遣先の女子社員一同からちいさな花束をもらい、名残惜しげなムードを醸《かも》されつつも特に送別会などはされずに、職場を送り出された。

それからひと月近く経た今、わたしは無職で暇を持て余し、母親世代しかいないこんなバスツアーに参加してしまった。


「皆様～」

と、柏木さんが高らかに呼びかけた。

「当バスはあと五分ほどで、伊豆もみじヶ丘レストランに到着しまーす。こちらで、紅葉の特別ランチをお召し上がりいただきますが、その後、レストラン裏手にありますもみじ林の散策路へどうぞー。ゆっくり一周して十分ほどとのことですが、見晴台は写真家の方がはるばる撮影にいらっしゃるほどの富士山スポットとしても知られておりまーす。今日は、皆様の普段の行いが良かったのでしょうか、お天気が最高に良いですから、きっと立派な富士山が見えると思いまーす。ぜひベストショットを狙ってきてください。それでは、見えて参りましたー。次のバスへの集合時間は、では、十三時三十分。十三時三十分と、させていただきまーす」

ガイドがまた「13：30」と書かれたパネルを皆が見えるように掲げる。現在十一時五十分。目的地で過ごせる時間は、都度臨機応変にバスガイドが決めるようだ。渋滞などもあるだろうし、理にかなったシステムである。

わたしたちは順にバスから降りて、煉瓦《れんが》でできた一軒家風のもみじヶ丘レストランの店内へと入ってゆく。

ちょうどお腹《なか》もすいてきたところであった。しかし店内に入り、用意されているテーブルを見て、げっと思う。一人参加限定なのだから、ランチも一人一人個別の席で食べるのかと思っていたが、わりとちいさめのテーブルに四人ずつ相席するシステムだった。好きな人どうしで～みたいなノリは無論ないわけで、大人たちは入った順に席を指定される。自然とバスから降りた順となり、高宇さん、蒲田さん、小林さん、わたしの四人が卓を囲むこととなった。

「素敵なお店ねえ……。どうぞよろしくお願いします」

小林さんが高宇さんとわたしに丁寧に挨拶をしてくれる。声はずっと聞いていたが、真正面から顔を見るのは初めてだ。柔和な声の感じをそのまま体現したような、色白で小太りの優しげなおばさま……いや、おばあさまといった方であった。

その隣に座った蒲田さんは、いつ化粧直しをしたのか、アイシャドウも口紅もばっちりだ。集合場所ではコートを着ていたが、脱いだ下には千鳥格子《ちどりごうし》柄のジャケットに大ぶりの真珠《しんじゅ》のネックレスを合わせていて、時代は感じるものの、ツアー客たちの中でも特に華やか。「こういうツアーって、お昼ごはんが楽しみなのよね。わくわく温泉にいくツアー、他にもいくつかあったんだけど、このツアーがね、お昼がいちばん美味しそうだったのよ」などと話す声も一段と大きい。

「あ、来たわ！」

蒲田さんが言った。

小ぶりな正方形のお重が運ばれてきた。

「これ、もう、いただいちゃっていいのかしらねえ。お腹すいちゃった」

蒲田さんがお茶目な口調で言う。

お重を開くと、

「まあ。素敵」

小林さんが感嘆の声をあげた。

「きれいねえ。量はちょっと少ないけど」

蒲田さんが言う。

鰆《さわら》の幽庵焼き、タコの煮物、海老と南瓜《かぼちゃ》の旨煮《うまに》、胡麻《ごま》豆腐、三種の手毬《てまり》寿司……。カラフルな色どりの食べ物がこまごまと詰め込まれた懐石弁当は、たしかに量は少なめだが、目にも鮮やかで愉《たの》しい。

「どう撮ったら、美味しそうに見えるかしら。うちの人に見せてあげたいから」

と言って、小林さんが料理の写真を撮りだした。蒲田さんも同じくスマホを取り出し、色々な角度からたくさんの写真を撮る。わたしも数枚撮ってみた。

その横で、

「すみません」

高宇さんが手を挙げて店員を呼び、きびきびした口調で赤ワインを注文していた。料理の写真など一枚も撮らず、飲みたいものを飲む高宇さんの姿に、わたしは惚《ほ》れ惚《ぼ》れした。

食べ始めると、

「あなた、まだお若いでしょう。こういうバスツアー、よく参加するの？」

蒲田さんが、もはや堪えられないこの好奇心といった顔で、わたしに訊いた。

蒲田さんは集合場所でもわたしに話しかけてきたし、この席についた時からも実は何度も目が合っていて、わたしに興味を持っているのがみえみえだった。どう考えてもこのバスツアーのメンバーの中で、わたしが圧倒的に若いからだ。敵意は感じられないが、気構えてしまう。

「いえ、初めてです」

わたしが言うと、

「わくわく温泉目当てで？」

と訊かれた。

「あ、いえ。ちょうど休みの日が合ったので……」

「ああ、そうだったのね。若い人は忙しいものね」

「はい、まあ」

「こんなツアーに参加しちゃって、みーんなおばさんやおじさんで、びっくりしたんじゃない？」

「いえいえ。そんなことは……」

「あのね、平日のバスツアーって、だいたいこんな感じよ。わたし、いろいろ行ったけど、いつもね、女性がほとんど。土日はちょっと男の人の数も増えますけどね、平均年齢はだいたい六十五歳くらい？　わたしはもっと上だけどね」

わたしへの質問から自分語りへと持っていった蒲田さんを、

「あら、活動的だからかしら、もっとお若く見えるわ」

と、小林さんが匠《たくみ》の合いの手で喜ばす。

「やだ、若くないわよー、もうおばあちゃんて歳。うちの子たち結婚してないから、孫はいないんだけど、いても全然おかしくない歳なの。あなたはまだ学生さん？」

蒲田さんがわたしに訊いた。

「わたしですか！　いえ、もう三十代です。三十二歳です」

学生かと訊かれ、つい声が裏返った。

「えっ、そうなの。やーだ、ごめんなさいね」

と謝られたが、いやいや、学生に見られたことには嬉《うれ》しさしかない。

「もうね、わたしくらいになっちゃうと、若い人の年齢がわからないのよ〜」

「失礼しますね」

と声がして、高宇さんがいきなり立ち上がった。

え、とわたしは思った。蒲田さんと小林さんも、え、という顔で高宇さんを見た。

驚いたことに、高宇さんはすでに食事を食べ終えていた。ワイングラスも空だった。

「あら、早い」

小林さんが笑ったが、高宇さんは何も言わず、持ってきたポシェットを肩に引っ掛けると、ぺこりと一礼だけしてさっさと店を出て行ってしまった。

蒲田さんと小林さんは、颯爽《さっそう》と去ってゆく高宇さんを、ぽかんとした顔で見送った。

「そうそう」と、蒲田さんが思い出したふうに京都のミステリーツアーに参加した話を語り始め、小林さんが「まあ」「へえ」と朗らかな相槌《あいづち》を打った。蒲田さんの声はよく通り、語り口は面白く、しまいには隣の席の人たちまで身を乗り出して聞き入り、随所で笑いの花が咲き出した。自分の席が盛り上がれば盛り上がるほどにわたしはなんだか居心地悪くなってきて、合わせどころで程よい笑顔を作ったりはしつつも、手と口は常に動かし、ぱくぱくと食べ続けた。重ね弁当とは別の小皿で出されたデザートの干し柿も食べた。そして、

「ごちそうさまでした。先にお散歩してきます」

と、ふたりに告げて、立ち上がった。

「あら、早い」

小林さんが、高宇さんにかけたのと同じ言葉をわたしに言った。

蒲田さんと小林さんは、逆にびっくりするほど食べるのが遅く、半分も片付いていなかった。京都ミステリーツアーの話もまだまだ続くようである。

わたしは急いで店を出て、案内の標識に従って歩き、裏手の散策路の入り口にたどり着いた。ちいさめの丘があり、整備されたきれいな道が頂上へとゆるやかに続いているようだった。ツアー客の多くはまだ店に残っているので、あたりにひとけはなく、先に行ったと思われる高宇さんの姿も

なかった。

わたしは我知らず早足になって、丘をのぼっていた。

しばらく歩くと、写真を撮っている高宇さんがいた。追いついた、とわたしは思ったが、なんだか彼女を追いかけてきたようで恥ずかしくなった。

そこで足を止めて初めて、木々が黄や紅に色づいていることに気づいた。

そういえば、ここは「もみじ林」ということだった。すっかり忘れていたが、紅葉がメインのツアーであった。わたしはスマホを取り出して、紅葉の写真を撮った。少し離れたところで、高宇さんも写真を撮っていた。

高宇さんがずっと同じ場所で写真を撮っているので、ゆっくりゆっくり歩いているうち、わたしは彼女に追いついてしまった。

同じ場所に立ち、

「あ……」

と、わたしは言った。

高宇さんが立っていた場所は丘の中腹だったが、木々の隙間から、くっきりと富士山が見えたのだ。

気づいたのかというふうに高宇さんがわたしを見やったので、

「富士山、きれいですね」

と、わたしは言った。

高宇さんは厳《おごそ》かな表情で頷《うなず》き、

「穴場ですね、ここ」

と言った。

紅葉と紅葉とで富士山を挟んで写真を撮れるので、穴場と言うにふさわしい場所だと思った。わたしが写真を撮っていると、高宇さんはもう満足いくまで撮ったからか、それともわたしが来てしまったからか、その場を静かに離れた。わたしは、高宇さんとの間に少し距離をおこうと思い、そこに留《とど》まって、何枚か加工できる撮影アプリで自撮りをした。しかし、風も吹いてきて、同じ場所に留まって写真を撮っていると、手先や顔が冷えてきた。

わたしは、なんとなく高宇さんの後を追う感じになりながら、歩いた。途中で立ち止まらずに歩いたら、あっという間に頂上の見晴台へと到着してしまった。

プロの写真家がわざわざやってくるというだけに、見晴台からの富士山はくっきりと大きく美しかったが、高宇さんはここではほとんど写真を撮らず、そのまますぐにくだり始めた。わたしは一応、数枚の写真を撮ったが、富士山も紅葉も、もう満腹だ。かまぼこ屋さんの海もそうだったが、見て、写真を撮れば、満足する。集合時間ぎりぎりまであの場所に留まって同じものを見続ける人たちの気持ちがよくわからない。変化しないものを長時間見続けたいと思えない。風景に、わたしはすぐ飽きてしまう。風が吹いてきて、寒いし。

わたしはスマホをしまい、ふたたび高宇さんの後を追うように、歩き出していた。

食べるのも歩くのも早すぎたためか、バスの集合時間まで五十分もあった。このままふたりでバスに戻って誰もいない車内で高宇さんと並んで座るのはなかなか気まずいなと思ったが、他に見るものも行く場所もなく、風も吹いてきて寒いので、もうバスに戻るしかなかった。高宇さんも早くバスに戻りたいのか、そそくさとくだっている。

駐車場に戻ると、先に着いた高宇さんが、バスの中に入らずコートのポケットに手を入れてぽつんと立っていた。

「入れないんですか」

わたしが訊くと、高宇さんはこくりと頷き、

「鍵がかかってますね」

と言った。バスの中は無人で、駐車場にも運転手とバスガイドの姿がなかった。

「まだ食事してるんですかね」

わたしが言うと、高宇さんは、

「ここに時間、取りすぎじゃないですかね」

と、言った。

いや、それはあなたが食べるの早すぎたから、と内心で思ったが、

「ですよね」

とわたしは同意した。

風が吹きつけてきて、高宇さんのむき出しの耳が赤い。明らかに寒そうだ。と思ったら、

「寒い」

と、高宇さんが呟いた。

「店の中で待ちませんか」

レストランの手前にサロンスペースのようなちいさな空間があったのを思い出し、わたしは言った。

言ってしまってから、誘うような響きになってしまったかなと少し後悔した。しかし、誘うような響

きになってしまったのを後悔するというのもおかしな話だった。相手はわたしよりだいぶ年上と思われるおばさんである。この人にどう思われてもいいはずだ。

しかし、

「そうしましょう」

と、高宇さんが言ってくれたので、わたしは自分の提案が受け入れられたことにほっとした。

建物の中はほっとするほど暖かく、レストラン前のサロンスペースにはちいさな椅子がちょうどふたつあった。

「暖かいですね」

わたしが言うと、

「ええ」

と、高宇さんは言った。

並んで座ると、高宇さんは早速スマホを取り出し今度はドラマを見始めた。その圧倒的な素早さにわたしは驚き、落胆した。さすがにこの流れで、ふたりきりの空間で、世間話もせずにスマホのドラマに没頭し出すのは、いくらなんでもコミュ障すぎるのではないかと思う。まったくの他人ならばともかく、バスで隣の席だし、ランチも相席だったし、苗字だけだが名のり合った仲なのだ。それに、この場所で待つことを提案したのはわたしである。ふつうのおばさんならば……たとえば蒲田さんや小林さんならば、いくらでも話題を振ってくれるだろう。おばさんというのはそういうものではないのか。年齢はかなり離れているとはいえ、わたしだって大人だ。暇つぶしのおしゃべりくらいできる。

だが、よく考えてみれば、ここでわたしが高宇さんのコミュ障ぶりに対してもやもやするのも奇妙である。わたしは親世代のお友達を作りにきたわけではないし、高宇さんも自分よりずっと若い同性の友達を作りにきたわけではないだろう。わたしたちは基本他人どうしなのだ。今日会って、今日別れて、それでおしまいのツアー客どうし。そう思えば気楽だ。わたしもスマホを取り出した。しかし、メールもＬＩＮＥも他のメッセージアプリも含め、誰ひとりからも新しい私信はきておらず、ワイヤレスイヤホンを持ってきていないから動画も見られない。わたしは宣伝系のＤＭをひとつずつ削除し、それから知らない誰かが作った短い動画をスクロールして時間をつぶした。猫とうさぎの戯れとか、クレープ作りの工程とか、死ぬほどどうでもいいやつを。

しばらくすると、「あ」と、高宇さんが短い声をあげた。

店の入り口のガラス戸から、運転手の姿が見えたようだ。

「バス、乗れるかも！」

高宇さんが急に快活な調子で言い、立ち上がった。わたしも高宇さんの後を追った。

駐車場に戻ると、さっき見学した丘のほうから、紅葉の散策路を下りてきたのだろうツアー客たちがわらわらとバスに向かってくるのが見えた。いくつものグループができていて、全員が今朝の時点では知らぬ者どうしだったと思えないほど、和気あいあいとした雰囲気だった。

蒲田＆小林ペアは、案の定そのど真ん中にいて、他の何人ものおばさんを従えて歩いていた。朗らかなその姿に一瞬羨ましいような気持ちになったが、あの中に入りたいと思う自分にはなりたくないとも思った。

おばさんたちというのは、自慢したり、おべっか言ったり、噂《うわさ》したり、褒め合ったりで、会話を延々とつなぐことができるのだ。そうやって、果てしなく時間を浪費している。その生態は、どこでも変わらないのだなと呆《あき》れてしまう。

ベイエリアの職場にいた女たちもああやっていつも徒党を組んでおしゃべりしていたなと思い出す。よくよく考えれば、それは「おばさん」の年代だけの話ではない。わたしと同世代や、わたしより若い人たちも同じだ。というか、小学生の頃から変わらない。彼女たちはいつだって、褒め合いと、自慢し合いと他人の噂話だけで、実のある話なんかしていない。

わたしはそういうことを面白がれる人間ではなく、もっとさばさばと笑えるような話をしたいタイプだから、自然と気の合うのは男になった。学生時代もそうだったし、会社で仲良くなったのも、男性社員たちばかりだった。彼らと仲良くしているうち、女たちから妬まれるのがいつものことで、いつの時もわたしは、男友達には恵まれてきたが、ちゃんとした女友達ができた例《ため》しがない。

わたしは、この中でわたしと話が合うのは高宇さんくらいだろうと勝手に思う。

蒲田&小林ペアに迎合せずにひとりで赤ワインを頼む姿や、さっさと散歩に行くところ。まわりを気にせずドラマ見ているのも、なんか、いい。年齢が離れすぎていて友達になれる感じはしないが、ここまでマイペースな人はなかなか見たことがなく、清々《すがすが》しいほどだ。

「皆様～。懐石弁当ともみじ林の散策路はいかがだったでしょうかー。本日は天気が良く、富士山までくっきりと見ることができましたが、当たり前のようで、結構珍しいんですよ。雲のかかっていない富士山の写真は自慢になりますからねー。さて、当バスは、ここから十五分ほど走りまして、『わくわく温泉王様ハウス』を目指します。本日はぜひ、有名な露天温泉に入ってみてくださいねー。秋の美しい風景を目にしながら温泉に浸《つ》かる時間は、皆様にとって日頃の疲れを忘れられる、至福のものとなりますでしょう」

といった柏木さんの説明を聞いているうち、わたしたちは目的地に到着した。短い移動時間であったが、その間も高宇さんはずっとスマホに没頭していた。

『わくわく温泉王様ハウス』というテーマパーク的な名前から、田舎の巨大なパチンコ店のようなエンタメ施設を想像していたら、もみじ林に囲まれた風情ある大きな屋敷が現れた。看板には、ふざけた名称からは想像できないほどオシャレなロゴで『WAKU WAKU King's Hot Spring house』と書かれてある。

「まあ、写真で見るより素敵なところ」

後ろの小林さんが、わたしが思っていたのと同じことを言った。

「バスが来てる。混んでるわね、きっと」

蒲田さんの言葉の通り、駐車場にはすでに大型ツアーバスが二台停《と》まっていた。たしかに、中の風呂が混んでいたら嫌だなと思う。

「それでは皆様、バスへのお戻りは、えー。十五時四十分とさせていただきます。十五時四十分のお戻り、よろしくお願いしまーす」

柏木さんが言い、

「あら、短い。それしかないの」

蒲田さんが不平をもらした。その声を拾った柏木さんが、

「申し訳ございません。せっかくの温泉ですから、本当はもう少しゆっくり時間を取りたいところなのですが、帰りの高速道路で渋滞にはまってしまわないよう、本日は十五時四十分の集合でお願いし

まーす」

とマイクで全体に言う。

短いといっても一時間半もある。わたしは普段それほど長風呂をしないので、ちょうど良いくらいに感じるのだが。

「まあ、帰りがあるからねえ」

蒲田さんがそこそこ大きな声で言った。蒲田さんが、思ったことを口にせずにはいられないたちで、決してクレーマー気質ではないことは、この短い時間でつかめてきている。

「ご理解いただきありがとうございまーす」

柏木さんが応え、もはやふたりで会話している状態だ。

「タオルはついているのよね？」

と訊かれれば、

「はい。すべてそろっておりますので、貴重品以外はバスに残してお出かけください」

と答える。

「入浴後にはラウンジにてドリンクサービスもついておりますので、少し早めに上がっていただけると良いかと思いまーす」

蒲田さんと柏木さんのやりとりを聞いていて、わたしは、昔自分がいた教室に、思ったことをすぐ大声で言う子がいたのを思い出した。空気が読めないわけではなく、自分の言うことに耳を傾けない人などいないだろうという自信から、平気で言葉を発することができる強者《つわもの》だ。その子が「先生――」と呼びかけると、先生はつられたように答えてしまう。あの子はいったい、どうしてあんなに自信満々だったのだろう。苛《いら》つく半面、羨ましくもあった。あの子が発した質問や意見で皆が助かることもあったから。

そういえば蒲田さんは、朝の集合場所で「電車、混んでた？」といきなり訊いてきた。わたしたちが初対面であることや、いきなり話しかけられたほうは戸惑うかもしれないといった考えはなく、訊きたいから訊く。自分に話しかけられて、嫌な思いをする人がいるわけがないという圧倒的自信。さぞや自己肯定感を高められる育ち方をしてきたのだろうな。若い頃、相当美人だったことも、理由のひとつかもしれない。昼食後にさっさとどこかへ行ってしまった高宇さんについて一切噂話をしなかったところからして、性格の悪い人ではないと思った。話しぶりにユーモアもあるし、いつも、どの場所でも、人気者だったのだろうなと思わせる華やかさがある。あちこち遊び歩いているところからして経済的にも恵まれているのだろう。羨ましいなと少し思う。

バスは駐車場に停まり、わたしたちはまたぞろぞろと『わくわく温泉王様ハウス』の建物の中へと入って行った。降りた順に歩いてゆくので、わたしは高宇さんの後ろについていた。一時間半しかないとわかっているからか、全体的に、早足だ。高宇さんもわたしも早足で、施設へと向かった。

入り口で、係の人がツアー客全員に順にバス用品の入った手提げと、ちいさな画面のついたピンク色のアームバンドを渡していった。このアームバンドにはセンサーが埋められていて、靴箱とロッカーの鍵と会計の役割を同時に果たしてくれる。おまけにボタンを押せば血圧と脈拍も測れるという。田舎にある施設のわりに、最新鋭の技術が搭載されており、軽く驚く。

ロッカールームもきれいだった。アームバンドを順に受け取ったので、わたしは高宇さんの隣のロッカーだった。反対側の隣は蒲田さん。今日出会ったばかりとはいえ、なんとなく顔見知りになった人たちの前で服を脱ぐのは少し恥ずかしい。わたしがもぞもぞと下着を取っているうち、高宇さんはあっという間に全てを脱ぎ捨て、手提げの中に入っていた洗顔タオルで前を隠して、さっさと温泉へ向かっていった。一方蒲田さんは、時間がないなどと言っていたわりに、隣の小林さんと連れ立って水を飲みに行ったり洗面所を見に行ったりと、ゆったりと過ごしている。「お先に……」と心の中で言いながら、わたしはここでもまた高宇さんを追っているかのような足取りで、温泉エリアのほうへ足を進めた。

「ひっろ……」

扉を開けて、わたしは驚いた。

プールみたいに広い内湯の奥のほうに、滝があり、その手前は泡風呂だ。赤っぽい色の温泉もある。これがワイン風呂か。

――『わくわく温泉王様ハウス』は、もみじ林を見渡せることで有名な露天温泉だけでなく、ワイン風呂、打たせ湯、それから、えー、寝湯、泥湯、蒸し風呂など様々な種類のお風呂を楽しめる大型温浴ワンダーランドとのこと、観光客はもちろん、地元の方々からも愛されておりまーす。

柏木さんが言っていたのを思い出す。こうした共同浴場に滅多に行かないわたしは、この広さだけでも唖然《あぜん》としてしまう。さきほど大型バスが二台停まっていたので若干危惧《きぐ》したけれど、これだけ広い施設なら、よほどたくさんの人が来ない限り問題ないだろう。今も、大きな内風呂はがらがらにすいている。露天のほうに、皆、集まっているのだろうか。

わたしはなんだか楽しい気持ちになってきた。

こういう場所ではやはり最初にかけ湯をして身体の汚れを落としてから、温泉に浸かるとよいのだろう。遥《はる》か昔に友達と行った箱根《はこね》の温泉の記憶を手繰《たぐ》り寄せ、洗い場へと向かう。それぞれのシャワーの横に馬油《ばーゆ》のシャンプーとコンディショナーがついていたので、それで髪を洗った。馬の油でキューティクルが守られるのだろうか。

手提げに入っていたヘアバンドで洗い髪をまとめてから、外に出る扉を探した。あまり時間がないと蒲田さんが言っていたのを思い出し、まずは有名だという露天風呂を見てみようと思ったのだ。

広い内風呂の奥に、「露天風呂↓」と書かれた扉があり、そこから中へ入ってくる人がいたので、入れ違いにわたしは外に出た。

晴れやかな青空の中に、ぱあっと鮮やかな秋の色が広がった。

赤や黄の美しい紅葉の林を、どの位置からでも眺められるよう横に長く作られた露天風呂があり、縁《ふち》の浅い部分にたくさんの人が寝そべっている。子どももいる。老人もいる。太い身体も細い身体もある。なるほど、あそこに寝転がれば温泉に浸かりながら紅葉を眺めることができるのだ。どうりで人気なわけだと合点するが、人があまりにゴロゴロと隙間なく寝そべっていて、程よい空間が見あたらない。それに、今気づいたのだが、わたしは、無数の裸体の中に自分の身体を並べることが不快なのだ。温泉というものが、実はあまり好きではないことに、このタイミングで気づいてしまう。潔癖症なわけではないと思うのだが、いくら紅葉がキレイでも、子どもがおしっこしているかもしれない、こんなごったがえした液体の中に、浸かりたくはない。

……と思ってすいている内風呂に引き返そうとした時、露天風呂の対面にあるちいさな蔵の扉が開いて、タオルを身体に巻きつけた高宇さんがそこから出てきた。その姿を見て、わたしはびっくりした。高宇さんは顔が真っ赤で、肩や腕といったむき出しの部分に無数の汗の玉を光らせていた。

わたしは、バスの中で柏木さんが言っていたのを思い出した。

——サウナもございますので……

高宇さんはわたしを認識し、ぺこりとちいさく頭を下げると、蔵を出てすぐのところにある水風呂の水を汲んで、ばしゃばしゃと身体を流し、それからざぶんと中に入って、

「あああー」

と低い声を発した。

あまりにも気持ち良さそうに目を閉じる高宇さんの姿を見て、わたしは羨ましくなった。

そうか、高宇さんは「サ活」する人なのか。美容と健康のために、サウナと水風呂を行き来して血行を良くし、心と身体を『整える』……。

わたしは、自分が昔母親と行ったスーパー銭湯でサウナに入って五分と耐えられなかったのを思い出した。

あの時から十年以上経っているから、今なら入れるかもしれない。そう思い、高宇さんが出てきた蔵に入ってみることにした。

中は薄暗く、誰もいなかった。木製のベンチが三段あった。高宇さんの汗を見て若干懸念したほどには熱くなく、これなら長く入れそうだと思ってほっとする。と同時に、この程度の暑さであれだけ汗をかけるということは、高宇さんはどれだけここにこもっていたのだろうと思う。それとも、相当な汗っかきなのだろうか。

ひとまず座ろうとわたしは思った。しかし、どこに座れば良いのかわからなかった。

とりあえず出口に近い端の席にタオルを敷いて座ってみた。じんわりと腰のあたりが温まる。紅葉を眺められる温泉が売りだとさんざん聞かされてきたというのに、高宇さんはずっとこの中に閉じ込もっていたのか。紅葉も見ないで、本当に、不思議な人だ。けど、わたしも紅葉を無視してこんな穴蔵に籠っているのだから、同じだ。

そんなことを考えていたら、サウナの蔵の扉が開き、高宇さんが入ってきた。

わたしはぺこりと頭を下げた。高宇さんのことだから、誰とも話したくないだろうと思い、視線をそらすと、

「いいサウナですよね」

と、彼女から話しかけてきたので意外に思った。

「そうですね」

どこがいいのか正直わからなかったが、わたしは答えた。

「水風呂も、すごくいいですよ」

高宇さんは言った。声が明るかった。

「へえ」

「十六度台前半だと思います。水質も素晴らしいです」

水質？

「水風呂がお好きなんですか」

わたしが訊ねると、勿論、というふうに頷く。

「ここの施設、水風呂はかけ流しなんですよ」

「はあ」

「こんなにキリッと冷たく澄んで、飲めるほどにきれいな水風呂って、本当に貴重です。このサウナは九十度ないので身体を温めるのに時間がかかりますけど、その後の水風呂が最高です。でも、あと一往復しかできないかなあ……。時間が足りない！」

と、高宇さんは悔しそうだ。

「足りないですよね」

「ねー。やること少ないツアーだから二時間くらいはサウナに取れるかと思ったんですけど。あんなクソつまんない人工林で無駄に時間取られるとは。ツアーって便利だけど、時間配分だけは不自由ですよね」

サウナの中の高宇さんは外とは別人のように饒舌《じょうぜつ》だった。わたしはなんだか嬉しくなって、

「他のツアー客のおばさんたちもずっとうるさかったですしね」

と、高宇さんが喜びそうなことを言ってみた。

しかし高宇さんはわたしのその発言には、え？　というふうにちいさく首をかしげただけだった。

薄い反応にわたしは少し焦り、

「わたし、女の人たちが集まってわいわいやっているところに交じるの、苦手なタイプなんですよー」

と言った。

高宇さんがゆっくりとまばたきをし、首をかしげたままこちらを見た。自分も絶対そのタイプのくせに、と、すぐには同調してくれない高宇さんに対してわたしは少しだけ苛つく。それで、

「実はわたし、ふだんは同性より男友達とわいわいやってるタイプなんです。蒲田さんはわたしのこと若いって言ってたけど、わたしは、このツアーに参加してるおばさんたちに若干引いてしまって。だってこのツアー、みんなひとり参加のはずなのに、すぐに友達作って、バスの中とかもうるさくて、びっくり。蒲田さんと小林さんはバスでわたしたちの後ろの席でしたよね。ずっとしゃべり続けてて、すごくないですか？　悪い人たちじゃないけど」

と、つい言葉を重ねていた。

するど、高宇さんがちいさく頷いた。そして、

「わたしも若い頃、女が苦手な女だったから、その気持ちもちょっとわかる」

と言った。

「わかりますよね！」

女が苦手な女、という高宇さんのフレーズに、わたしは拍手したいくらいの気持ちになった。まさにわたしがその手の女だからだ。

もう少しこの話を続けたかったのだが、サウナの扉が開き、人が入ってきた。同じツアー客の人かどうかはわからなかったが、この話を続けるのは少し気まずい気がして、高宇さんもわたしも黙った。すでに暑くてたまらなくなっていたので、高宇さんを待ちきれず、わたしは先に出ることにした。

「水風呂、入ってみてね」

立ち上がった時に、高宇さんに言われ、振り向いて、

「はい」

と答えると、高宇さんはにっこり笑ってくれたので、仲良くなれた気がして嬉しくなった。

外の空気はひんやりとしていて、火照《ほて》った身体に心地よかった。いざ身体を流そうと思ったところ、しかし盥《たらい》に汲んだ水風呂の水が、もう、絶対に無理な冷たさでびっくりした。こんなところに入ったら心臓が凍ってしまう。というか、高宇さんはこんなところに入ったのか！

「いや、無理」

そう呟き、水風呂を諦めて、室内の洗い場へ向かった。

相変わらず露天風呂には裸の女たちがごろごろと蠢《うごめ》いていて、いくらなんでもここに入るのは無理だろうと思われた。

よく見ると、蒲田&小林ペアは、他の数人のツアー客と朗らかにおしゃべりしながら、紅葉の下でごろごろしている。わたしは見なかったふりをし、タオルで身体の前の部分をしっかり隠して洗い場へ行き、シャワーで汗を流した。

それからもう一度サウナに向かった。ちょうど水風呂から上がった高宇さんと一緒のタイミングでサウナに入れた。

またふたりきりになった。

「水風呂、めっちゃ冷たくて無理でした」

と、わたしが言うと、高宇さんは、「なんでー」と言って笑った。その打ち解けた口ぶりからして、もうわたしのことを完全に友達と見なしていると言ってよかった。わたしは嬉しくなって、

「高宇さんて、普段は何をされてる方なんですか」

と、一歩踏み込んで訊いてみた。

「歯科医ですよ」

高宇さんは答えてくれた。

「えっすごい。どこで働いてるんですか」

「都内の歯科医院」

地名までは濁《にご》された。

「でも、わかる！　そんな感じします。なんか、頭よさそうだし。あ、わたしは派遣で事務をやってます」

わたしは言った。派遣の契約は切れてしまったが、立派な仕事に就いている年上の女性に、無職の女と思われたくなかった。

高宇さんは黙って微笑《ほほえ》んでいた。

「結婚はしてるんですか」

話を続けたくて、わたしが訊くと、

「してない」

高宇さんは短く言った。

「あ、わたしもです！」

わたしは言った。共通点が見つかり嬉しかった。

「え、年齢とかって訊いていいですか」

「いいじゃない、そんなの」

高宇さんは笑った。

「すみません」

わたしはさっきのランチで自分の年齢言っちゃったのになと少し思ったが、言いたくないなら仕方ない気がした。

高宇さんがわたしに何も訊いてくれないので少しのあいだ沈黙が流れた。会話を続けたいわたしが何を訊こうか迷っていると、今度は高宇さんから口を開いた。

「さっきの話に戻るけど、女友達、少ないの？」

「わたしですか？」

「うん」

「そうですねー。男のほうが気が合うっていうか」

わたしは言いながら、どうしてそんなことを訊かれているのだろうと思った。

「でも、作っておいたほうがいいよ」

高宇さんが言った。女友達を、ということだろうか。

「まあ、そうなんですけどねー」

わたしは少し笑いながら答えた。

だが、高宇さんはもう笑っていなかった。

「歳をとってからは、女友達がいたほうがいいから」

と言った。

「あー、まあ、そうですよね」

わたしは頷きながら、でも高宇さんもこのツアーではずっとぼっちだったじゃないかと思った。

「わたしがそう気づいたのは三十代。今のあなたと同じ歳くらいだった。この話、もう少ししてもいい？」

高宇さんが言った。

「ええ、もちろん」

「勘違いだったら、ごめんなさいね。でも、あなたはもしかしたら、わたしとあなたが似ていると思ってくれているのかもしれない。わたしもあなたを見ていて、そう思う。だから話すんだけどね、わたし、昔は男友達が多いほうだったの。というか、男友達しかいない時期が長かった。高校時代は男子バレー部のマネージャーをやっていたし、大学はクラスの九割が男だったし、おまけに男がほとんどのサークルに入っていたから。男四人とわたしひとりとか、そんな感じでつるんで、よく飲みにも行ったな。たまに同級生の女の子と話したりすると、なんか話題もないし、この人たちってつまらないなって思ってね」

「あ、それ、すごくわかります。なんか、女子って話してることがだいたい浅いし、つまらないんですよね」

「そう。男友達と飲んでる時のほうが、女の子といるより面白いって、思っていた。男の子とばかり一緒にいるから、『ヤリマンじゃないか』っていうような悪口を言われたこともあったけど、わたしは恋愛体質じゃないし、女としてモテていたわけじゃない。わたしと飲む男の子たちの中には、彼女がいる子もいたし。だからこそ、彼らと純粋な友人関係を築いているって思っていた。わたしは、そこらへんの女の子たちとは違うって。男と気が合うって、男と友情を築ける女だって、心のどこかで誇ってたんだと思う」

話の途中で、高宇さんが全て過去形で話していることに気づいた。

「だけどねえ、二十代後半から三十代前半にかけて、まるで櫛《くし》の歯が欠けてくように、ぽろぽろと飲み友達が減っていくことに気づいた。たまに集まって飲んでも、彼らのテンションが以前と違うっていうか。なーんだ、男って、働き出すと会社命になるんだとか、結婚すると奥さんを優先するんだとか思って、つまんないなーってぶーたれた時期もあった。もちろん、わたしも仕事を始めて忙しかったんだけど、それでもわたしは彼らのこと、呼び出せばいつでも来てくれる存在って、心のどこかで思っていたんだよね。友達だから、仲間だからって」

「はあ……」

「でも、ある時ふと、わたしって彼らの友達でも仲間でもなかったんじゃないかなって思ったの。むしろ、ずっと、酷《ひど》いことをしてきたのかもって思ったんだよねえ」

「酷いこと？」

「これはね、本当に自慢でもなんでもなくて、後から客観的に思い出して、気づいたことなんだけれど、わたしは、自分は恋愛体質じゃないって思ってはいたんだけど、それなりに彼らから女として見られていた時期が、あったことはあったの。うーん、露骨にいうとさ、『やりたい』っていう目で見られたことが、なかったわけではないってこと」

「あ……」

「わたしは無意識に気づかないふりをしていた。友情でありたかったから。でも、どうしたって、わたしは女でしょう。おもろかろうが、話せようが、女でしょう。彼らは、わたしがいると、会話を選ばなければならなかったと思うし。実は、いろいろと気を遣わせていたかもしれない。

思い返せば、五分前まで陽気な飲み仲間だった男の子が、一対一になった時にふっと気まずそうになったり、それまでと違う目で見てきたり、酔いに任せたふりで手を握ってきたり、そういうこともあった。わたしは、毎回うまーくかわしてきた。巧《たく》みに逃げたり、笑いに変えたりしてね。彼らは、本当に、良い人たちだった。力ずくでわたしを襲うようなことを一度もしなかった。わたしの意を汲んで、合わせてくれた。なんてったって、サークルの仲間だったから。クラスメイトだったから。友達だったから。でも、わたしが異性であるってことは、あの年代の男子にとっては、わたしが思う以上に大きいことだったんじゃないかって、今になったら思うのよね」

「高宇さん、モテモテだったんですねー」

わたしはわざと軽薄な口ぶりで言った。そう言うしかない気分だった。

高宇さんは否定せず、

「わたしは、わたしが面白い人間だから、わたしと話すのが楽しいから、彼らはわたしと一緒にいてくれてるんだと思いたかった。でも、今になったらよくわかる。わたしは女だというだけで、何かを期待させ、いつもサービスしてもらっていた。面白い話をしてくれて、笑わせてもらって、なんなら会計を少し持ってもらったりもして、いつだって特別扱いされていた。それに気づかずに、鈍感に男友達の多い女をやっていたわたしには、気づいたら信頼できる女友達がひとりもいなかった」

高宇さんはひととおり話すと、ふー、と息を吐いた。

大粒の汗が、額からぽたりと膝に落ちた。

わたしは、この数週間の自分を思った。だいたい毎日家でだらだら過ごしていた。求人情報を見たり、マッチングアプリを見たり、昔の男友達とＬＩＮＥしたり、録《と》りためていたドラマを二周したりしていた日々。外出したのは一回だけ。昔の男友達に無職になったと言ったら、誘われたのだ。指定されたのが山手線内側の繁華街で、しかも始まりが夜の八時と言われたため、最初からテンションは低かった。昔は彼らを実家のエリアまで呼び寄せていたけれど、社会人になると皆忙しいらしく、都心で飲みたがる。わざわざ化粧をして夜に出かけるのはだるかったが、行った。大学生の間ぜんぜんモテなかったくせに彼女ができたというその男友達に、彼女とのＬＩＮＥのやりとりを自慢された。以前はグループで朝まで飲んだものだが、最近体力がなくなってきたよねなどと言い合って終電よりずっと早い電車で別れた。

実をいえば、この数週間で他に三人ほどに声をかけていた。いずれも昔よく遊んだ男友達である。高宇さんじゃないけど、正直、彼らも皆、わたしを好きだった時期があると思う。隙《すき》あらば……という目で見られていた自信もある。だから、傲慢《ごうまん》なくらい隙ありまくりの文面を送った。それに対して、三人からの返事はそっけなかった。いや、そっけなく感じたのはわたしが勝手に粘っこい期待をしてしまったからだろう。三人とも、旧友に誘われた社会人として、常識的な返信をくれた。それを見て、自分の送った文章が急に恥ずかしくなった。

〈元気？　無職になってひまなんだけど、何してる？　ひまなら飲みに行こうよ〉

「今、地方だから」「結婚したので」「仕事が忙しくて」といった前置きから、示し合わせたかのように「今度みんなで集まりたいね」で締めくくられていた彼らからの返信に、わたしは滅入った。

――だけどねえ、二十代後半から三十代前半にかけて、まるで櫛の歯が欠けてくように、ぽろぽろと飲み友達が減っていくことに気づいた。たまに集まって飲んでも、彼らのテンションが以前と違うっていうか。

そうなんです！　高宇さん！　まさにわたしが今そうなんです！　という言葉が喉まで込み上げて

きたけれど、言いたくはなかった。それは言葉にしたくないことだった。高宇さんには認められた自分の価値の無さを、わたしはまだ、自分に突きつけられないでいる。

「ある日、このまま何も変わらずにいたら、この先、自分はひとりで生きていくことになるって、ぴしゃりと感じた。そして、わたしに本当に必要なのは、女友達じゃないかって、その時思ったんだよね。男と友情を築けなかったたって認めるの、敗北みたいだけど、それ多分わたしが、心の奥で、自分でも気づかないうちに、『女として見てもらいたい』って思ってしまっていたせいなのね。そう思ってしまう女は、男と友情を築けない。だから、わたしに必要なのは、同性の友達なんだって思った。そこから性根《しょうね》を入れ替えて、女友達を作る努力をした」

「女友達を作る努力」

わたしは高宇さんに訊きたかった。

努力で、友達って作れるんですか？

ていうか、友達を作るために、努力をしなければいけないんですか？

友達って、もっと自然に、気づいたらできているものなのではないのですか？

「まずは学生時代を振り返って、いい子だったかもと思う同性に絞って、アクセスしてみたの。久しぶりに会いたいって声をかけて。そして、彼女たちとご飯を食べたり、お茶をしたりしながら、昔を振り返ったり、今の話をしたりした。その会話は本当に、なんというか繊細で、対等だった。どちらかが、何かの見返りを求めて、サービスをするようなものではなく、お互いに話をし合って、聞き合って、互いを理解し合う。わたしがこれまで男友達と育んできた時間とはまったく違う、丁寧な努力のいる時間だった。

人の悪口や噂話といった、安易な共感ネタに走りすぎず、でも深入りはしすぎず、まずは人となりを知ってゆく。ジャッジしない、マウントもとらない、安全な人だと思えるまで、情報は小出しにしていって、この人はわたしをむやみに傷つけたりしない人だとわかってから、行きたい場所ややりたいこと、好きな小説家や見たい映画を明かす。そして最後に、ものの見方や考え方といった、心のありようを伝え合う。

この人に話を聞いてもらいたい、この人の話を聞きたいと思える女友達が、ひとりでも見つけられれば、人生は最高」

「そんな女友達、できたんですか」

「できた。一周まわって、高校の同級生と親友になった。短大を出てすぐに結婚した彼女は、社会に出たことがなくて、だんなさんも子どもたちもいて、わたしとは属性も環境もまったく違うんだけれど、久しぶりに会った時、妙に居心地が良くてね。高校生の頃はそれぞれ別の友達がいて、仲が良かったわけではないのだけど、委員会活動を一緒にやった時になんとなくウマが合う感じがしたのを覚えていて、卒業後二十周年の同窓会があった時に、わたしから積極的に話しかけたんだよね。そこから一気に仲良くなった。彼女がわたしにできた初めての親友。一年に一度しか会わないけれど、この世界にその人がいるって思うと、孤独じゃないと感じられる」

「いいな」

と素直に言葉が落ちた。

心からそう思った。

わたしにはそんな友達はいない。

「ねえ、おばさん、おばさんってあなたは言うけど、その呼称に、自分で気付いていない悪意や偏見はない？　このツアーに参加している人たちだって、よく見れば、全員がすぐに友達を作っているわけでも、グループになっているわけでもない。最初から最後まで単独行動している人たちもたくさんいる。むしろそういう人たちのほうが多いように、わたしには見える。

単独行動の人たちが目に留まらず、友達がいる人たちばかり目についてしまうのは、あなたの中に、友達がほしいっていう気持ちが、本当はあるからでは？

だったら、『女のグループは厭《いや》』とか、『女の話はつまらない』と決めつけてしまうのは、とてももったいないことだと思う」

「そうですよね……。でも、わたし、女友達ができにくくて」

言いながら、なぜか一瞬、泣いてしまいそうな気持になる。

「そう？　もう出会っているかもしれないし、これから出会えるかもしれないわよ。ね。この人いいかも、と思ったら、努力しなきゃ。それこそ、恋愛以上に、丁寧に、繊細に、対等に」

「努力を」

「そう、努力。友情を続けることって、努力。だって、結構、大変だもの。幸せを嫉妬《しっと》せずに分かち合って、愚痴を受けとめて、何か意見したくなった時も伝えるための言葉を選ぶ。定期的に会う約束をし、互いに心と時間を差し出し合う。植物の水やりと同じ。面倒くさくて放置していると、友情なんて簡単に枯れちゃう。でも、時間をかけて、対話を続けていくうちに、互いのミスすら愛おしいと思えるくらいの関係になれる。そんな素敵な女友達に出会うための時間は、まだたっぷりあるから……」

そこまで一気に話してから、

「ねえ、もう限界！」

高宇さんが、笑っているような声で言った。

「あ……はい」

わたしも同意した。

一緒に外に出た。ぎりぎりまで耐えたからか、外気はさっきより暖かく心地よく、目の前の水風呂の水面の光が清々しく感じられた。

高宇さんがその水を汲み取り、ばしゃばしゃと浴び、それから躊躇《ちゅうちょ》ない軽やかさであの極寒の水風呂へと滑り込んだ。その人魚のような背中を見ていたら、わたしも一緒に水の中に入りたくなった。スペースは十分にあった。盥に汲み取り、おそるおそる足先にかける。たしかに冷たいけれど、一度目のような痛いくらいの冷たさは感じず、いけるかも？　と思い、腰へ胸へと身体に水をかけていき、それからわたしは人生初、水風呂に入ってみた。

「ひゃー、冷たいです！」

肩まで浸かるとぴりぴりとしびれるような冷たさが全身を駆け巡り、あ、無理だ、と思ったけれど、

「三十数えると、不思議なくらいあったかくなってくるよ」

という高宇さんの言葉に、歯を食いしばるような思いで三十数えた。

すると、冷え切った肌のまわりにふわっとぬるい水の膜のようなものが張るのを感じた。

それは不思議な感覚だった。ふっと、体内を巡る血液の温度があがった。身体が守られているのを感じる。

「冷え切らないうちに出て、給水機で水を少し飲んでから、ベンチで外気浴するといいよ」

普段からサ活をしているのだろう高宇さんが自分のルーティーンを教えてくれた。

わたしは水風呂からあがり、言われたとおり、水を飲んだ。

ああ、なんて美味しいのだろう。心から思った。

給水機の、なんてことない水のはずが、身体のすみずみまで丁寧にうるおす夢のように甘い何かに感じ、わたしはごくごくごくと喉を鳴らしてそれを飲んだ。身体中に新しい水分が巡り、身が清められてゆくのを感じる。

「ああ……」と、自然に声がこぼれた。その声は、さっき高宇さんが発していたものと同じくらいに低く強く、内臓の奥から響いた。

ベンチに座り、しばらく外気浴をして脈を整えた。もとの脈に戻すまでにはかなりの時間がかかった。その間、秋の空気はわたしの地肌の熱を少しずつ取り去ってくれた。さっぱりとした気分になり、わたしは全身にシャワーを浴びた。濡《ぬ》れた髪を乾かし、着替えて施設を出ると、バスの集合時間にぴったりだった。


帰りの車内は静かだった。後ろの蒲田&小林ペアは寝てしまったようだ。高宇さんもさすがにサ活の疲れが出たのかすやすやと寝入っている。

高速道路はすいていて、バスは順調に走っていた。ツアー客の多くが寝ているのを察してか、柏木さんはもうアナウンスを入れなかった。

たくさんの人がいるのに、わたしひとりしかいないかのように感じられる、そんな静まりかえった夕暮れのバスの中、わたしはスマホを取り出し、昔やっていたSNSにアクセスした。

——もう出会っているかもしれないし、これから出会えるかもしれないわよ。

サウナの中で高宇さんに言われた言葉が頭の中に響いていた。

諸橋さんの、下の名前を思い出し、検索する。

アルミ加工会社で、自分はパワハラに遭っていてぎりぎりの精神状態だったかもしれないのに、わたしに対していつも穏やかに接してくれた彼女の、笑うと皺がよるちいさな鼻や、清潔なそばかすが浮かんだ。今どうしているのかな。楽な仕事だったくせに、無責任にさっさと辞めてしまった年下の同期のことなどもう忘れているかもしれないし、覚えていてくれたとして、今更わたしなんかと友達になりたくないかもしれない。

それでも、昼休みに一緒にお弁当を食べたり、仕事がぽっかりとなくなった時間に、なんてことないおしゃべりをしたりした、あの時間が、わたしは楽しかったんだ。

窓の外は空の色が少しずつ暗くなり、車内の空気が藍色《あいいろ》に染まってゆく。星、月、建物、車、流れてゆく様々な光を片側の頰に浴びながら、わたしはスマホの画面をスクロールし続ける。

——素敵な女友達に出会うための時間は、まだたっぷりあるから……

また会う日まで

「お父さん、どうしても運転やめられないの?」

iPadの画面越しに、長女の知花《ちか》に訊かれた博《ひろし》は、

「何を言っているんだ」

と、いささか荒っぽく返した。

遠い嫁ぎ先で暮らす娘との、一週間ぶりの通話だった。博の妹の綾子《あやこ》から、博が春先にもドライブ旅行を計画していることを聞いた知花が、ビデオ電話をかけてきたのである。

「今は同じ事故を起こしても、高齢者ってだけで、めっちゃ炎上するんだよ。そもそもなんで車を運転させたのかって、家族が叩《たた》かれる時代なのよ」

「ばかを言え。運転をやめたとたんにボケたって話もあるんだぞ」

「お父さん、後期高齢者になったら免許証を返納するって、前言っていたのに……」

最初こそ、お父さんが心配だと遠慮がちに訴えてきた娘だったが、どこかで風向きが変わり、固い顔つきになった。いろいろと言っているが、結局のところ、「炎上」とか「家族が叩かれる」とか、自分のことしか考えていないじゃないかと博はいまいましく思う。

「そんなことは言っていない。考えておくと言っただけだ。だいたい、今は車の技術も進んでいる。さっきも言ったが、ディーラーに相談して、自動ブレーキをつけたんだよ」

たしか、風向きが変わったのは、「そろそろお父さんも歳《とし》なんだし」という知花の言葉からだった。これにかちんと来た博は、免許証更新時の認知機能検査で何ひとつ引っかからなかったことを自慢したのだ。すると、画面の中で知花の表情がみるみる厳しくなり、そのままずっと堂々巡りの会話となった。

「いくら自動ブレーキがついていたって、高速を逆走したらどうするの」

やや粗《あら》い映りの知花の目は尖《とが》り、口角が捻《ね》じれるように歪《ゆが》んでいる。その口で、さらにきつい文言を繰り出そうとするのかと思うと、博も負けてはいられない。

「そんなばかなことをするか。ちょうど、おまえみたいな家族に負けるなっていう本を読んだばかりだ。その本には、何歳になっても車と免許証を手放してはいけませんって書いてあったぞ。家族に何を言われても、自分の脳を守れるのは自分だけですって。世の中にはそういう意見もあるんだ」

「ちょっと待って。お父さん、頭おかしくなった？　ていうか、ニュースとか見てないの⁉」

「何を言っているんだ……」

「あー、もう、我慢も限界！　綾子おばちゃんから、あんまり一気に言いすぎないようにって言われて我慢してたけど、ほんと無理。病院に車で行っているって聞いた時から、ずっとはらはらしていたんだからね。電車もあるし、駅から巡回バスもあるのに、なんで車で？　って思うよね。だけど、離れて暮らしているから通院に付き添ってあげられない負い目もあって、言えなかったんだよ。それがさ、まさか、車で旅行に行くなんて、あー、頭痛くなる。信じられない。計画するのも信じられない。

え、本気なの⁉」

「おまえ、その歳でまだそんなふうなのか」

博は言った。

「そんなふうって……」

「きゃんきゃんきゃんきゃんまくしたてて。淳也《じゅんや》くんはよく我慢しているな」

博が言うと、娘は黙った。ぎゃふんとさせてやれたと溜飲《りゅういん》を下げた気になるも、すぐ後悔する。

夫の淳也の実家のある岡山で、二人の男の子を育てている知花が、十年ほど前、離婚すると言って、幼い息子ふたりを連れて里帰りしたことがあったのを思い出したからだ。

あの時はまだ妻の由美子《ゆみこ》は生きていて、元気だった。知花や孫たちの相手をしてくれていた。それを博は一歩引いた場所で、見守った。

いや、見守るというよりは、関わらないようにしていた気もする。長く勤めた会社をすでに定年退職していたが、手伝いのようなかたちで子会社にちょくちょく足を運んでいた時期で、それなりに交友関係もあった。なるべく予定を入れて、知花や孫たちとあまり顔を合わせすぎないようにしたのは、なんとなく気づまりだったからだろう。そうこうしているうちに、知花夫婦はなんとか仲直りをしたようで、淳也くんが迎えに来て、家族で帰っていった。娘を心配に思う気持ちはあったが、安堵《あんど》したというのが本音で、まあ、そんなのは全部、昔のことだ。夫婦仲も今はよさそうだし、自分はそれほど酷《ひど》いことを言ったわけではないと、博は思い直す。

酷いこととといえば、むしろ、娘のほうが自分に言いたい放題ではないか。一方的に電話をかけてきて、歳だの、後期高齢者だの、と。綾子も綾子だと、博は、言いつけた妹についてもむかむかしてきた。

運転できるうちに由美子との思い出の温泉まで行ってこようと思うと、綾子に話したのは、先月執《と》り行われた由美子の三回忌の後だった。

酒の入った思い出語りで、しみじみと妹にそう告げたところ、

——兄ちゃん、いやだよ、車で旅行だなんて。

と言われた。妹のこわばった顔を見て、この話をしたことを、博は後悔した。綾子がすでに運転免許証を返納していたのを思い出したからだ。

千葉に住む綾子は、同年代の仲間らとゴミ拾いや老人ホームの傾聴ボランティアといった活動をしており、交友関係が広く、そのぶん世間の事象に振り回されやすいようだ。高齢者が起こした自動車事故報道の影響を受け、さっさと免許証を返納してしまった。返納をすると『運転経歴証明書』をもらえ、それを見せるとバスが割引になる他、いろいろなサービスを受けられるのよと、わざわざ電話をかけてきて博に報告したのは、はっきりとは言わないまでも、博にも同じように運転免許証を手放してほしいという思いがあったからだろう。

綾子の夫の義春《よしはる》も、返納まではしていないだろうが、少し前に病気になって大手術したのを機に、運転はやめたということだった。そもそもあのふたりは、息子家族がそばに住んでいるから、いざという時の足に困らない。それに、もとから運転が好きというタイプではなかった。

——ねえ、兄ちゃん、練馬《ねりま》の暮らしでどうして車が必要なの。バスや電車でどこだって行けるところじゃんかぁ。

綾子に言われたが、博はのらりくらりとかわした。

たしかに博が暮らしているのは、都内の住宅地である。都心に比べればのんびりした空気が流れているものの、日用品の買い出しは徒歩で問題がない。区営の巡回バスが病院や郵便局から駅までぐるぐるとまわってくれてもいて、綾子の言うとおり、「バスや電車でどこだって行けるとこ」なのだ。が、そういうこととは関係なく、博は車を日常使いしている。綾子には言っていないが、通院の時だけでなく、近くのスーパーマーケットや衣料品店にも車で行っている。なにせ便利だし、運転の腕に衰えを感じたことがまったくないからだ。車種やブランドにこだわるタイプではなく、乗っている車は国産のセダンだが、定期的に点検に出し、季節ごとにタイヤを交換し、大事に乗っている。半年前に受けた運転免許証の更新のための認知機能検査で「問題ない」と太鼓判を押され、自信をつけたばかりだ。

だが、その話をしても、離れた街で恐怖心をつのらせている娘に効き目はないだろう。

向こうに聞こえないように、はぁとひとつため息をつき、

「そういや、タケサクは元気か。年末はどうするんだ？」

博は話題を変えた。

タケサクというのは孫ふたりをまとめた、由美子の呼び方だった。由美子が言うのを聞いているうち、いつしか博もそう呼ぶようになっていた。

「二人とも塾よ。岳之《たけゆき》は受験の直前だし」

静かに、知花が答える。

そうか、受験だったたか、と博は思う。由美子の葬儀で会った時、もうすでに岳之は博の背を抜いて

いた。佐久弥《さくや》もだいぶ大きくなっていた。昔は、じいじ、じいじ、と近づいてきたが、大きくなった今は、ひょいと首をすくめて挨拶してきただけで、ほとんど会話にならない。コロナ禍ということもあり、彼らは三回忌には来なかった。

「それじゃ、さすがにこっちには来られないよなあ」

博が言うと、一瞬、言葉に詰まった知花が、

「そうね。年末は無理かも……」

若干うしろめたそうに答える。

「そりゃあそうだ。淳也くんの店も、かきいれ時だろう」

聞き分けよく、博は言う。娘に帰ってきてほしいと言ったことは、一度もない。あっちにはあっちの生活がある。

知花の夫の淳也は、数年前から家業の餃子《ギョーザ》チェーンの後をついだ。代がわりしてから店舗を増やし、世界中に蔓延《まんえん》した疫病で飲食店の経営が自粛に追い込まれた時には、冷凍食品の通販も始めるなど、なかなか野心的に頑張っているようだ。年末もぎりぎりまで働くと言っていた。

いきの良い、頑丈そうなこの娘婿を、博は気に入っているのだが、店の接客や経理のほかに幼い子の育児、それに同居の年寄りの介護まで引き受けていた実娘を心配する由美子は、あんなところに嫁がせるんじゃなかったと、生前よくこぼした。その後、知花の家出がきっかけとなり、淳也は両親と祖父との大家族での同居を解消した。高齢の祖父は施設に入ったようで、知花をとりまく状況は良い方向に変わったようである。

だが、それでも由美子は安心できず、いつでも帰ってきなさい、と、娘にたびたび言っていた。甘

やかすなと注意しながらも、博も、いざという時は娘と孫ふたりを引き受けようと思っていた。

そんなことを思い出し、

「だけど、おまえ、あまり無理するなよ。身体《からだ》が大事だからな」

とねぎらうと、知花も案外素直に「そうね」と頷《うなず》くのである。

「岳之の高校受験が終わったら、春休みにそっちに行くから、元気に待っていてね」

優しいことも言ってくれる。

「ああ」

と、ここまでの流れは良かったのだが、さて電話を終わらせようというムードになったところで、

「それじゃ、お父さん、車の運転はもうやめてよね」

と知花が蒸し返した。

その言葉で、博の心は振り出しに戻ってしまう。

「運転は、したくなったら、しますよ」

なるべく感情をおさえ、博は穏やかに返した。

「は？」

と、画面の中の知花が、ふたたび目を尖らせた。

「お父さん、自分の歳、考えてよね。とにかく高速道路にだけは、もう乗らない。それだけは、約束ね」

「どうしておまえに命令されなきゃいけないんだ」

「命令？」

「もういい。切るぞ」

「お父さん、もう、後期高齢者なんだよ」

「だからなんだ！　うるさいな！」

「そうやって、すぐカッとなるのが老化の証拠だよ！　根気も判断力もなくなってきていることがわからないの⁉」

博はとっさに通話を切り、ｉＰａｄをがしゃんと荒っぽく裏返した。

行ってやる、と博は思った。福乃地《ふくのち》に、行ってやる。

ふう、ふう、と音を立てて息を吐いた。

これは、まったく、ひどく不愉快な気分である。

「勝手なことばかり言いやがって、あいつは……」

息をしずめてから博は立ち上がり、夕食の準備をするために台所に向かった。

といっても、冷凍ご飯をチンし、缶詰と海苔《のり》ときゅうり、買いだめしてある固形の味噌玉《みそ》を湯で溶かすだけの、簡単なものだ。サバの味噌煮缶を開ける。最近読んだ本に、六十歳を過ぎたら、とにかく意識してタンパク質を取らなければならないと書いてあった。サバにはタンパク質とＤＨＡが含まれている。博はネギを小口切りにし、缶詰の中のサバにまぶした。

見てもいないテレビだが、消す理由もないので、つけっぱなしである。

ひとり暮らしには、やや広すぎる一軒家の片隅で、博は食事をする。

由美子が亡くなる前から、この家での行動範囲は限られていた。二階の子ども部屋は物置と化しており、たまに換気するほか、入ったことはない。居間にも整理のつかないものや、裁縫箱や腐らない花の置物など由美子の私物が溢《あふ》れている。ゴミ屋敷というほどではないが、どこから手を付けたらよいのかわからない程度には散らかっている。しかるべき床は見えているし、虫が出そうなほどの不潔さはないから、良しとしている。

機械的に口に運んでいるうち、いつしか用意した食事を終えていた。

すると急に虚《むな》しくなった。

つけっぱなしのテレビ番組の内容がまったく頭に入ってきていなかったことにも気づいた。

さきほどの、身もだえしたいほどの怒りと悔しさはなりをひそめ、砂漠のような無感情が博の中に広がっていた。

悲しいのか、寂しいのか、よくわからない。娘から言われた「老化」「後期高齢者」といったきつい言葉を思い出す。そんな言葉たちに傷ついてなるものかと思う。

今わかっているのは、行きたい場所があるのは幸せなことだという事実だ。それだって、ひとつ、またひとつと、なくなっていくものだろうと、心のどこかで感じていた。博は、手帳をめくり、由美子と泊まった山奥の温泉宿の電話番号を調べた。あたたかくなってからと思っていたが、この際、元気なうちにすぐ行こう。どうせ予定はないのだ。

らくらくホンで電話をかけ、その場で明日の宿泊の予約をした。


曇り空だが、高速道路はすいており、渋滞の予測も出ていない。思いきりアクセルを踏み込むのは爽快だ。

「思いきり」とはいえ、軽薄な若者と違って、踏み込みすぎない冷静さを常に持っている。車間距離にも十分配慮し、無駄な車線変更もしない。なめらかで安全な運転をしている自負もある。

久しぶりの高速道路だが、こうして走ってみると、若い頃より運転の腕が上がった気さえする。視界はクリア、ハンドルさばきに迷いはひとつもなく、予定していた時刻よりやや早く、気に入りのドライブインまでたどり着けそうだ。そこで軽食を取り、用を足そうと思っている。

博が最近読んだ本の中に、今の高齢者は自分の年齢に八掛け、人によっては七掛けしても良いでしょう、それがひと昔前の年齢イメージのあなたです、と書かれていた。これは本当にその通りだと思う。今の七十代は昔の五十代、八十代は昔の六十代くらいの感覚。若い頃から栄養状態が良く、仕事や趣味を楽しんできて、気持ちがまったく老《ふ》け込むことのないこういう世代である。これまでの人類の歴史で、存在し得なかった、ある種の新人類かもしれない。体格も良く、好奇心も旺盛で、今の若い人たちよりも、野心を持って生きてきたから、脳も心も若いままである。

別の本によると、昨今、高齢者が運転する車による交通事故が注目されがちだが、実際は若い人のほうが多くの交通事故を起こしているということだった。データに基づいた見解で、説得力がある説明だったが、こういうことをマスコミは取り上げない。テレビや新聞の現場にいる人間に、老人の運転が危険だという思い込みがあるのだろう。

博は以前、意見を募集しているというニュース番組に、その本の内容を引用して送ってやったこともあるが、定型のものと思われる丁寧な返信が来て以来、音沙汰なしである。

運転免許証を手放したとたんに老いが進むとはっきり書いてある本もあった。綾子にも薦めた本だが、これは長年老人医療に携わってきた有名な医師が言っていることなのだ。

老いというのは、自分の意識から始まる。まだまだ若いと思っている人は、肉体を若く留《とど》めていられるが、もう歳なのだからと自己暗示をかけたとたん、肉体が本当に「もう歳」になってしまう。脳と身体は密接につながっているので、自分は、自分の力でどこまでも行けると思うことが大事。運転免許を返納すると、自分の可能性を自分で閉じてしまうことになり脳の衰えが加速する……。この考え方については、知花から「頭おかしくなった？」と酷い言われようだったが、まんざら大げさな説ではないと博は確信している。というのも、博が図書館で頁《ページ》をめくった、作者も出版社も異なる数冊の本にも、同じことが書かれていたからだ。人間、積極的に脳を騙《だま》していくことも必要なのだ。その一環として、車でどこでも行けるという自分の可能性を、大切にし続けようと博は思ったのである。もちろん人様に迷惑をかける気はない。事故を起こしたいと思って起こす人間などいないだろう。だからこそ、お金をかけて、自動ブレーキ機能を搭載したのだ。

ここで知花に言っておきたかったのは、自動ブレーキ機能が必要なのは高齢の者だけではないということだ。若い人の中にも、運転のセンスがない者や注意力に欠ける者はいる。ここまでの道のりでも、車列の流れをよどませるような下手くそな運転をしている者がちらほらといた。追い越しの際に確認すると、それらはたいてい若者だ。車の運転を、「命に関わる大事なこと」だというのなら、年齢でくるのではなく、適性の有無でくるべきだろう。……といったことを、理論立てて説明したとして、あいつには無駄だろう。娘の頑固さはいったい誰に似たのだろう。気に入りの曲を流しながら、そんなことを考えているうち、ドライブインが見えてきた。

駐車場になめらかに停《と》めると、博は中に入り、あたたかい山菜蕎麦《そば》を食べた。これは朝昼兼の食事である。甘めのだし汁がとても美味《おい》しい。つい飲み干したくなるが、塩分過多だと思ってやめる。途中で小腹が空《す》いた時のために菓子パンを買おうかと思ったが、これもやめておく。宿が豪華な料理を出してくれるから、なるべく腹を空かせていきたいのである。かわりに缶コーヒーを買い、それから博はトイレに行った。

トイレから出てきた時、見慣れたベンチに、突然キュッと心をしめつけられた。

このベンチで、よく由美子を待ったなと思ったからだ。このドライブインを気に入っている博は、かつての夫婦の車の旅でも、よくここでひと休みした。

一緒にトイレに行くと、だいたい博が待たされた。出てくる時の由美子はたいてい化粧を直していて、ちょっと綺麗《きれい》になっていた。

ふふん、と博は、鼻を鳴らす。感傷にひたりすぎないように気をつける。

実を言えば、さっきの食堂でも、若干込み上げてくるものがあったのだ。だいたいいつも、俺は蕎麦で、由美子はうどんだったな、と思い出したからだ。

由美子の晩年に、あちこちの温泉を巡ったのは、とても良いことだったと博は思う。

今回のドライブ旅行を思いついたきっかけは、テレビの旅行特集で、由美子と最後に行った温泉地が取り上げられていたことだ。

中部の山間部にある福乃地温泉という、縁起のよさそうな名前の温泉地にある気に入りの宿を、これまでに二度、博は由美子と訪れた。

テレビ画面で紹介されている温泉街の様子は、以前と何も変わっていなかった。

山奥にあるちいさな集落で、公共の交通機関では行きにくいところだ。独特の、昔ばなしの里のような空気が流れている。また行きたいなと博は思った。それは、久しぶりに感じる、澄んだ欲だった。

由美子が元気だった頃、ふたりの趣味は温泉巡りだった。若い頃は温泉の良さなど考えたこともなかったが、神経痛に悩まされた時に読んだ本で温泉の効能を知り、それからぽつぽつ行くようになったのだ。

ある時、訪れた東北の宿坊の片隅に洗濯機や冷蔵庫があるのを見て、長期間の湯治生活を送る人たちがいると知った。いつかそういうことをやってみるのも良さそうだと思った。

実際は、住宅リース会社に定年まで勤めあげたあとも、関連のマンションで管理人を引き受けたため、長期間の湯治に行くのは難しかった。しかし、交代制の勤務だったので、ふた月に一度ほど、平日に、車で行ける温泉地を訪れるようになった。

どこに行くのも由美子と一緒だった。その点で、仲の良い夫婦だったように思う。由美子が病気になってからも、無理のない範囲でドライブした。病に効くとされる温泉を探し、遠出した。由美子は運転免許証を持っておらず、いつも愛車を走らせるのは博で、「お父さんは運転がうまい」と、由美子はよく褒《ほ》めた。

由美子が亡くなり、あれほど好きだった温泉巡りを、博はぴたりとやめていた。マンション管理の仕事を数年前に引退し、今なら半年でも一年でも湯治できると思ったが、隣に由美子がいない。だから、そんな計画を立てる気になれないでいた。

そんなこんなでしばらく時がたち、引きこもっていても良くないだろうと思い、出身大学のＯＢ会に顔を出してみたり、元同僚らと集まったりもしたのだったが、いずれもしっくりこず、帰り道に疲労をおぼえるばかりだった。自分は単独行動が合うタイプだったと思い出した。由美子以外の人間と、わざわざ話したいとは思わなかった。

よく考えてみれば、これまでは仕事だから必要な社交をこなしていただけだった。学生の頃から団体行動が苦手で、大人になってからもツアー旅行が好きではなかった。そもそも写真を撮るのも、変わった味のものを食べるのも、観光名所をぶらぶら歩くのも、さほど興味のないたちで、妻とふたりで温泉地に行き、言葉少なに食事して、湯に浸《つ》かるだけで幸せだった。

そうやって、温泉には数多く訪れた博だったが、福乃地の宿には、特に良い記憶があった。古民家を改装して作られた建物は、快適で風情があった。山奥にあるのに、働いている人たちは皆若く、きびきびしていて、見ていて気持ちが良かった。

博は、たとえ良い宿だと思っても、一か所の常連になるより、あちこち新しいところに行きたいたちなのだったが、福乃地の宿には続けざまに二度行った。宿の佇《たたず》まいや働く人に心惹《ひ》かれるものがあっただけでなく、その宿は源泉をふたつかかえており、独自のブレンド湯が、大変心地よかった。もちろんかけ流しである。由美子も気に入り、二度目に行った時も、また来たい、と言っていて、これは三度目を計画しないとな、と話していた。

「知る人ぞ知る山奥の名湯」としてテレビで福乃地温泉郷が取り上げられた時、だから博はそんなことを思い出し、なつかしさに胸を突かれたのだ。

結局、三度目はなかったのだなと思うと、胸がしめつけられる。由美子の位牌《いはい》と一緒に、また訪れるのはどうだろうと考えた。その思いつきに久しぶりに心があたたまり、つい綾子に言ってしまったのが失敗だった。

妹と娘に猛反対されたものの、博の心についた火は消えなかった。今、ひとり福乃地に向かっている。

こんな突発的な行動をしている自分に対して、なかなかやるな、と、博は感じた。

娘とのやりとりの、売り言葉に買い言葉で予約したようなものだったが、久しぶりに高速道路を走らせながら、思い切って決行して良かったと思う。

綾子や知花たちが言うことにも一理ある。博も、自分が百歳を越えても運転できるとは思っていない。今はまだ問題ないが、いずれ時間との闘いが訪れる。だからこそ、元気なうちに、やりたいことはやっておこうと思うのだ。

さすがに、位牌を持ってきたりはしていないが、由美子のうつりの良い写真を手帳に挟んで持ってきた。由美子と一緒の旅だというセンチメントを、心の底に隠している。


途中で、ちらちら雪が舞い始めた。雪の出足が、予報よりだいぶ早い。

冬用タイヤを履かせているが、その過信もあってか、朝見た、寒波が到来しているというニュースを、博はあまり深く考えていなかったのだった。

まあ、雪見風呂も悪くはないと思う。こういう予定外のことが起こるのも、旅の醍醐味《だいごみ》だ。

自分には、昔から、思い立ったらすぐに行動するところがあったなと博は思う。由美子がいた頃には、テレビで良さそうな温泉地を見て「行くぞ」と車を走らせたこともある。博のそういうところを、由美子も面白がっていた。こんなふうに雪に降られたり、滝のような大雨の中で運転したりするはめになって、てんてこまいな目に遭ったことも、一度や二度ではなかった。

――お父さんは、慎重なようで、考えなしのところがある。

由美子にはよく言われた。

今回の旅行も、考えなしだったと言われれば、そうかもしれない。

ひとつ悔しいのは、若い頃から変わらないこの「考えなし」な性格も、知花によって、年齢のせいにされるのだろうということだ。

以前テレビに出ていた女性医師が、高齢者が起こした暴力事件に関して、「歳をとることで脳の一部が変化してしまい、辛抱が利かなくなる人がいる」というような発言をしていた。若い頃に比べて、暴言を吐きやすくなったり、短絡的な行動を取ったりしやすくなる高齢者がいるのだと。そして、自分にそうした傾向が出てきたかどうかを確認するために、周りの人間に、何かおかしな言動があったら指摘してほしいと頼んでおくと良いというアドバイスまでした。

あの医師は、一体いくつだったのだろうと博は考える。知花と同じくらいかもしれないが、医師と聞かなければ学生にも見える。何かおかしな言動があったら指摘してくれなどと軽く言うが、いったいそんな恥ずかしいことを誰に頼めばいいというのか。たとえ誰かに頼んだとして、指摘されたら頭にくるだろう。だいたい、辛抱が利かない人間なんて、若者にもたくさんいるのだ。歳のせい、脳のせい、とされることは屈辱だ。ああいう偏った情報を、公共の電波で垂れ流してほしくない。

そんなことを考えつつ、博は、「判断力がなくなってきている」と、iPad越しに知花に言われた時の、頬《ほお》をはられたような痛みを思い出した。

この先、自分が何をしても、何を言っても、その原因を老いに寄せられていくのだ。そういう決めつけは、いきつくところ、ひとりの人間から、人権を奪うのと同じではないか。

ふつふつとした怒りに包まれてゆくが、同時に博は思い出す。

――わたしが何か変なこと言ったり、大事なことを忘れちゃったりしたら、ちゃんと指摘してくださいよ。

と、由美子に言われたことがあった。

由美子は、博にだけでなく、綾子にも、知花にも、そうしたことを言っていた。

――いやだ、お母さん。まだ若いのに。

と、知花が顔を曇らすほど、由美子は自分の老いに自覚的だった。

早くに両親を亡くしたこともあってか、由美子は葬儀や相続や遺品整理のことなど、まだ十分に若く、病気が見つかったわけでもなかった頃から、ぽつぽつ話題に出していた。そういう不吉な話を聞かされるのが、博は厭《いや》だった。由美子がひっそりと終活を進めている気配もまた、博は厭だったのだ。

墓を買ったのも由美子の終活の一環だった。

博の実家は関西の都市部にあったが、父の実家はさらに遠く、飛行機とレンタカーを乗り継いで何時間もかかるところにある。そこからさらに車でないとたどり着けない山の中に、博の両親の墓はある。それなりの面積もあり、堂々とした面構えの墓である。親戚筋も含め、代々の者が眠っているのだが、由美子がそこに入りたくないと言い出した。知花が嫁いで間もない頃で、まだ病気が見つかる前だった。

たしか、テレビで田舎の墓じまいの特集など、見たのではなかったか。そういうものに影響を受けたのだ。博の両親と特別に折り合いが悪かったわけではなかった。むしろ、うまくやっていたほうだったと思うのだが。

由美子の意志は堅固で、病気になる前からいろいろ調べているようだった。そして、区の健診に引っかかったのを機に、事前にチェックしていた都内の墓地のいくつかに、見学の予約を入れていた。

見学には、博も同行した。

もともと博は三男で、田舎の墓に入らねばならないという縛りも、こだわりもなかった。自分たちの墓の世話を、知花や、甥《おい》や姪《めい》にさせるのも気がひけた。それに、やはり由美子と同じ墓に、入れるものなら入りたかった。

由美子が予約した墓地をいくつか見てまわり、結局、自宅からバス一本で行ける、小綺麗な「ガーデン墓地」に決めた。費用は百五十万ほどだったか。モッコウバラの生垣に囲まれた、いささかメルヘンチックな空間で、広告のキャッチコピーが「花と緑あふれる公園に眠る」というだけに、博の実家の墓のような大きく堂々とした墓石は無く、丸みのあるちいさな墓石が楚々《そそ》と並んでいた。全体を眺めると、たしかに墓地というよりは、品のよい公園風であった。

由美子は、そのガーデン墓地の中の、さらに区画にもこだわった。南に向いていることと、両隣の墓石の感じが良いこと、というふたつの条件を外せないと言うのである。

骨になって入るというのに、まるでマンション選びのように、どこか楽しげに、由美子は自分が眠る場所を探した。

結局、「来てくれてありがとう」と彫られた丸い墓石と、「音楽とともに」と書かれたピアノ形の墓石の、間の区画が空いていた。お日様の光を浴びられる、南向きの区画であった。

「ご家族への『来てくれてありがとう』っていうメッセージ、いいな。わたしも同じ気持ちだから、この人とはきっと気が合うわ。お隣の方は、きっとピアノをやっていたのね。ピアノをやっている人に、悪い人はいないわよね」

マンションの隣人について話すように、由美子は言った。そして、そこに決めたのだった。

骨壺《こつつぼ》を八つまで入れられると説明され、いったい俺たち以外に誰が入るのかと思ったが、由美子は、

「いざとなったら知花ちゃんとタケサクも入れるわね」と、ほっとした顔だった。「あいつらがなんで入るんだ」と博は言ったが、内心、そうなったらそれも悪くないと思った。

由美子の希望で、墓石にはこう彫ってもらった。

また会う日まで

だから、由美子のもとを訪れるたび、博はこの言葉に出会えるのだった。


それにしても、雪がひどくなってきた。粒が大きく、輪郭がくっきりした、芯のあるこういう雪は、積もりかねないから不安を呼ぶ。

ラジオを聞いていても埒《らち》があかないので、気分を変えようとクラシックのCDに変えている。これは由美子がCDショップで買った中古のベスト盤で、音楽に詳しくない博でも聞いたことがあると思える曲ばかりが集められている。

一曲目は有名なアイネ・クライネ・ナハトムジークだ。明るく勇ましいこの曲が『小夜曲』なのだと、由美子に聞いた時は意外に感じたものだ。雪国でこれから迎える夜は、ちいさい夜というよりは寒くて重たい夜といった感があるが、それでもこの元気なセレナーデに博は気分が明るくなるのを感じ、ハンドルを指先でちょちょっと弾《はじ》いたりしている。

「ちゃーんちゃ　ちゃーんちゃ　ちゃちゃちゃちゃちゃちゃちゃーん
ちゃーんちゃ　ちゃーんちゃ　ちゃちゃちゃちゃちゃちゃちゃーん」

ドレミもよくわからない博だが、適当に口ずさみ、身体を揺らす。

ふと見ると、周りの車がじょじょにスピードを落としてきている。冬用タイヤを履かせていない車が少なくないのかもしれない。知識や経験の浅い若い運転手のほうが、こういう事態で、周囲に迷惑をかけることもあると博は思う。

アイネ・クライネ・ナハトムジークが終わり、なんだか眠たくなりそうな音楽に変わったので、博はCDからラジオに戻した。


なんとか、福乃地温泉のある県まで入ったが、すでに視界は最悪だ。灰色の雪が激しく降り続けている。

ラジオでも、予報以上の吹雪だと伝えている。あちこちでスリップ事故が起きている。もうじき、ここらの高速道路にも規制が入るかもしれない。

博は慎重にハンドルを握る。

季節の変わり目に冬用タイヤに替えるのは習わしで、近所しか運転しなくなった今でも、それをやっていたのは幸いだ。しかし、これほどの雪は、何年ぶりだろう。温泉旅行が好きだった博は雪道のドライブにも慣れているし、雪道の運転は得意なほうだとすら思っていたが、やはりストレスがかかる。

周りの車の運転手が自分ほど慣れているとも限らない。特に、ふだん雪道を走ることのない関東の車は、準備をしていないこともある。

車間距離を安全に保とうと、博は目をこらす。

雪道の運転のこつは、むやみにブレーキを踏まないことだ。わかっていない人間は、恐怖心からすぐにそれをやるが、かえって危険なのだ。足裏に、あたかもやわらかい生き物がいるかのように、アクセルをそろりとおさえる。それでも、時にハンドルが取られ、ひやっとする。

——今は同じ事故を起こしても、高齢者ってだけで、めっちゃ炎上するんだよ。そもそもなんで車を運転させたのかって、家族が叩かれる時代なのよ。

娘の言葉を思い出し、急に鼓動が速くなった。

娘はちゃんと止めたのだ。俺が、娘に黙って、自分で乗りたくて、勝手に乗っているのだ。目玉を剝《む》き、集中力を研ぎ澄ます。

フロントガラスの向こうに、赤いテールランプの列が見えた。いよいよ道路がにっちもさっちもいかなくなって、渋滞しているようだ。事故でもあったのかもしれない。やれやれ、タイヤを付け替えていないやつがいるせいだ、といまいましく思いながら、博はゆっくりとブレーキを踏む。ちょうどよいあたりで車を停車させた。

そして、それきり、数十メートルを進むのに、一時間近くがかかったのである。

買っておいた缶コーヒーはすでに冷めた。三時に宿に到着の予定が、高速道路の上には夕闇が迫っている。宿の者に心配させては申し訳ないから、電話をかけて知らせようと思うのだが、うまいこと電波が入らない。

これはいったいどうなることやら……。

車内は十分にあたたまっており、前にも横にも後ろにも自家用車があって、孤独や恐怖はそれほどない。だが、これがいつまで続くのかと思えば、おぼろな不安は押し寄せる。半分ほど残っていたペットボトルの茶を少し飲む。

ラジオの道路情報を頼るも、あちこち渋滞していることと、多くの注意報が警報に変わったことを、順繰りに伝えるばかりで、具体的な動きがわからない。フロントガラスにはりつく雪を、ワイパーに払わせる。目の前の車はすんと停まったまま、動く気配がない。はりつく雪は、重たげでその向こうの陽《ひ》はかげり、やがて闇が迫ると、自動でライトが灯《とも》った。

雪がひたすら積もってゆく。

タイヤがまるごと雪に覆われたらどうなるのだろう。

博はひやりとした不安に包まれる。

実際にそういうことはあったのだ。雪国からのニュースで、高速道路に立ち往生した車の映像が流れてきたのを見たことは、一度や二度ではない。一体、あの車たちは夜を明かしたのだろうか。ニュースを見るたび、大変なことだ、と思うが、あたたかい部屋で思うぶんには常に他人事《ひとごと》であった。

そのうちあたりはすっかり夜になってしまった。

それほど水分を取っていないのに、ひたひたと尿意がせまってくる。まだガソリンは十分にあるものの、どのくらい長引くかがわからないから温存しておいたほうがよいかもしれない。博は気持ち、温度を下げる。

周りの車が雪にうっすら覆われてゆくのが見える。自分の車も同じだろう。タイヤが雪に覆われたら困るな。……と思ったら、前の車がのろのろと動き出す。お、と思ってそれに続くと、また停まった。しばらくすると、また動く。そして停まる。

そんなことを繰り返しているが、確実に、歩いたほうが速いと思われるスピードだ。

さっき温度を下げたせいで、うっすら寒さを感じている。

助手席に置いておいた旅行用のバッグから、携帯用のカイロを取り出した。

いざとなったら後部座席に放ったジャンパーを着こもうと思う。それでも、明朝まで持つだろうか。

さすがに限界だと思ったら、あたりの車に助けを求めればよいだろうか。おぼろげなライトの照らす雪あかりで、前の車が家族連れらしき軽ワゴンで、隣がセダンだということはわかる。頼もしいのは斜め前の大型バスだ。ふだんの高速道路では、視界をふさぎのろのろ走る大きなバスとは、できるだけ離れていたいと思うものだが、今はあの大きさや、大勢の人間が乗っているだろうことを、頼もしく感じる。いざとなったら頼れるだろうか。なんとか、乗せてもらえたりはしないだろうか。そうでもなければ、このまま死んでしま……

ふと、縁起でもないことを思いついて、博はぞくっとする。

あたたまったカイロを頸椎《けいつい》にあてて、血流を良くし、後部座席からジャンパーを取り寄せて着た。

ふと、前の車のライトが消えた。

ガソリンを節約するために、エンジンを切ったのだろうか。もしくは一酸化炭素中毒を恐れているのかもしれない。この車も、いざとなったら念のためエンジンを切るべきだろうか。たしかトランクに大きめのレジャーシートと温泉用のタオルが積んである。あれを取ってきて、身体に巻きつける手もあるではないか……

と思ったところに今度は、隣の車から若い男がおりてきた。金髪に白いダウンを着た男がこちらに近づいてきたので身構える。男はフロントガラスの向こうから、博に黙礼した。そして、博の車の前をつっきり、路肩へと行く。何やら壁の方を向いて、小便をしているのだった。

博は、後部座席のポケットに携帯トイレがあることを思い出した。頻尿気味だった由美子が、念のためにと用意しておき、一度も使わなかったものだった。

腕をのばして取り寄せると、新品のそれの中には三パックも入っていた。博は由美子に感謝した。すでに膀胱《ぼうこう》が張り裂けそうだ。座席を下げて、携帯トイレをひろげ、うまいことパックの中に小便をする。路肩で小便を終えた若い男がまた博に黙礼し、車の前をよぎってゆく。フロントガラスの下で自分も巧みに小便を出しながら、博は澄ました顔で黙礼を返す。初めて使ったものだが、中が水分を吸ったとたんジェリー状に固形化するつくりだった。一緒についていたポリ袋に入れて封じれば、においもしない。これは良い商品だと博は感心する。隣の車の若者に比べ、過去の自分たちが、用心深く対策をしておいたことに、ちいさな優越感もおぼえながら、ペットボトルの茶をちびちびと飲んだ。

それにしても、前の車がエンジンをかける気配はない。その後ろにいる博も、完全に動けない。ラジオによると、高速道路が完全に通行止めになったらしい。このままどうなるのだろうか。もう夕飯の時間である。腹が減ってきた。早く連絡しなければ、宿泊の予定をすっぽかしたと思われかねない。

ふと、らくらくホンを見ると、いつしかアンテナが一本だけ立っていた。

お、と思い、急いで宿に電話をかけた。

食事出しの真っ最中だろう、少し時間はかかったが、宿の者が電話に出た。

心からほっとした博は、急いで名乗り、宿に向かう途中の高速道路で立ち往生してしまっていることを伝えた。

「それは、ご苦労さまです。大丈夫でしょうか。お寒くないですか」

宿の者は声からして、どうやら中年の女性だ。労《いたわ》りに満ちた声に、博はほろりと癒《いや》される。

「いやあ、寒いは寒いけど、仕方がない。なんとかしのぎますよ」

不安でしょうがないが、頼もしく答えた。

「こちらはお待ち申し上げておりますが、もし引き返すほうが良い場合も、後でご連絡いただければ構いませんので、どうかお気をつけてくださいませ」

思いやりに満ちた言葉に、博はほっとする。

宿泊料金の話は出なかった。ここでその話が出たらむっとするところだったが、こんなに優しく案じられたことで、たとえ泊まることができなくてもきっちり支払おうと博は思う。良い宿を大事にしたいという気持ちがある。

しかし、こうなるとわかっていたら、あの時、菓子パンを買っておいたのに。今になって悔やまれる。車内には、家から持ってきたペットボトルのお茶が残り少しと、飲みかけの缶コーヒーしかない。

この先どうなるかわからないと思い、エンジンを止めた。トランクのものを取ってこようと思う。

車のドアを開けたとたん、外気がはりつき、頬が痛んだ。そこに雪が降りつけてくる。

急いで後ろにまわり、トランクを開けた。レジャーシートとタオル、それから備え付けの雪かきを抱えて戻る。

運転席に座り、ドアを閉めて、ほっとした。大判のタオルは二枚。由美子のものと、自分のものだった。なぜその色にしたのか覚えていない、陽気なオレンジ色のタオルだが、雪闇の中でくすんで見える。とにかく、二枚を胴体に巻きつけ、そのうえに緑色のレジャーシートを、身体をねじったり、ひねったりしながら、ぐるぐると巻いた。

肩のあたりは寒いが、これで腹周りは守ることができた。少し運動したことで、だいぶあたたまった気もする。

よし、とつぶやいた時、らくらくホンが、ぱおんぱおんと、間抜けな音を立てた。

見ると、知花からの電話だった。

一瞬迷ったが、博は出た。

「お父さん、今、大丈夫？」

知花が聞いた。

「ああ」

まったく大丈夫ではなかったが、とっさに言う。

「今からちょっとビデオ通話できる？」

「いや、今日は電話だ」

「そう。あのね、昨日はちょっと言いすぎたかなって思ってさ」

「ふむ」

「あれからちょっと、いろいろ考えたんだけど、お父さんが言うことにも一理あるかなって」

「昨日のことは、もういい。おまえも忙しいだろ。じゃあ……」

「ねえ、電波大丈夫？　なんか声がガサガサしてるんだけど、平気？」

「大丈夫だ」

「今どこ？　外で食べてるの？」

博は焦り、

「ああ。それより、なんだ、一理っていうのは」

と、話を変える。

「あーうん。お父さん、昔から運転がうまかったし、お母さんもお父さんの運転だけは信頼していたもんなって思い出したの」

「そうか。わかった」

思い出してくれたのはありがたいが、電波の不安定さに気づかれる前に、早く電話を切りたかった。電池もどのくらい残っているか、定かではない。

「自動ブレーキをつけたのも、周りの人のこととか、わたしたちのこととかも、考えてくれたからだと思うから」

「うむ」

「それなのに、年齢のことだけで、お父さんのことをいろいろ決めつけてしまって、さすがにちょっと言いすぎたかなって。それでね、もしよかったら、うちの子たちの受験が終わってから、わたしたち家族と一緒に旅行に行かない？」

突然誘われて、博は言葉に詰まる。

「お父さんが行きたいのって、福乃地温泉でしょう。お母さんと最後に行った場所だって言ってたもんね。そこ、お母さんからも、すごくいい温泉だったって聞いていたし、お母さんの思い出の場所なら、わたしだって行ってみたいな」

「うむ」

「昨日調べたんだけどさ、名古屋で待ち合わせて、レンタカーを借りれば、それほど遠くないみたい。

名古屋なら東京からもこっちからも新幹線で一本だもんね。お父さん、聞いてる？」

「ああ。わかった」

「やっぱり、車でひとりで行くのは、何かあった時に心配だし」

その、まさに「何か」の最中にいるだなどとは口が裂けても言えやしない。

「せっかくだから名古屋に一泊して、名古屋城を見学したりするのもいいじゃない。そこから福乃地温泉までは、わたしと淳也で運転するから」

なかなか優しげな提案をしてくれているとわかりながらも、博はひとまずこの会話を終わらせたい。

「わかった。それじゃ、今日は切るよ。忙しいからね」

「ねえ、まだ怒ってるの」

と、知花が突っかかってきた。

「怒っていない。もう切るぞ」

博が言うと、

「せっかくお父さんのためにいろいろ考えたのに、何でそんな不機嫌なの？　そりゃあ昨日は言いすぎたけど、それだって、お父さんのためを思って言ったんだからね！」

知花の口調が強くなる。

「わかった、わかった」

「わかったんなら、もう、絶対に運転しないでよ。わたしにはもう、お父さんしかいないんだからね」

「はい、はい」

「今日も、七十代のおじいさんの運転で小学生が大怪我《けが》をしたニュースがあって……」

「わかった、もう寝るから切るよ。またこっちからかけるから」

博は急いで電話を切り、「ふう」と息をついた。

しばらくくらくらくホンの画面を見ていたが、知花がかけなおしてくる気配はなく、ほっとした。

見回すと、あたりはすっかり雪に覆われていた。寒くなってきたので、ふたたびエンジンをふかし、一酸化炭素中毒にならないように、うすく窓を開けた。

参ったなと博は思う。こんな日に遭っていることを、とても娘に知らせられない。絶対に無事に宿までたどり着き、そして、何事もなかったかのように帰宅しなければいけないのだ。

「参ったなあ」

と、今度は声に出してつぶやいた。

こんなタイミングでなかったなら、もっとましな対応ができたのにと思う。

知花が旅行に誘ってくれたことなど、これまで一度もなかったではないか。

そう思った時、今聞いたばかりの言葉が蘇《よみがえ》った。

――わたしにはもう、お父さんしかいないんだからね。

娘はそう言った。

この大切な言葉を、電話を早く切りたいがあまり、聞き流してしまったことに気づいた。

博が妻を亡くしたように、知花もまた母親を亡くしたのだ。

この二年間、自分の悲しみにひたり、知花の気持ちまで思いやれていなかったかもしれないと思う。

母親に続いて、父親の自分まで失ったら、あいつも寂しいだろうと、博は初めて、自分の命を知花のものとして感じた。

昔からかんの強い子で、思春期にはよくぶつかった。非行に走り、朝まで帰ってこなかったことも、喫煙で高校を停学になったこともあった。芸能界に行きたいからと大学をドロップアウトした時は、本気で勘当しようと思ったものだ。

とはいえ、大学中退後に芸能事務所に属した娘が次第に垢《あか》ぬけてゆく様を見て、心のどこかでそわそわした時期もあった。モデルをやった通販のカタログ誌は何冊も手に入れたし、昼間のドラマにちょい役で出演するといえば、ほんのひと言、ふた言のために全編を録画した。

何をやっているのか詳しくは知らないが、ひとつのことを頑張っていれば、いつか日の目を見ることもあるかもしれないと、うっすら期待もしたのだった。しかし、結局のところ博のひとり娘が書店で並ぶ女性雑誌に登場することはなく、テレビドラマで三つ以上の台詞《せりふ》を言うこともなかったのである。

三十をいくらか越えた頃、本人も思うところがあったのか、アルバイト先の居酒屋で恋仲になった八つ年下のバンドマンと一緒になると言った。それが淳也くんである。

腹の中に子どもがいると打ち明けられた時には、頭に血がのぼった。そんなだらしのないやつに育てた覚えはない、出て行け、と怒鳴りつけたら、売り言葉に買い言葉で、娘は寒空の下へ飛び出した。あの時、生涯でただ一度、博は妻の由美子に怒鳴られたのである。

妻子ある人に惚《ほ》れたわけでもあるまいに、身重の娘を追い出すなんて、と、妻の由美子は涙ぐみ、血相を変えて知花を追いかけて行った。ふん、と博は鼻を鳴らし、先に風呂を使って布団に入ったが、いらいらと落ち着かず、寝つけなかった。

やがて、玄関で帰宅の音がして、ふたりが戻ってきたとわかりほっとしたが、博は寝ているふりをした。

その後、だいぶ長いこと知花に避けられ、由美子の態度もひどく冷たかった記憶がある。のちに、あなたにはそういうところがある、と由美子に言われた。そういうところというのが、どういうところなのか、具体的な説明はなかった。

知花の結婚する相手が、アルバイトを転々としているバンドマンだと聞いた時には、腹立たしいやら不安やら、頭が真っ白になったものだったが、ある日、訪ねてきて、生まれてくる子と知花のために実家の店を継いで一から頑張りますと頭を下げられ、考えも変わった。

淳也くんは、バンドというよりはラグビーでもやっていたんじゃないかと思うような、まるまると固い身体の持ち主だった。真剣な目をしていた。

博は長身でひょろりとした体型なので、強そうな娘婿を頼もしく思うも、自分とは真逆のタイプを好きになった娘に、ほんのいくらか寂しさも感じた。

腹のふくらみを隠せるぎりぎりの時期に、それなりに華やかな披露宴をやり、その後、知花は中国地方の都市に嫁いだ。

娘が家を出て行ってから、もうどれくらい経《た》つのだろうと博は考えるが、正確な年数を思い出せない。

しばらくして、由美子の身体に大きな病気が見つかった。自覚症状がなかったせいで、進行してしまっていた。それから入退院を繰り返した。つかの間の平穏を挟んで、病気が再発し、博は看病のために役職から降りた。管につながれて力なく横たわる時間の増えた由美子も、知花と孫が来ると、目を細めて身を起こし、タケサク、よくきたね、と顔をほころばせた。

由美子の姿がひどく弱々しげになってからは、知花は子どもたちを夫の実家に預けてひとりで来た。実家に長めに滞在し、病院に通った。その頃には、家庭と店をきりもりする肝っ玉母ちゃんであった。言えぬ苦労もあっただろうが、疫病で日本全土が閉ざされた時には、遠く離れても顔を見合わせて話せるようにと、ｉＰａｄを送ってくれた。使い方を電話でレクチャーもしてくれるような、優しいところがある。妻の由美子に似て、世話好きの、情の深い女になったのだ。

そう思うと、博の中に、なんだか、込み上げてくるものがあった。

——お父さん、昔から運転がうまかったし、お母さんもお父さんの運転だけは信頼していたもんなって。

知花のその言葉を、今になって思い出し、頬をゆるませた。

そうだった。由美子は、旅先で、急発進しがちなタクシーを降りた後に、「お父さんの運転のほうがずっと上手」と言った。知花の前で、そう言ってくれた。由美子を乗せている時に、文句を言われたことは一度もない……と思った後で、二度、違反を取られたのを思い出す。一度は、北海道の原野の一本道を気持ちよく走っていた時に、横道の木陰で待ち伏せていた地元のパトカーにスピード違反を指摘された。二度目も旅先で、ひとけのない道路でなんとなく一時停止のサインを見逃してしまったら待ち構えていた白バイに違反を取られた。いずれの時も、由美子は同乗していて、「不慣れな旅行者を狙い撃ちするなんて、卑怯《ひきょう》だわ」とぷりぷりしていた。由美子が怒ってくれたおかげで、「まあ、規則は規則だ」と博のほうがおっとり構えられた。

そんなわけで、ゴールド免許が途切れた時期もあったが、物にかすったことすらないし、ましてや誰かを怪我させたこともない。運転している頻度の高さを思えばそれなりに技術の高いドライバーだと思っている。

そのことを娘がちゃんとわかってくれていたことが、嬉《うれ》しかった。

わかった上で、心配してくれているのだろう。

運転をやめろと一方的に言ってこられた時は、身勝手で冷たいやつだと思ったが、今や博に、あんなふうに直接言ってくれるのは、綾子と知花しかいないのである。

こんな山の中でくたばるわけにはいかない。

前の車が動く気配はないが、自分を奮い立たせるように博はハンドルを握り、フロントガラスに降り積もる雪を見つめる。

どれくらい経ったのだろう。東の空がうっすら白み始めた。ついに、雪の中の道路で、一夜を明かしてしまったようである。

前のほうから高速道路の職員風の男が走ってくる。フードを被《かぶ》っているが、身体の一部がぴかぴかと発光しており、そのいでたちに、安堵の気持ちが込み上げる。職員は、博の前の車の者たちとしばらく話しているようだったが、やがてこの車へと来てくれた。窓をこつこつとし、

「簡単なものですが」

と、パンの入った災害用の缶詰と携帯カイロを差し入れてくれた。博は感動し、

「おお、悪いね」

と、ありがたく受け取る。

どうやら、夜を越した車に職員たちが順に差し入れをしているようである。いつしか雪はおとなしくなり、ちらちらと舞う程度であった。

「水、ありますか」

と、職員に訊かれ、

「いや、ない。くれるのか」

博が言うと、ペットボトルを差し出してくれた。見たとたんに、喉の渇きがぐわっと押し寄せ、博はすぐさまキャップを開けて、ごくごくごくと勢いよく飲んだ。

その様子を見て不安に思ったのか、

「お父さん、大丈夫ですか。これもどうぞ」

職員はバッグから携帯カイロをもう一個くれた。

「ありがたいねえ……。あなたも寒い中、大変だ」

「ガソリンはありますか」

「まだ大丈夫だ」

「具合はどうですか」

ずいぶんと親切に聞いてくれるのだなと思いながら、大丈夫だと博は繰り返す。

「もうじき除雪車が来ますから、もう少しだけ待っていてくださいね、お父さん」

「もうじきって、どのくらいだ」

「えー、前に五十台ほどですから、あと数時間で救助されると思います」

「救助」されるのか、と博は思った。おおげさな言葉に感じたが、それだけの目に遭ったのだという気もする。それにしても、あと数時間か……。

まあ、仕方あるまい。博はひとまずもらった缶を開けて、中のパンを取り出して食べた。缶の中に入っているパンを食べたのは初めてだったが、甘く、柔らかい。こんなに美味しいパンを食べたことがあったかと思うくらい、とろけるように美味だった。

ふと顔をあげると、まだちらちらと軽く雪が舞う中で、車から降りて雪かきをする者が現れた。隣の白ダウンの男が、逞《たくま》しく雪かきをしている。除雪車を待っていられないとばかりに、前の車も夫婦で雪かきをし始めた。

博も後部座席に雪かきを準備しておいたが、とても外に出る気になれなかった。

ひと晩、うつらうつらしながら、窓を開けたり、閉めたり、時にエンジンをふかしたり、またとめたり、と、空気や温度を微調整していたのだ。それは、思った以上に疲れる作業だった。狭いシートで過ごしたこともあって、もはや全ての関節が痛く、身体じゅうが重い。一睡もしていなかった。

昨日頼もしく思った大型バスの窓の、ほとんどのカーテンは閉まっていたが、その中のひとつを開ける乗客がいた。今起きたというふうに、カーテンを開けて、窓の外を見ている。

他の乗客たちは、おそらく窓に頭をつけて、あるいはだらりと首を垂れ、あそこの、自分より高いあの席でぐうぐうと眠りこけているのだろう。いい気なものだと博は思う。

もちろん、バスの客も、同じ姿勢で長時間いるわけで、相当にくたびれてはいるだろうが、自分ほどじゃあないはずだ。

それに、「救助」された後、自分はまた運転をしなければならないのである。

そのことに気づき、なんてこった、と博はつぶやく。

そうだ。ここで救助されたとて、まだ運転して、山越えをして、宿までたどり着かなければいけないのだ。

その事実は、大きな絶望感を伴って博にもたらされる。ぽきりと関節のなる音がした。帰りたい。帰って、家の風呂にゆっくり浸かって、布団に横になりたい。今は指先の感覚が無い。自分が疲れきっていることを、博は認めざるを得なかった。体力だけではなく、気力も相当奪われていた。

遠くにようやく除雪車が見えてきた。


車のまわりの雪をかきだしてもらい、そこから除雪された道路まで誘導されるまでに、結局三時間近くかかった。

寒い中、立ち回っている職員たちに感謝しながら、博は高速道路を降り、ひとまずガソリンスタンドでメーターを満タンにした。

ほど近くに見えたコンビニに立ち寄って、イートインスペースで温かいお茶を飲みながら湯気を立てている肉まんを食べると、ようやく身体じゅうに血が巡った感じがした。雪はいつしか止《や》んでおり、市街地の道路はだいぶ除雪が済んでいた。その後の、一般道での山越えも、冬用タイヤのおかげで、スムーズだった。

昼前に、ようやく宿に到着すると、ちょうどチェックアウトの時間と重なり、宿の入り口はざわめきに包まれ、混みあっていた。

少し待ってはいたが、誰も博に気づいてくれないので、いらいらしてきた。博は他の客を相手している従業員に声をかけ、自分が、本来なら昨日から連泊しているはずの者で、ようやくたどり着いたのだということを伝えた。

しかし、接客中だった従業員は、しばらくお待ちください、とそっけない。

来るんじゃなかった、という思いが博の中にうずまく。

高速道路の降り口付近でガソリンを入れた時、山越えを億劫《おっくう》に思い、市内のビジネスホテルに泊まって帰ろうかとすら動く心があったのだ。それなのに、ここまでやってきた。まさか、この宿から、こんな扱いを受けるとは。

苛立《いらだ》っていると、ようやく他の客への対応を終えた従業員が、博のところにやってきた。見回すと、たしかに人手が足りていないようである。

待合のための土間に案内してくれ、お茶も出される。博の心はようやく収まった。

やがて部屋に案内された。なんということのない和室六畳間だったが、広縁がついており、その窓の向こうには美しい雪景色が見えた。何よりとてもあたたかかった。宿の者が、握り飯ふたつとお新香、それからちょっとした小鉢の載った盆を運んできてくれた。昨夜一泊しそこねた博に、ささやかなサービスであるらしい。

満腹になると、とろりとした眠気が訪れる。食べ終えたらひと風呂浴びようと思っていたが、その前に、すこしだけ休むことにした。


電話のベルで、博は目を覚ます。

慌てて起きるともう夜だった。電話口で、宿の者が、夕食の準備が整ったことを告げる。どうやら固い畳の上で、長時間、眠りこけていたらしい。

どうして誰も起こしてくれなかったのだ。博は一瞬腹が立つ。だが、よく考えてみれば、誰にもそんなことは頼んでいなかった。宿の者も、頼まれてもいないのに、休んでいる客を起こすわけにいかないだろう。

「まったく……」

博はつぶやき、並べて敷いていた座布団から身を起こそうとして、「うっ」と呻《うめ》く。背中がぎりっと軋《きし》むように痛んだ。

のろのろと、それでもなんとか起き上がった。喉がくちゃくちゃと生臭い感じがした。しばらく歯を磨いていないことに気づく。室内があたたかいせいで、汗をかいたようだ。首のあたりがべたべたしていた。あたたかいが、乾燥していたようで、喉がかさつくように痛い。風邪をひいた感覚のないことにほっとしたが、いがらっぽい咳《せき》が出た。

このままでは風邪をひいてしまう。とりあえず、着替えよう。博はのそのそと立ち上がり、うがいをしてから、服を脱いで浴衣《ゆかた》を羽織った。

囲炉裏で焼いた団子、岩魚《いわな》の塩焼き、薬味を練り込んだ味噌を良い香りのする葉に載せた郷土料理、セリのたくさん入った田舎汁など、どれも豊かなうまみと、あたたかな滋養に満ちていた。熱燗《あつかん》とともに、これらを食し、博はようやく生き返る思いがした。

食べ終わると、浴衣姿でタオルを入れた籠を持ち、いそいそと温泉へと向かった。

かけ湯で身体を清め、内湯にいくらか浸かって、それから最も入りたかった露天岩風呂へと扉を開ける。外には粉雪が舞っており、差しこむ外気は、内湯によってやんわり温まった身体を一瞬で冷ました。足裏に触れる石は凍りついている。博は手すりをもって、滑らぬように気をつけながら、数メートル先にある露天岩風呂「三皇の湯」へと急いだ。その数歩がしんどい。

念願の「三皇の湯」にしずむと、「ほーう」と自然に声が漏れた。内湯に比べて随分と広い岩風呂には先客が数人いた。皆、静かに雪景色を眺めながら、淡く濁るこの尊い湯を味わっている。岩壁へと粉雪が、橙《だいだい》色の照明をうけて幻想的に光りながら舞い降りる。

「三皇の湯」の由来は、この地域の温泉に浸かりに三人の天皇が療養で訪れたという遥《はる》か昔の伝説と、三つの源泉を掛け合わせたブレンド温泉であるという現代の事実とを、うまく織り交ぜたものであるらしい。

どの源泉も温度が非常に高く、ほんの十年前までは沢の水を足すことで温度を調整していたという。今は熱交換器で温度を調整できるようになった。そのため、この露天風呂は、源泉率百パーセントのかけ流しだ。軸となっているのは無色透明でやわらかい単純温泉だが、そこに注ぎ込まれる鉄分や硫黄《い》黄《おう》分が反応し、神秘的なにごり湯となるというから面白い。にごりの濃さも色味も日によって変わるそうで、それを聞くと、温泉がまるで命あるかのような、不思議なものに思えてくる。

湯に血管があたためられ、湯気に鼻孔は膨らんだ。やわらかく解《ほぐ》された表皮と共に、博の心はすっかり溶ける。皮膚も骨も神経も筋肉も、自分を構成する全てのものに、神秘の湯が染み込んだのを感じ、そろそろ出るか、と立ち上がる。頭の奥がふらりと揺れた。博は慌ててそばにあった岩に手をついて身を支え、よろよろと、その岩に座る。血液が耳のあたりを巡ってゆく音がとくとくとくと響く。危ない、危ない。こんなところで倒れたりしたら大変なことになる。

飲酒後、それほど経たずに湯に浸かったのがまずかったのか。危険だと頭ではわかっていたが、夕力をくってしまった。

以前は、雪見酒を楽しんだこともあったし、飲酒した後、温泉で酔いを醒《さ》ましてくるなどと嘯《うそぶ》いて湯処に向かったこともあったが、考えてみれば、それらは大層危険なことであった。剝きだしの上半身に吹きつける風の冷たさに、ぶるっと震えが来た。自分の身体が、知らない人間のものになってしまったように感じた。

少し休んでから、博は今度は慎重に立ち上がった。

出て来た時ほどに寒さは刺してこなかったので、内湯に浸かり直すのはやめにした。かわりに湯の注ぎ口へ盥をあてて、出てくる源泉を入れる。外気に触れたての生の湯に洗顔用タオルを直接入れて、よく絞ってから身体を拭いた。博が独自に編み出した、温泉の成分を余すところなく身体に染み込ませる方法である。

以前由美子と来た時には、もっと長湯をしたのにな、と思いながら、脱衣所へ向かい、遅れてじんわり汗をかきだした肌に、浴衣をあてた。

部屋に戻れば、ふかふかの布団が敷かれている幸せよ。

倒れこむように横になり、テレビも見ずに寝てしまう。

しばらくすると、目が覚めた。まだ外は暗く、ちゃんと寝た気がしなかったので、二度寝をしようと目を閉じたが、どうにも眠れないのだった。

仕方なく起きて、朝風呂に行く。夜明け前の露天温泉に今度は長湯しないよう気をつけながら浸かる。

そうして部屋に戻り、もう一度布団に入った。外はまだ暗い。そのまましばらく横たわって、空が明らむのを待った。

朝食を食べてもなお、一昨晩の疲労が抜けきっていないのを感じていた。疲労とともに、落胆もまたじわじわと、博の中に広がっていった。

それは、自分の身体がこんなにもたやすく疲れ切ってしまうことへの落胆だった。以前は、ひと眠りすれば、ひと風呂浴びれば、疲れが吹き飛んだように思う。雪の夜のダメージが深すぎて、身体が回復しきれていないのだ。そして、これほど疲れていても、来てしまった以上は、帰らなければならない。帰路は、ひたすら慎重に、気を張って、運転した。

由美子がいたらまだ少しは違ったかもしれなかった。だが、ひとりでこういうハプニングには、もう、耐えられないと感じた。雪道の立ち往生も、その後の山越えも、ひたすらに苦行だった。

バスの乗客たちが羨《うらや》ましかった。

そう思ってしまうこと自体が残念だが、本音だ。博は、自分がもう、かつての自分ではないことを知ってしまった。かつての自分……五十代、いや六十代であっても、こうしたハプニングをスリル満点の語り草とするため、きついながらも奮起できた気がする。あたかも冒険談のように誰かに話したくなったと思う。

今の自分に、スリルや冒険は似合わない。そんな自慢話をするよりも、バスに乗っていたかった。

さいわい天気に問題はなく、渋滞もなかった。疲れてはいたが、ひたすら安全運転を心がけ、なんとか夜までに、練馬までたどり着き、自宅が見えてきた時には安堵の息が漏れた。

最後の力をふりしぼって車庫に車を入れていると、玄関の戸が開いて、千葉にいるはずの綾子が飛び出してきた。

「おまえ、どうしたんだ」

驚いた博が、窓を開けて言うと、

「どうしたもこうしたも……！」

綾子が肩で息をしている。

「兄ちゃんこそ、どこ行ってたのさ！　電話も通じないし！」

ひどく取り乱している様子の妹に、博は戸惑う。らくらくホンの充電器を持ち忘れたため、電話が使えなくなっていたのだ。

とにかく車庫入れし、荷物を持たずに博は車から降りた。

綾子は、いざという時のためにと渡しておいた鍵を使って、勝手に中に入っていたようである。室内に入ると、少しばかり片付けをしてくれていたようだし、部屋もあたたまっていた。

「知花ちゃんが、おととい兄ちゃんと話した時の様子がおかしかったって電話をくれたんだよ。それきり兄ちゃんの電話がつながらないって、心配してさ。部屋ん中で倒れてるんじゃないかって言うもんだから、ここまでわざわざ見に来たんだよ。そしたら車がないから、もうどうしようかと思ったさ。いったいどこ行ってたんだよ。あとちょっとで警察に連絡するところだったんだからね」

「何を、大げさな。ちょっとそこまで乗っていただけだ」

車の後部座席に旅行バッグを置いてあることを悟られないようにしなければ、と博は思う。

「あれだけ運転はなるべくしないようにって言っていたのに」

本当なら床に座りこみたいくらいにへとへとだったが、

ばならない。

元気を装って、博は言う。「ちょっとそこまで乗っていただけ」なのだから、元気に振舞わなければならない。

「何かあったらどうするんだよ！　知花ちゃんにあんなに心配かけて……ひどい父親だよ！」

ぷりぷりした口ぶりとうらはらの濡《ぬ》れたようなまなざしを向けられ、博はきまり悪く思う。妹の目尻に滲《にじ》んでいる涙は、博のためのものだった。

突然に、博は知った。

自分は、心配をする側ではなく、こんなにも、される側にいるのだと。

綾子や知花の心配をすることなく、自分勝手な思いつきでドライブ旅行に行った。無事に帰ってこられたから良かったが、何かあったら、妹や娘をどれほど苦しませたことだろう。実際、「何かあった」のだった。そして「救助」されたのだ。

こんなふうでは、また由美子に会えた時、どれだけ叱《しか》られることだろう。

——あなたにはそういうところがある。

「悪かったな」

心からの、言葉が漏れた。

「本当に悪いと思ってるなら、今すぐ知花ちゃんに電話してあげて」

綾子がまだぷりぷりとした調子で言う。

「……ああ」

「ほれ、いったん、火を止めて。はい、電話」

「茶でも飲むか？」

博はうなだれ、綾子に渡されたらくらくホンを受け取った。

コール音を聞く耳の反対側で、

「兄ちゃん、変だね。ほっぺがつやつやだ」

不思議そうに言われる。

「そ、そうか?」

ぎくりとした時、耳にあてた電話から、自分を案ずる娘の声が聞こえた。

おやつはいつだって

父が眠る北海道の寺から、十七回忌の案内が届いた。

もうそんなに経《た》ったと、久しぶりに父や父の実家のことなどを思い出した時、智子《ともこ》の頭の中に奇妙な歌が流れた。

——おやつはいつだってトラピストクッキー……イー♪

何の歌だっけ、と考えて、ああそうだと、わりとすぐに思い出す。

遠い昔に、従兄弟《いとこ》ふたりが歌っていた。「トラピストクッキー」と、のばしたあとで、「イー」の部分を撥《は》ね上げるように、高いキーで響かせる。この部分が印象的な、奇妙な歌だった。

今年四十四歳になる智子は、幼い頃、父の実家がある北海道の田舎で過ごした時期があった。そこで会った少し年上の従兄弟ふたりが、

——おやつはいつだってトラピストクッキー……イー♪

と、大きな声で歌っていたのだ。

鼻歌で記憶をなぞりながら、それにしても、と思う。もう十七回忌か。十三回忌は師岡《もろおか》さんが対応してくれたが、あっという間に次の連絡がきた。一体こういうのはいつまで続くのだろう。伯母《おば》とは

疎遠になっているし、他の親族も全体的に老いて、頻繁《ひんぱん》に連絡をとっている者はいない。寺としては、長男の家族である智子の家に必要なことを伝達し続けるしかないのだろうが、そろそろ潮時だろう。あとで母に相談しようと、智子は寺から来た手紙をキャビネットの上に置いた。

あと数年で後期高齢者になる母は、ブティックのオーナーとして今も元気に働いている。今日は事務所で商談中だが、お茶の時間には戻ってくるだろう。祖父母が遺《のこ》したいくつかのビルの内の一室で母がブティックを始めた時は、客商売をするなんてと親戚筋から嫌味もあったというが、母は気にしなかった。最初は赤字が続いたようだが、いまや固定客もついてきた。智子が担当するネット通販部門も順調である。

そんな母は、父と同じ墓に入る気はさらさら無いようだ。都内にある自分の実家の墓に入ると決めており、母がそこに入るならば自分も同じところに入るのだろうと智子はぼんやり思っている。

それにしても、父が遠い墓にすとんと入ってしまったことには、いまだに現実味を持てていないでいる。というのも、実を言えば智子は、父の墓参りに行ったことがないのだ。

以前なにげなくその話をしたら、中高からの友人である麻衣子《まいこ》や成美《なるみ》にドン引きされた。やっぱり智子んちは普通の家じゃないね。さすが、ロイヤルファミリー。ふたりにさんざん面白がられ、話したことを後悔した。父親の葬儀は都内で執り行われ、その後、遺骨だけ向こうに送られたのだと話したが、それでも娘が父親の墓の場所を知らないということが、二人には奇妙に感じられたようだ。

母に父の墓の住所を訊《たず》ねたこともあるが、はぐらかされた。というより、母も詳しく知らないようで、住所なんてあるのかしら、と首を傾げた。さすがに住所はあるだろうと思い、重ねて訊ねると、すんごく遠いから永遠に辿《たど》りつけないかもしれないわよう、と冗談めかして言い、大変な思いをして行くよりも、こっちで心を込めて手を合わせれば、パパちゃんは十分喜ぶわ、と微笑《ほほえ》むのだった。

その後、父が眠る寺から案内が届き、当たり前だが住所があることはわかった。グーグルマップで調べたら、その寺はたしかに、知らない鉄道の知らない駅から指先で地図を引きのばし引きのばしてようやく出てくる、まっさらな、何もなさそうな場所にぽつりと存在していた。「永遠に辿りつけないかもしれない」はまんざら誇張でもないと思った。

父のことはこちらの生活の中でおりおり思い出していきたい。墓参りだけが愛じゃない。とはいえ、行かないお墓とつながりつづけているのも、なんとなく落ち着かない気分である。

放棄するというと言葉は悪いが、正しい手続きを取り、きれいに手放したい。その場合、先祖代々すべては無理だとして、父の墓だけはこちらに改葬できないものか。そんなことをぼんやり考えるも、はっきり口に出したり、行動に移したことはないままだった。


「お紅茶、入ったわよ」

仕事を終えた母は、ソファで休むこともせず、台所できびきびと動き、おやつのセットを盆に載せてダイニングテーブルへと運んできた。母はお茶の時間を大切にしている。ブティックの片隅にティーコーナーを設けて、客が少ない時は紅茶を飲んでいる。人に任せられる日は、こうしてわざわざ最上階の自室に戻ってきて、たっぷり時間をかけてお茶を飲む。

長い髪を明るい茶色に染めて、麻のマキシワンピースを着ている母は、とても高齢者には見えない。毎週のエステとジムで肌艶もすこぶる良く、定期的にヒアルロン酸注射をかかさない母は、五十代といっても通用する見た目だ。実際、母娘で出かけていると、姉妹に間違えられることが多い。

「わあ、おいしそう」

今日のおやつは、商談相手からいただいたというフィナンシェだった。母はひらりと席につく。一年で一番日が長い時期だ。ブラインド越しに落ちる日差しの色が濃い。週に二度家政婦が整えてくれる居間は、いつも美しく片付けられており、母娘にとって快適な暮らしは当たり前のものであり続けていた。

「ああ、そうだ。パパの十七回忌の案内が来たんだけど、どうする?」

思い出して智子が言うと、

「十七回忌なんて、誰もやらないわよ」

あっさりと母が言った。十三回忌の時も、その前も、同じように言っていた。

「パパちゃんが死んじゃった時に先々の管理費や何やらを言われるままおおさめしたんだけど、もういいでしょ」

「じゃあ、お返事しなくていいの?」

「師岡さんに頼んどくから、智ちゃんは何の心配もしなくていいわ」

師岡さんは、母の会社の役員で、要するに便利屋だ。

「頼むって、え、何を頼むの?」

「墓じまい?」と、質問するような口調で、母が答える。

「そしたら、パパのお墓だけ、こっちに持ってくる?」

智子が訊《き》くと、

「どうして」

と、訊かれる。智子はなぜか、訊いてはいけないことを訊いたような気がした。しかし母が浮かべているのはきょとんとした表情で、その目に浮かんでいるのは、どうしてそんなことをするのかわからないという屈託《くったく》のない疑問であった。

「え、だって、ひとりであっちだとパパも寂しいかなって……」

「寂しくなんかないわよ。死んじゃってるんだから」

「まあね」

「それに、パパちゃんはそんなにこだわりがなかったとはいえ、あたしとは宗教も違うし」

そう言う母はさばさばした表情だった。あまり意識したことはないが、父の墓は仏教の寺で、母の両親はカトリック霊園。とはいえ、母が聖書を読んでいるところなど見たこともないし、母が買ったのは、宗派を問わない、公園みたいなオシャレ墓である。

「それに、北海道なんて、寒いじゃない」

と母は付け加える。

「そういう、墓じまいの手続きって、行かずにやれるの？」

智子が訊くと、

「やれるでしょ、こんな時代だもの。誰か来てくれって言われたら、師岡さんが行くわよ」

と、あくまで他人事《ひとごと》だ。

まあ、そうだよな、と思いながらも智子は、どこか心が焦るような感じがした。自分が、ひとつの場所を捨てる感じがした。曲がりなりにも父が十八まで育った場所である。母にとって父は究極のところ他人だが、自分は父と血がつながっているのだ。

そう思った時、ゆらりと記憶が浮かんだ。

「ねえ、昔わたし、パパのおばあちゃんのところで過ごしてたよね。ほんの少しの期間だったけど。あの家、パパが死んだあと、ママが更地にして売っちゃったんだよね」

「ああー、そんなこともあったわねえ。なんか、空き家を放っておくと、いろいろとよくないって言われたんだよね。あ、そうそう、聞いて智ちゃん、明日、行くのよ」

と母が、予約を取りにくいことで有名な人気のイタリアンをさらっと挙げる。「いいなー」。心からの声が出た。

「じゃあ、智ちゃん、今度いっしょに行こ。お店行った時、あたしが次の予約とってあげるから」

「絶対だよ。え、明日は誰と行くの」

智子は訊ねたが、その女子会のメンツが「学園のママたち」ということで、気持ちはこわばった。

「まだ会ってるの？」

「だって、久しぶりに誘われちゃったんだもん。会ってみたいじゃない。今、あの子たちがどんな暮らしをしているのか、気になっちゃうしね」

面白がるような口ぶりで、母は言う。

社交好きの彼女の、これも数あるうちのひとつの輪に過ぎないのだろう。智子は苛《いら》つくが、母のこうした屈託のなさは、かえって自分にとり、救いになっている気もした。

学園のママたちというのは、智子が出たカトリック系私立女子校の同級生の母親たちのことだ。智子が附属幼稚園に通っていた頃に、母はバザーやら何やら、保護者の間での役回りをいくつも引き受けていたのだが、何かの係を一緒にやったグループとウマが合い、以来、長きにわたって濃くつながり続けているのだ。

母も同じ女子校の出身で、グループの中には学園時代の後輩もいる。君島美穂《きみしまみほ》の母親がそうだったはずだ。あとは、モデルをやっていたとかいう派手顔の茂木小百合《もぎさゆり》母と、音大出だという野田茜《のだあかね》母。このふたりは学園とは関係のない生い立ちで、運よく娘を入れることができた人たちである。お嬢様育ちの母は、わかりやすい悪意を向けられない限り、誰のことも好きになってしまうし、その人たちに尽くそうと頑張ってしまうように見える。そんな無邪気な母のことを、智子はどうしても憎めない。

「わたしのことは何も話さないでよ」

智子が言うと、

「話さないわよぉ」

母は朗《ほが》らかな顔で答えるが、きっと話す。あの人たちと会うたびに、智子の同窓である小百合ちゃん、美穂ちゃん、茜ちゃん、の近況に詳しくなってくるのだ。聞き役に徹していられるわけがなく、自分の娘の情報も差し出しているはずである。そのことに心がかさつく一方で、母が学園と、そこで培ったつながりを健やかな心で愛し、自分と違うところで友情を築いていることには、不思議な誇らしさも感じている。腹立たしさを抱えながらも、母に変わってほしいとは思わないのだった。


翌日、予約困難店での女子会を終えた母は、案の定、学園の娘たちの話を新しくたくさん仕入れてきていきいきと語った。――医師の妻だったが現在は離婚して実家の豪邸で娘を育てている茂木小百合は母校のお受験に失敗した娘のリベンジ中学受験に奮闘中、商社マンと結婚した君島美穂は三人の子どもを育てながら自宅でテーブルコーディネートサロンを開いており、弁護士と結婚した野田茜は一人息子にピアノ、ヴァイオリン、タンバリンなど様々な楽器を習わせており、中学生になった今はヴァイオリン一本にしコンクールで上位入賞、ゆくゆくは音大受験を……

「知・ら・ん・が・な！」

智子が吐き捨てると、伊沢《いざわ》麻衣子と田崎《たさき》成美がアハハと乾いた声で笑った。

「茂木小百合って、高二の時に埋没やった子でしょ。離婚したんだ」

麻衣子が言い、

「どーってでもいいわ」

成美が肩をすくめて豪快に笑う。

「ていうか、タンバリンを習うってどーゆーこと。習うものなの？　あ、すみません、砂肝と菜の花のアヒージョお願いしますー！」

麻衣子が店員に元気よく呼びかけ、成美はウィンナーソーセージのように太いホワイトアスパラガスをナイフとフォークで三つに切り分けている。智子の手にあるのはデンマーク王室御用達を謳《うた》うビールが入ったジョッキだ。ぐいと飲み干してから、智子もまた店員におかわりを頼んだ。

今日は学園時代の友人ふたりとスペインバルに集まっている。なぜそうしているのかはわからないが、母が「学園のママたち」と集まった後、智子は必ずこのふたりに声をかけて集まる。母の出身校でもある学園のつながりが、今も母の中で続いているのはたしかで、自分もそれを絶やしちゃいけないような気がするからかもしれない。

コラムニストとして、たまにテレビのコメンテーターを引き受けたりもしているプチ有名人の麻衣子と、大手建設会社で課長職に就《つ》いているバリキャリの成美。学園の友人たちとはほぼ疎遠になり、智子が今も声をかけられるのはこの外部生ふたりだけである。

「外部生」というのは学園の中での言い方で、智子が幼稚園からずっとストレートの「内部生」だったのに対し、麻衣子と成美は公立小から中学受験をして入ってきたので「外部生」と呼ばれている。智子の母は智子が中高生になって以降も外部生の母親たちとは一切付き合っていなかったから、このふたりの母親とは面識もないだろう。

「ほんっとさ、うちの親、定期的に学園ママたちと会っていらん情報仕入れて報告してくるんだよね、いい迷惑なんだよ」

吐き捨てるように智子が言うと、

「それ聞かされるワタシらも『いい迷惑』って言っていいですかー」

と、成美が言い、とりなすように麻衣子が笑って、

「いやわたしはむしろ聞けて嬉《うれ》しいけど？　ちょうど『部活が占う女の未来』ってコラムを書いててさ、答え合わせになる感じ」

と、言ってくれた。

「何それ。部活が占う……？」

「茂木さんと野田さんはテニス部だったでしょう、君島さんは聖書研究会。あの人たち、ちゃんとそういう感じの人生になってるよねー」

「意味わかんないけど、とりあえず他人の部活よく覚えているね」

成美が呆《あき》れたように言う。

「コラム書いてる時、卒アルと文集を見直したからね。文集にみんな部活を載せてたし」

「そうだっけ」

「尊敬する人の欄に、智子は、お母さんって書いてたね」

麻衣子の口調はもはや責めるもからかうもなく、平坦だった。しかし智子は以前このふたりから、早く親離れしたほうがいいと言われていたのを思い出した。あれは高校生の頃だったか、いや、大学に入ってからだった気もする。

母は昔、心配のあまり智子の行動や交友関係を必要以上に知ろうとするところがあった。当時まだ珍しかった携帯電話を持たされた智子が、放課後や週末に何度も母からの電話を受けているのを見て、ふたりに心配された。今はいい大人どうし、適度な距離感を保って仲良くやっているのだと、ちゃんと伝えたかった。

「……それで、文集に載ってた部活と現在のＳＮＳを照らし合わせて、説に沿ってる例だけピックアップして記事にしたの」

という麻衣子に、

「恣意的だなあ」

と、成美が笑う。

「血液型占いだって、そんなもんでしょ」

「じゃあ、その部活占いだとうちらはどうなるの」

成美の質問に、

「さあ、どうでしょう」

麻衣子が言い、三人は一瞬黙る。全員帰宅部だったのだ。学年の七割が進学する附属のお嬢様カトリック女子大に進まず、茨《いばら》の道の大学受験を選んだ面々でもある。

「アウトローってことかも?」

麻衣子が言った。

アウトロー。たしかに自分たちは、あの学園の中では異質な部類だったかもしれないと、智子はちょっと誇らしく思った。

帰国子女の麻衣子は中一の時分からどこか外に開かれた明るさがあったし、成美は入学早々この学校は滑り止めだったと言って内部生から顰蹙《ひんしゆく》を買うも、たしかに秀才だった。女子校内での人間関係のねばねばしたところと常に一線を画し、中一から塾通いをしていたこのふたりの影響で、智子も高校に上がった頃から、大学受験を考えたのである。

中一で同じクラスになって以来、智子はこのふたりと六年間一緒に過ごした。クラス分けは数度あったが、運良く離されなくて済んだのである。その結果、つられるように大学受験をすることになったのだ。

結果として、三人とも受験に成功した。成美は最難関の国立大学に、麻衣子はトップ私大に、そして智子も第一志望だった無宗教の難関私大に合格した。

娘が受験勉強をしている姿を不安そうに眺めていた両親は、この結果を心から喜び、寿《ことほ》いだ。あの頃は母方の祖父母も元気だったから、近所のホテルで豪華な祝いをしたものである。

しかし何より智子が嬉しかったのは、学園の皆の反応だった。結果が広まった際は、優等生三人組として一部の後輩から崇《あが》められたものだ。成人式の同窓会で、女子大に進学した同輩たちから、大学の同級生男子を紹介してほしい、合コンを開いてほしい、とさんざん頼まれ、優越感に浸りながらのらりくらりかわしたのを今も覚えている。

そういえば、と智子は思い出す。じわじわと教育方針を転換したらしき母校から、活躍する卒業生の座談会なる企画を提案されたこともあったっけ。あれは三人が二十代後半くらいだったから、今から十五年ほど前のことだ。他大受験にも対応している進学校だというPRをするために、有名大学に進学してばりばり働いている卒業生を客寄せパンダにしたいらしかった。

当時、智子は総合商社の一般職社員として働いていた。人間関係で立ち行かなくなったのをきっかけに体調を崩していた時期で、座談会の数か月後に辞めることになるのだが、そんな事情は隠し、あたかも都心で精力的に働くかっこいい卒業生を演じた。

出版社で働いていた麻衣子も、ゼネコンの地方支社で働いていた成美も、同じくきらきらした社会人として、学園のシスターに淹《い》れてもらったお茶を飲み飲み「活躍する卒業生の横顔」を披露した。

その後、麻衣子はブログの人気に火がついたことで出版社をやめてコラムニストとなった。一級建築士の資格を持つ成美は、同じ業界のより大手に転職した。麻衣子は一時期男と同棲《どうせい》していたし、成美は離婚経験者だ。皆、それなりの道を経て四十代になった。

あの座談会について、その後、三人で話した記憶はない。堅苦しい場でよそいきの顔で話し合った記憶は、少し気恥ずかしいものだったかもしれない。

とはいえ智子にとって、学園の代表となったことは鮮烈な記憶だ。なにしろ、校長様を囲んで中高時代の思い出を語り合ったそのやりとりと写真は、母校の宣伝パンフレットに載ったのだから！

そういえばあの時、謝礼までもらったのだった。

学園から謝礼を！　それが図書カードだったことも、智子は忘れていない。麻衣子と成美は、その額や、現金でないことについて、あれこれと不平を言っていたが、なぜだろう、智子は、謝礼の図書カード入りの封筒を校長様から受け取った時、心のどこかがふるえるほど嬉しかった。

帰り際、三人で学園の中庭にある教会の前を歩いた時、中から下級生たちが歌う聖歌が聞こえてきたことも、智子ははっきり覚えている。園児の頃から歌い続けていたあの響きは、今も心に流れている気がするのだ。

ねえ、覚えてる？　わたしたち母校で座談会したよね？　学園の「卒業生代表」になったよね？　だけど、ふたりにそんな思い出話はしない。自分がいつも思い出していることが、彼女たちにとってどの程度価値のある記憶であるのか、たしかめるのは怖かった。内部生の輪から離れた身でも、外部生たちと同じ感覚にはなれない。そんな自分の中途半端さをどこか恥じていた。

「アウトローはいいけどさ、うちら、このまま独身だったら、ついに、あの『門』が！」

麻衣子が冗談めかして言った。

門というのは、学園内の敷地にある修道院の入り口のことだ。学園の中で、煉瓦《れんが》造りの修道院の建物は、しっとりとし、異質に静かだった。ある年代になっても独身を貫いている卒業生には、修道会から勧誘があるという伝説があった。勧誘された卒業生の前でだけ、学校生活のあいだはいつも閉まっていた門が、ついに開かれるとかなんとか。学園に伝わる都市伝説的なものだ。

智子が、修道院のあの建物を思い浮かべていると、

「外部生にはそんな案内来ないでしょ」

成美が言い、

「そっかー。じゃあ、うちらの中で入れるのは智子だけだね」

「ちょっと羨《うらや》ましい」

「羨ましいか？」

「最終的なセーフティネットではあるじゃん」

「まあねえ」

と、早口で言い合っていたふたりがふと黙り、

「そういえば、今度の旅行、行けなくなってごめんね」

成美が智子を見て、思い出したように言った。

「そうだった、そうだった、ほんと残念」

麻衣子も言った。

「あー、まー、仕事なんだからしょうがないよ」

と智子はホワイトアスパラガスの入った口でもごもご適当な感じの相槌《あいづち》を打った。

「わたし、スーツケース買ったんだよねー」

「まじで？　気合入ってたんだねー」

「そうだよ。残念すぎた」

「ねー。せっかくの機会だったのに、残念」

彼女たちは残念残念言いあっているが、本当にがっかりしているのは、自分だけなんだろうと智子は静かに思った。

夏休みを合わせて取って、三人で久々に旅行しようと決めていたのだ。言い出したのは智子で、ふたりとも嬉しそうに乗ってくれたように見えた。行く先は、ウユニ塩湖だのパムッカレだの最初はひ

どく盛り上がっていたが、結局ハワイに落ち着いた。楽だもんね、結局ね、と、それもまた楽しみにしていたのだが、ツアーの予約を入れる段になって、麻衣子と成美から行けなくなったと次々に言われた。なぜかふたり同時に急な仕事が入った。以来、リスケしようという話にはならない。

智子はがっかりしたが、そんなもんだよな、という気もしていた。今日こうやって会うのも、智子の声かけだ。七時からこの店で待っていたが、全員そろったのは八時過ぎで、忙しいにしても、ないがしろにされている気がしないでもなかった。

それでも、女友達と会っているという事実を作れたのは良かった。麻衣子と成美とごはんを食べてくると伝えたら、母はとても喜んでいたのだ。ぱあっと晴れ上がった笑顔で、楽しんでらっしゃい、と言った後に、お金は足りてる？　とも聞いてきた。そんな高い店に行かないから、と智子は答えた。

娘が学園の時の友達とハワイに行くことを、まるで自分の予定のようにうきうきと喜んでいた母に、それが中止になったことは伝えにくかった。まあ、細かいところまでは話さなくても良いだろう。母と、今はそういう関係になれたのは幸いだ。

母は、麻衣子と成美にあまり興味は持たず、ただ「外部生」とだけ認識していた。それも気楽さの一つだ。みんな独身でばりばりお仕事してるね、やっぱり頭がいいと自由に生きられるのねえ、などと母は無責任に感心していた。実際のところ、成美は二回離婚しているし、麻衣子も事実婚の経験があるから、ずっと真っ白な独身は、智子だけだった。

「ねえ、考えてみれば、実は智子って、なにげにロイヤルファミリーなんだよね」

と、麻衣子が遠い昔の噂《うわさ》話にたびたび出てきた言葉を口にした。

智子は「やめてよ、その言い方」と言って、少し笑った。

『ロイヤルファミリー』。マウント取りというよりはむしろからかい言葉のようなこの恥ずかしい呼称を、外部生から言われると心のどこかがひりつく。

「いや、このあいだセレブの世界を覗《のぞ》き見するような仕事をさせてもらって、その時たまたま取材させてもらった三十代の方が、学園出身の内部生だったんだけど……」

麻衣子が他人の話をし始めた。

成美が頷《うなず》きながら「あー」とか「わかる」とか、共感の息を吐いている。

これも智子は黙って聞いていた。学園の内輪話というのは、正直、あまり聞きたいものではない。

ひと通りその話が済むと、

「そろそろ……」

と、成美が言い出した。十時過ぎだった。まだ早いのにとは思ったが、もう一軒とは言い出せなかったし、智子もなんだか疲れていて、もう帰りたい気分になっていた。「明日から出張なんだよねー」成美が言い、「わたしも明日締め切りだー」と麻衣子が言った。自分も何か言おうかと思ったが、明日の予定は特になかった。

表に出ると、むっときた。夏の始まりが年々早くなっている気がする。梅雨も明けていないのに、粘っこい空気が首筋にまとわりつく。

「昔はこんなに暑くなかったよね」

麻衣子が言った。

「暑くなかったよ。わたしの部屋、冷房なかったもん」

成美が言い、

「えー、東京でェ?」

驚いて智子が声をあげると、成美はちいさく笑って、

「そうだよー。逆に、当時全部の部屋に冷房あるのはセレブでしょ。うちは親の寝室にだけ冷房があったから、熱帯夜だけそっちに寝ていいことになってた。家族四人で雑魚寝《ざこね》してたよー」

と言った。

父の実家に冷房はあっただろうか。覚えていないが、きっとなかっただろうと思った。

ふた間続きの和室の、向こう側に祖父母が、こちら側に自分が、離れて寝ていた図が浮かんだ。従兄弟たちが遊びに来た時、スペースがないからと、同じ部屋に雑魚寝した。

従兄弟たちは大人に寝るよう言われても全然眠ろうとせず、懐中電灯を布団の中に忍ばせて、どこから持ってきたのかちいさなチョコレートを畳に並べて、寝ているふりをしながら少しずつ食べていくゲームをするなど、自由奔放だった。大人たちにばれてしまったらどうなるのだろうとはらはらしていた智子に、従兄弟たちはチョコレートを食べるよう言った。歯を磨いた後だったから、どうしようかと智子は思った。勧められるがままに食べた夜中のチョコレートは、それはそれは美味《おい》しかった。真ん中においた扇風機が、顔をあっちこっち向けるように回転しながら交互にそれぞれの布団に冷風を送っていた。

そんなことを思い出していたら、

「智子、結局、休みはどうするの?」

麻衣子に訊かれた。

「あー、予定なし」

ふたりに振られちゃったからね、と心の中でつけくわえた。

「ママと旅行に行ったらいいじゃない」

からかうように麻衣子が言った。その言葉に智子はカチンと来て、

「なんでそういうこと言うの」

と、自分でもびっくりするくらい強めに返してしまった。智子の表情のこわばりに気づいたからか、とりなすように、

「もう智子も大人だもんね。ひとり旅もいいよ。わたしも去年ひとりでNY行ってきた。休みが取れるタイミングを人と合わせるの難しいから」

と、成美が自分の話をした。一方、麻衣子はどこ吹く風で、

「わかる。わたしみたいな零細ライターだと、頼まれた仕事、断れないからさー。今回もトークショーと重なっちゃって、会場の関係で無理だった」

と、言い訳めいた自慢をした。

智子はもう何も言わなかった。

タクシーが来て、麻衣子がそれを停《と》めた。

「今日は楽しかったー」

「また集まろうね」

「集まろう」

麻衣子が車で、成美が地下鉄で、ふたりとも去った。

いつからかずっと、智子は真顔だった。きっと口角がだらりと下がった、きつい顔をしている。

「ママと旅行に行ったらいいじゃない」。麻衣子の言葉に傷ついていた。「もう智子も大人だもんね」。成美もそんなふうに言った。ばかにされているような気がした。

古い付き合いで、たまたま現在全員独身と、環境が合うから会い続けているだけで、あの子たちと心が通じ合ったことなどなかったのかもしれない。だったら、二度と会わなくていい。

しかし、歩きだしてすぐ、麻衣子が何年か前に母親を亡くしていたことを思い出した。四十九日が終わった頃合いで、軽く告げられたことだったので、すっかり忘れていたのだ。見つけにくい癌《がん》が発覚してからの闘病生活だったということで、麻衣子はしばらく仕事を休んでいた。

ママと旅行に……という彼女の言葉を、自分へのからかいのように受けとめたのは、被害妄想だったかもしれない。麻衣子は、今それが可能ならば、きっと誰をさしおいてでも母親と旅行に行くだろう。

さっきの自分の表情や返しが思い出され、「あーあ」と深いため息が響いた。

人と会う時、バカなことを言わないように気を付けているのに、いつも自分は失敗してしまう。

「もう誰にも会いたくない」

智子はつぶやいた。半分衝動で、半分は本気の言葉だった。

いつも失敗する。だから嫌われるのだ。嫌われるのは、自分が悪いからだ。ずっとそうだった。

……と、悪い考えがぐるぐる頭の中をループして、止められなくなった。

ああ、いやだ。いやだ。いつもこうなることがわかっているのに、どうして自分は定期的に女友達と会うことに躍起になるのだろう。「今日は学園の友達と会ってくる」このひと言を母に言いたいがために、麻衣子と成美に声をかけているような気さえした。無理矢理誘って会ってもらっていると思い込んでいるから、ふたりにないがしろにされていると思ってしまう。だが、本当は自分こそ、あのふたりのことを大切にしていない。その気持ちが、ふたりにはばれている。誰とも心が通じ合ったことがないのは、自分がこんな人間だからだ。あの子たちのせいじゃない。

「もうだめだ、誰にも会いたくない」

感情のループは出口をなくし、智子の呼吸は荒くなった。早く、母のいる家に帰りたい。

だが、帰宅すると母は居間で師岡さんとお酒を飲んでいた。智子は自分をおさえられず、ふたりの前で大泣きし、少し暴れた。師岡さんが帰ると、智子は母に背をさすられ心を静めて薬を飲んだ。翌日になると、なんであんなにつらくなったのか思い出せなかった。

ひとり旅をしよう。その日から、しばらく智子は行く先を考え続けていた。

ハワイには、五日間行く予定だった。それだけの日数があれば、どこにでも行ける。パリにも、ドバイにも、ニューヨークにも。スマホでいろんな国の観光名所を見て回った。

だが、見れば見るほど、自分がどこに行きたいのか、何をしたいのか、わからなくなった。旅行に行きたかったのかも、わからなくなりそうだった。

そのうち、せっかく時間があるのだから、永代供養されることになる父の墓参りをするのはどうかという考えが生まれた。

なんでそんなことを考えたのだろう。父をひとりだけ北海道へ送ってしまったことへの罪悪感か。十七回忌をやり過ごして終わらせることに、今更後ろめたさをおぼえているのか。

そんなことを思いめぐらせているうち、もしかしたら母はいまだに父を許していないんじゃないかという考えが生まれ、まさか、と智子は即座に打ち消した。幼少期のおぼろげな記憶をまだ残している自分自身にも驚いた。許さないも何も、たいした話ではないのだからと言い聞かす。だが、忘れようとしてもなお、父の見たこともないような明るく純な笑顔は浮かぶ。あの笑顔は、智子の家庭教師をしていた若い女性の先生に向けられていた。

浮気や不倫といった粘っこい話ではなかったのはたしかだ。父はそういうことができる人間ではない。ただ、ほんの短い期間、あの先生に心を寄せたのだろう。そんなことは誰にでもある。

当時四歳だった智子は先生の顔を覚えていないが、父の表情や振舞いは、今も思い出せる。先生が来る日、父の目が輝きに満ちたこと。いつもより少しだけ洒落《しゃれ》た恰好《かっこう》をしていたこと。先生に出すために、良い香りの茶葉を購入してきたこと。授業前後のティータイムで、遠い国の文学や音楽について いきいきと会話をする父親の顔を、幼い智子はずっと見ていた。思いがけず早く帰宅し、父と先生の語らいを見てしまった母のまなざしが凍る瞬間も。

年月を経ても薄まらない記憶に、智子はちいさく頭を振った。

「こっちで心を込めて手を合わせれば、パパちゃんは十分喜ぶわ」。母の言葉は、心から信じられれば安らぎになり、少しでも疑えば背筋が冷たくなる。真実は平面ではなく、光を当てる部分によって、見え方が変わる多面体のようだ。

その後、先生は辞めさせられたりしなかった。ただ、智子への指導が幾分厳しく、真面目《まじめ》で濃いものになった。母にとっては、智子を学園の附属幼稚園に合格させることのほうが大事だったのだろう。先生が居なくならない代わりに、父がその時間帯、家に居なくなった。ティータイムはなくなった。

附属幼稚園は二年制で、入園できるのは女子のみだったから、入園前に一年間だけ通っていた別の幼稚園もあったはずだが、その記憶は抜けている。同じ時期でも、覚えていることと忘れていることの落差が大きすぎて、あるいはこうした記憶もすべて、自分が継《つ》ぎ接《は》ぎの映像から作り上げた仮構のストーリーなのかもしれないと、智子は時々思う。

どのみち、父の墓へと向かう旅行であることは、母に言う必要はない。辿りつけるかはわからない。ペーパードライバーだし、レンタカーの借り方もよくわからないくらいだから、そこまでひとりで行くのは無理だ。父の住んでいた集落を訪れようにも、今はもう家自体が存在しない。

そう思うと、諦めがつく一方で、なんだか胸がキュッと鳴るような、ちいさな哀《かな》しみに包まれた。勝手なものだ。ずっと放置していた思い出なのに、今になって引っぱり出して、手のひらにのせようとしている。

思い出といっても、輪郭が失われた絵のように、おぼろげな色味のそれは、ところどころ穴もあいている。だが、たしかに小学校の一時期に智子は父の実家に居た。大人になった智子に、母はもうその頃のことを話さない。智子も語らずにきた。麻衣子や成美に出会う前のことだから、彼女たちも知らない。

これもまた、智子が口には出さぬまま、断片的に手繰り寄せては咀嚼《そしやく》している遠い記憶であった。たとえば従兄弟のふたりと遊んだこと。小学校中学年の智子の目に、彼らはずいぶん大きく見えたが、あとから考えれば、小学校高学年か、せいぜい中学一年くらいだったろう。彼らは智子を「お嬢様」などといってからかったが、いじわるはしなかった。

彼らと人生ゲームやトランプで遊んだ記憶もある。ゲームをやると、しょっちゅう兄弟喧嘩《げんか》が始まった。学園で、ずっと同性に囲まれて生活していた智子は、年上の男の子ふたりの、方言の混じった大きな声の応酬に、最初のうちこそびくびくしたものだ。しかし彼らは、大人からよく言いつかっていたからか、智子に強い言葉をかけることはなかった。ゲームのルールを丁寧に教えてくれたし、智子が間違えても、しょうがないやという顔をして許した。いつの間にか智子は、喧嘩が始まると「おばあちゃんに言うよ！」と声を張り上げるくらいには、彼らに馴染《なじ》んだ。

そして、おやつの時間になると、その兄弟は、調子はずれの大声で歌ったのである。饅頭《まんじゅう》だろうが、玉蜀黍《とうもろこし》だろうが、「いつだってトラピストクッキー」と。

「トラピスト」という謎めいた言葉の響きが洒落ていて、さらにその後に撥ね上がる「イー」が面白かった。出されたおやつを手に取って、「クッキーじゃない、クッキー……イー」と智子が言うと、兄弟はその反応を喜び、饅頭や玉蜀黍を手に「クッキーじゃない」「クッキー……イー」と繰り返すのだった。

ふざけて作った歌かと思ったら、実際にそういう歌があるということで、「たま」というバンドのアルバムを、智子は兄弟からCDラジカセで聴かせてもらった。本当にそんな変てこりんな歌があるということに、智子はびっくりした。歌声も独特の節回しも実に愉快で、魅力的だった。歌い手は、兄弟が歌っていたのと同様に「イー」と、その部分を高く撥ね上げ、美しく響かせた。

以来、智子も「イー」の場所を待ち構えて、兄弟と声を合わせて盛り上がった。おやつはいつだってトラピストクッキーイー……北海道の広大な緑の中で、大きな声を出すと、自分の心が空に向かって伸びてゆく、そんな気がした。自分はこの広い世界のどこにでも行ける。そんな気がした。

そうだ。トラピスト修道院に行ってみるのはどうだろう。

思いついた智子が、試しにスマホで検索してみると、びっくりするほど手作り感のあるホームページが出てきて心が和んだ。

トラピスト修道院。

当たり前のことだが、現実に存在するのだ。レンタカー必須ならば諦めようと思ったが、函館《はこだて》市内から公共交通機関で片道一時間程度らしい。父の育った場所から地続きの、トラピストクッキーが生まれる場所。一方的な思い込みだけど、ささやかなつながりを智子はそこに感じた。


飛行機ではなく、ずっと地面を走ってきたせいか——しかも途中で寝てしまい、海底トンネルの記憶はなかった——、あまり遠くに来た気がしなかった。猛暑のせいか函館は思ったよりも暑く、「北海道感ないな」と、勝手なことを智子は思った。

市内のホテルに一泊し、海鮮中心の豪華な朝食を食べ、それから智子は在来線の道南《どうなん》いさりび鉄道を使い、渡島当別《おしまとうべつ》駅で降りた。トラピスト修道院のホームページによると、そこから徒歩二十分ということである。

国道228号の歩道を歩いてゆくのだが、整備がほとんどされておらず、アスファルトの隙間から這《は》い出《だ》した夏の雑草が脇道から内側へと生い茂ってきていた。サンダルの先に晒《さら》している足指に、それが時おりかさかさと触れる。意外な暑さのせいか、歩いていると疲れてきて、どうせ中まで見られないのにどうしてわざわざ行くんだろうと、若干心が弱ってきた。

スマホの地図アプリを見ると、まだ先は長そうで、ホームページの「徒歩二十分」を疑いたくなる。もう二十分くらい歩いている気がするのだが、まだ最初の曲がり角にすら辿りついていない。平坦な道なので、それほど疲れないのは幸いだが、馴染みのない土地で完全に一人というのは、どこか心が落ち着かず、ずっとそわそわし続けている。じんわりと額に汗を感じ、ハンカチで拭《ぬぐ》ってから、ペットボトルの水を飲んだ。

ふいに、黄色い看板が目に入る。

――「イヤ！」の勇気　「ダメ！」の友情

と大きな文字で書いてあって、痴漢でも出るのかと、一瞬怖くなった。よく見れば看板の下には剝げかけた文字で「渡島地区保護司会」と書いてある。保護司による看板ということは、非行に走る若者たち向けの言葉だろう。痴漢に対して友情も何もないし、「イヤ！」「ダメ！」というのは、お酒とか違法薬物といったものに対してか。それにしても、こんなひとけのない場所に、この看板を掲げて、見る若者はどれくらいいるのだろう。道路の向こうにはぽつぽつと民家が連なり、無数の電線が走っている。北海道といっても、函館からちょっと電車に乗れば来られる場所なのだから、最果てというわけでもないのだ。歩道の脇に、謎のプランターが置いてあり、オレンジ色の花が植わっている。誰かが育てているのだろう。

やがて、ようやく右折の看板が出てきた。そこから少し歩くと、事前にスマホで見ていた、有名なポプラ並木の道に出る。

「ハァー」

と、わざとらしいくらいの声を出して智子は感嘆した。

事前にホームページで見て知っていた眺めとはいえ、視界いっぱいに広がると、やはり迫力があった。周りに誰もいないので、ひとり占めだ。写真を何枚も撮った。

トラピスト修道院の正門へと続く一本道だ。まっすぐすぎて、距離感がつかめない感じがするほど、まっすぐに道はのびている。奥がのぼり坂になっているせいで、正面の、修道院の建物が空に浮かぶように見えているが、そこまでがどのくらい遠いのか、案外近いのか。八百メートルとどこかで読んだ。とにかく、道に迷うことだけはない。

ふと、ポプラ並木の脇に、「ローマへの道」という木の棒状の看板が立っているのに気づいた。ローマへの道。なんのことだろう。この先にある修道院を、ローマに見立てているのだろうか。物珍しい気がして、智子はそれも写真に撮った。実際のローマが遠すぎるせいで、なんだか過酷なことを強《し》いる言葉のように見える。「天国への道」よりはましかと思いなおし、立ち止まらずに歩き続ける。

知らない土地の誰もいない道を歩くことは、ひとりで生きていくことに似ている気がした。

これまでも、智子はひとりで生きていこうと決めたことが、何度かあった。ひとり暮らしを試みたこともあった。しかし、いずれの時もうまくいかなくなって、家に戻った。結局、母がいる場所が、智子の家だった。

父が亡くなった時、母はわんわん泣いた。智子も父の死は悲しかったが、同じくらい、母がどうなってしまうのだろうという恐怖があった。子どもの目にも、愛し合っている夫婦だった。父は母を大事にしていたし、母も、パパちゃんパパちゃん、といつも父の後を追いかけ、智子の目の前でも父の膝に乗るほど甘えていた。

――ママって、子猫みたいだね。

智子が呆れて言うと、

――こう見えて、実はこっちがペットだったりしてな。

と、父は自嘲した。

父が共同経営者に騙《だま》されて失敗した時も、母は責めず、両親に頼って片をつけていた。父はその人生において、様々な事業を興したが、いずれもうまくいかず、パパちゃんは人が好《よ》すぎるのよ、と母は嘆いていたが、取り乱したり、父を責めたりしているのを見たことがなかった。

経営の才があったのは母だった。父が亡くなった後、母がブティックをやると言い出した時、周りは皆反対したし、智子も、どうせすぐにポシャるだろうと思った。そんなことはなかった。母は、自分で何かができるということはなかったかもしれないが、人を見る目があった。古い友人に紹介された人を雇わなかったことがある。抜群の経歴の持ち主を採用しなかったこともある。一方で、どこかでひょいと知り合った人をスカウトして重職に据えた。アルバイトの店員から、バイヤー、店長、税理士に至るまで、母は母独自の選択眼で採用した。その全員が、宝のような人材になった。

——人と人を引き合わせるのが昔っから得意だったのだもの、人と仕事を引き合わせるのも得意に決まってるじゃないの。

けろりとした顔で母は言った。

ブティック経営は軌道に乗り、賃貸ビルの運営も順調、交友関係も広く、日々若返ってゆくかのようにすら見える元気な母だったが、しかし最近は介護施設のパンフレットなど取り寄せている。正確には、墓を買ったりもして、数年前からずっと終活をし続けている。智ちゃんには迷惑かけないから、と口癖のように言っており、実際に、迷惑をかけずに済むだけの財力があるから、どこかの高級老人ホームをさっさと契約してしまうのだろう。

智子は急に母に会いたくなった。たった三日とはいえ、母の朗らかさやあたたかさから離れていると寂しい。母とお茶をしたい。それでいて、知りたそうにしていた母に、旅行先などの細かいところをあえて告げなかったあたり、自分の気持ちがよくわからなかった。

しばらく歩いていくと、修道院正門の急な坂をのぼる手前脇に広い場所があり、そこにちいさな売店があった。

ベンチに座って、ソフトクリームを食べている中年の夫婦がいた。智子が駅からここまで歩いてきて、初めて目にした人間だった。他にも、売店の入り口あたりにちらほらと観光客らしき者の姿が見えた。駐車場もあるから、他の人たちは車で来ているのかもしれない。

売店は後回しにし、智子はまだ続く、修道院の門までの坂をのぼった。

ローマへの道の最後に待ち受けているこの坂の傾斜はきつかった。

顔中からふきだす汗を拭いながら、一歩一歩腿《もも》を持ち上げ、傾斜に耐え、ようやく智子は入り口の門まで辿りついた。

この門が観光客のために開かれるのは週に一回だけ、それも、往復はがきで事前申し込みしておいた男性ひと組に限定されている。この修道院は女人禁制なのだ。女人禁制というわりに、その門には「灯台の聖母　トラピスト修道院」と書いてある。智子はそれをじっと見てから、やがて顔をあげ、脇に設営されているちいさな資料室に入った。トラピストの風景、トラピスト修道院の歴史、トラピストの一日の生活……こうした展示物があった。トラピスト、トラピスト、トラピスト……あちこちに書かれているその文字が、ゲシュタルト崩壊してきそうになり、そもそもトラピストとは何のことか調べるためスマホを開いたが、電波が悪いのか、画面は固まったままだった。

兄弟のおやつの歌を聞いた時は、まだ幼くて「トラピスト」という言葉の響きを、純粋な音として受け入れていた。ト・ラ・ピ・ス・ト。暗号のようで、どこか神秘的な、素敵な音の連なりを。

「トラピスト修道院の一日」

目の前にそんなパネルがあった。可愛《かわい》らしいイラストで修道士の生活が紹介されている。三時三十分に起床し、読書の祈り、ミサのあとで作業や勉学が始まる。食事をし、作業をし、黙想し、祈り、二十時に就寝。厳しい生活のわりに、パネルのイラストはコミカルだ。伐《き》った木が自分に向かって倒れてきそうでおののいている姿や、牛に蹴られている姿など、お茶目ですらある。修道士が「バター」の箱を四つ背負って重たそうに歩いているイラストもあって、このバターがトラピストクッキーの材料になるのかもしれないなどと思う。

資料室が薄暗かったせいか、外に出ると、急に空気がまぶしく見えた。

「帰るか」

売店にはトラピストクッキーも売っていた。歌にもなっているくらいだから当然のことだが、トラピストクッキーは、ホテルにも、街の土産《みやげ》物店にも売っているほどメジャーで定番の菓子だった。どこでも買えるが、ここで買おうと、智子はひと箱買って、帰路についた。

ポプラ並木の、さきほど見つけた「ローマへの道」の標識の、その裏側にも「ローマへの道」と書いてあるのを発見した。表側に比べると、ずいぶんと雑な、走り書きのような文字だった。

トラピスト修道院をローマに見立てているのだとしたら、地球を一周すれば裏側から辿りつくということだろうか。それとも、すべての道はローマに通ずというやつだろうか。

そんな、愚にもつかぬことを考えながら歩いているうちに国道に出て、そこから駅までは、行き道に比べるとずっと近くに感じた。想定していたより早く到着したので、電車が来るのをしばらく待った。待合室の空気は、だいぶ長いこと動いていなかったようで、重たく籠もっていた。座っているだけで、汗がだらだらと流れてくる。ペットボトルの水を取り出して、ごくごくと飲み干した。この駅の待合室がこんなに暑いのは、しかし一年の中のほんの短い時間なのだと思う。

やがて来た電車に乗ると、窓が開け放たれ、風が涼しかった。乗客はまばらで、眼下に広々と海が広がっている。夕暮れ前の陽《ひ》を受けて、海面は白茶に光り、とても美しい。写真を撮り、空の色を青く加工して、南国風にしてみた。それもまた奇妙な絵に思えて、元に戻した。加工なしのほうが、ずっと迫力があった。

その写真を、智子は麻衣子と成美に送った。

――北海道でひとり旅満喫中！　今度はみんなで行こうね！

快活そうな文章もつけてみる。平日夕刻の、忙しそうな時間帯に、こんなのんきなメッセージが来ても反応しにくいだろうと思ったが、他に伝える相手もいない。この海を、誰かに見せたい気分だった。ここまで淡々とした気持ちでいたのに、「！」のついた文章を書き送ったせいか、少しだけ爽快な気分になった。

淡い達成感が心に満ちる。

ようやく来たぞ、と智子は思った。父の生家と地続きの大地にひとりで来た。「トラピストクッキー」の本場にも行った。ふと思い出して、「トラピスト」の意味を検索すると、それはカトリック一派の俗称らしかった。

知ってしまえば何ということもなかった。

函館から可愛らしい市電で三十分ほどの湯《ゆ》の川《かわ》温泉の町は、昨夜に続き、今日も賑《にぎ》わっていた。

家族連れやカップルも多く、ひとり客は智子の他に見あたらなかったので、宿泊先を間違えたなと内心思ったが、このあたりの宿はどこも似たような賑わいだろう。函館市内のビジネスホテルに泊まることもできたが、せっかくだから温泉に浸かりたいと思った。津軽《つがる》海峡へと流れる松倉川《まつくらがわ》沿いに発展した、道内有数の温泉地だ。渡島当別駅からトラピスト修道院までの、しんとしたひとけのなさの反動で、ここにたくさんの観光客がいることに、居心地の悪さと安心感を、等分に感じた。

ホテル側もひとり客の智子に気を遣ってくれたのか、昨夜も今晩も、食事は半個室の落ち着いた席で取ることができた。仕切りの壁の向こうから、子どもたちの元気な声や、酒の入った男たちの笑い声が時おり聞こえる。ひとりのほうが気楽なのだけれど、ある程度は人の気配があるほうが、落ち着くものだなと智子は思った。海のものが中心の皿はすべて美味しく、お酒を飲み、函館のガイドブックを読みながら、ひとりの食事を楽しんだ。

寝る前に、温泉に行った。このエリアで最も高級なホテルにしたら、自然と広々とした共同温泉がついてきた。智子はことさら温泉に詳しいわけではないが、あたたかい湯に浸かることは当然気持ち良いと思うし、こんなふうに長く歩いて疲れた日には、広い湯船で足をのばしたかった。

——湯の川の語源はアイヌ語です。「湯《ユ》」「川《ペツ》」から取られました。アイヌの人々も大切にしていた温泉であったと言われています。

脱衣所に掲げられていた、そんな文言を思い出しながら、無色透明の湯に浸かる。

十五世紀に「きこり」が発見し傷をいやしたと言われるやや塩からい湯は、じわじわと肌に浸透し、身体《からだ》の芯をあたためていった。

風呂のへりで半身浴をしながら、智子はふと、修道女になったら、どんな感じなのだろう。そんなことを考える。ちょっと足をのばして温泉にというようなことはしないのだろうか。「トラピスト修道院の一日」のパネルからは、とても温泉に入りにくる時間を捻出できる気はしない。だが、ちょっと足をのばせば良い湯に浸かれるのだから、神様もそのくらいは許してくれるのではないか。

学園の修道院の生活は、もう少し甘いんじゃないかと思う。学園の敷地内や近所で、たまに修道服の女性たちを見かけることがあった。買い物袋を提げていることもあった。

あの門は、本当に開かれるのだろうか。独身を保っていると案内が届くとかいうあれである。外部生である麻衣子たちの耳にも入っている噂なのだから、かなり出回っている話なのだろう。そんなふうに考えてから、智子は、自分が麻衣子たちとの間に「外部生」「内部生」というお決まりの線引きをしていることに思い当たった。

母の、そういうところは気になっていた。麻衣子と成美のことを、「あの外部生の子たち」といつもひとまとめにして把握して、名前すら覚えようとしなかったところ。

そういえば、セレブの世界を覗き見する企画で知り合った学園の後輩がいると、麻衣子が言っていたが、その後輩とやらが麻衣子にぺらぺらと語ったのは、内部生の中でのさらに細かな序列であった。

小学校出身者が「内部生」、幼稚園出身者は「スーパー内部」、その中でも、二代、三代、と学園出身の母親、祖母、曽祖母を持つと「ファミリー」「ロイヤルファミリー」などとあだ名をつけられ細かく格付けされるとかいう暗黙の「学園内カースト」。母校愛よりネタ探しを重んじている麻衣子は、その話を面白おかしく受け止めて、あちこちに吹聴してゆくだろう。

——智子みたいなタイプは、実は珍しいんだろうね。

あの時、麻衣子に言われた。

——内部生どころか、ロイヤルファミリーでしょ。それなのに、わたしたちと最初から仲良くしてくれたじゃん。他の内部は、智子みたいに積極的に外部とつるまなかったもんね。

それはそうだろうよ、と智子は思った。

中一の頃、茂木小百合から「外部生に媚《こ》びてるやつ」と陰口を言われていた。野田茜がそれを智子に伝えた。あの時の智子にとって、そんなことはどうでもよかった。ただ、自分の居場所がほしかった。

——その後輩の子から、実は内部生だけの同窓会や、スーパー内部だけの同窓会があるって教えてもらった。智子のとこには案内くるんでしょ？

——あー、来てるかも。わたしは行ったことないし、絶対行かないけど。

——同窓会ならまだしも、内部生の親だけの結婚相談所もあるとも言ってたよ。内部生の女子と、その男兄弟しか入れないって。

麻衣子の言葉に、

——何それ。内部の家どうしをかけあわせるってこと？

と成美が驚いた顔をする。「かけあわせる」の生々しい響きに心が粟《あわ》だった。

——そうそう。秘密組織だって。外部生は蚊帳《かや》の外。

——優生思想かっ！　キモ。

——ねえ、本当にあるの？　そんな婚活サークル。

麻衣子が真顔で智子に訊いた。

智子は、即座に否定したかったが、彼女たちに嘘《うそ》をつきたくはなかったので、「取材ですか？」と

笑って返すに留《とど》めた。アハハと麻衣子は笑い、それ以上は訊いてこなかった。かわりに、

——あの学校のそういうとこ、わたし、最後まで微妙だったなー
と言った。

——内部生やその親たち、「学校」って言わないで「学園」て言うでしょ。ああいうノリも苦手。

——わかる！　それ。

成美と麻衣子に合わせて、智子も口角をあげた。

あげた口角に反して、智子の心は傷ついていた。

制服に身を包んで聖歌を歌っていたわたしたちの姿は、神様の目に、内部生外部生関係なく、ただ同じ学園で学ぶ中高生にしか映っていないはずだった。

そう思った後で、だけど、そんなふうに考えてしまうのは、自分が学園側の人間だからかもしれないと思った。

茂木小百合や野田茜らが受けた洗礼を、智子は最後まで受けなかった。何度か打診されたが、強制はされなかったので、かわし続けた。学園に染まりきらないことが、あの頃の智子の、心のよりどころだった。それなのに、今も、「神様の目に」自分がどう映るかを考えてしまう。あんなふうに麻衣子や成美に学園を嘲笑されると悲しくなる。

ロイヤルファミリー、か。その言葉を智子に教えたのは、小学校から入ってきた茂木小百合だった。たしかに祖母も母も学園の出身だ。母は智子が生まれた時に、校長様に挨拶に行き、学園の教会の中で抱っこしてもらったそうだ。神様に守られた、静かなあの場所で。

小学四年生の時、茂木小百合を中心とする一派にいじめられ、学校に通えなくなった。クラスの誰

も、智子と口をきいてくれなかった。

　行きたくない場所のことを考えると子どもの腹は痛くなるのだった。実際にひどい下痢もした。もともと乾燥肌だったが、余計に痛痒《いたがゆ》くなり、ぼりぼりと皮膚を搔《か》くようになった。茂木小百合たちに、気持ち悪い、と言われた肌だった。いじめられていることを、智子は意地でも口外しなかった。母にも、先生にも、言わなかった。それからずいぶんの後、茂木小百合は智子の母が見繕った男と結婚したのだから、呆れる。自分がいじめた娘の母親に世話になるってどんな気分なのだろう。恥ずかしくはないのだろうか。

　智子は、母が学園の親たちと会い続けていることが憎たらしい。茂木小百合の母親は、ロイヤルファミリーなんて言葉を自分の娘に吹きこんだ女だ。母の何もかもを羨んでいたに違いない。だからこそ、母の清らかさが勝つのだ。何も知らない母の、誰の自慢話をも心から嬉しそうに受け入れる姿を見れば、あの女たちは負けを認めざるを得ないのではないか。

　今でこそ、そんなふうに考えられるようになったが、いじめられていた頃は本当に苦しかった。あんなにちいさかった自分が死ぬことまで考えたと思うといじらしくなる。

　その頃の日記帳には、毎日のように黒々とした感情をつづっていた。文字にして吐き出すことで、なんとか命をつないでいたのだ。

　皮膚炎がひどくなったことで、学校を休めたのは幸いだ。家庭教師の先生たちに勉強を見てもらっていたが、そろそろ学校に行こうかという話になると、また熱を出したり、腹をくだしたりして、身体がどうにも受け付けず、茂木小百合の顔を思い出すと吐きそうになった。

　その頃に、智子は父と北海道を訪れた。今でいう山村留学のミニバージョンのようなものか。何日くらい、父の実家にいたのだろう。そう長くはなかったはずだが、智子の心にはあの日々がうっすら残り続けていて、特に、従兄弟ふたりのことはよく覚えている。

「おやつはいつだってトラピストクッキー……イー」

聖歌でも学園歌でもない、みんなが知らない面白い歌をうたう年上の少年たち。自分が学校でどんな目に遭っているかをまったく知らないと思われたあの少年たちの前で、ようやくわたしは子どもらしく笑い、少しずつ空気を吸えるようになった。

その後、どうしてもっと頻繁に、あの従兄弟たちと会わなかったのだろう。頻繁でなくとも、年にいっぺんとか、数年おきでもよかった。

あの愉快な兄弟との縁が途切れたことが、今になって急に惜しまれた。

細くて黒くて、どこまでも走って行けそうに軽やかに見えたあの少年たち。まるで智子の心を明るく照らす妖精みたいだった。今はもうすっかりおじさんなのだろう。明るい、爽やかなおじさんになっている気がする。

やがて智子は、東京に戻り、ぽつりぽつりと日を空けながら、ふたたび学校に通い始めた。茂木小百合らいじわるなグループと、違うクラスになって、心底ほっとした。智子のクラスは母の同窓生でもあるベテランの先生が受け持ってくれた。その後は中学でも高校でも、茂木小百合らと同じクラスになることはなかった。

学校に通えるようになってから、智子は、おばあちゃんちにまた行きたいと、なぜか母に言えなかった。母が、おばあちゃんちの話をしたがらないことに、うっすら気づいていた。従兄弟たちに会いたいとも言えなかった。年上の男の子たちに会いたいと言うのが気恥ずかしかったし、それだけでなく、智子は直感的に、母はああいう子たちが好きではないかもしれないと思った。子ども心に、彼らが母に嫌われてほしくないと思った。

いつのまにか、数組いた家族連れがいなくなり、広い浴場に人はまばらだった。智子は湯船から立ち上がった。

その時、

「あ」

と、声にならない息が漏れた。

全身の血液が失われ、ぐらりと世界が回った。


気づいた時、脱衣所のベンチに横になっていた。バスタオルが何枚もかぶせられ、顔のあたりに保冷剤が置かれていた。

「ああ、気づいたね?」

隣に座っていた宿の職員らしき女性が、ほっとしたように声をかけた。脱衣所には他にも着替え中の客がいて、ちらちらとこちらをうかがっていた。

「わたし……」

智子はバスタオルで上半身を隠しながら起き上がった。

「頭、打ってない?　大丈夫よね?」

と、女性は言った。

「あの」

「湯あたり。ほら、そばで見ていた人が、ゆっくりしゃがみこんでたから頭は打ってないって言ってたもんで、救急車なんかは呼んでないけど、もしアレなら……」

「大丈夫です大丈夫です」

慌てて智子は言った。おぼろげに、風呂場で動けなくなってバスタオルをかけられたことや、この人か他の誰かか知らないが、親切な人に肩を支えられて、よたよたと歩き、だいじょうぶですだいじょうぶですと繰り返し言いながら横にならせてもらったことを思い出した。顔から火が出た。

「ちょっと、飲んだら」

女性が給水機で水を汲《く》んできてくれた。すでにさっき、横になる前に一杯水を飲ませてもらったことも思い出した。それでも、座っていられないほどくらくらと眩暈《めまい》がしたのだ。

「本当にすみません、いつも、温泉でこんなこと、絶対ならないのに……」

「うちの湯は結構強いからね」

と、女性は言った。こんなところでいきなり倒れた智子を責める気配はなく、むしろ泉質に対する誇らしさが滲《にじ》む、優しい声だった。

繰り返し礼を言い、心配する女性を帰して、もう一杯水を飲んでからのろのろと着替えた。

お酒を飲んだあと、水も飲まずに強い湯に浸かったからだ。いろんなことを思い出したり、考えたりして、時間が経つのを忘れたまま、湯から出るタイミングを逃したのだった。本当に、自分は子どものままだと智子は恥ずかしく思った。

部屋に戻り、それでも懲りずに冷蔵庫から冷酒を取り出した。いつもの睡眠導入剤も持ってきていたが、今日はお酒だけで眠れそうだ。

酔いの勢いをかりて、ようやくスマホを見る。

ホテルに着いてからずっと、スマホを見ることができないでいた。ばかみたいだが、送った海の写真に対して、成美と麻衣子が無反応かもしれないと思うと、怖かった。

麻衣子からの返信はあった。「きれい～楽しんでね！」と短かった。「既読2」とついていたが、成美からはなんのリアクションもない。忙しいのだろうと思っても、ふたりのそっけなさは刃のようだ。人に期待して裏切られることは、これまでにも何度もあった。期待しすぎなのだろうか。

代わりに母からメッセージが来ていた。

――智ちゃん、旅行はどうですか。周りをよく見て、危ない場所にはいかないように。知らない人とは話さないように。いい景色があったら、送ってちょうだい。

白熊が手をふるコミカルなスタンプもついていた。まったく、わたしのことを何歳だと思っているのか。「楽しんでるよ。ありがとう」と返事したとたん、母に会いたくなった。少し離れてみただけで、恋しい。若々しくて頼もしい母の元で店を手伝ったり、一緒に気に入りの店に美味しいものを食べに行ったり、観劇やエステやワインの教室を楽しんだりする、穏やかで代わり映えのしない平和な毎日が恋しくなる。就職したり、再就職したり、習い事をしたりして、いろいろなところに知り合いはでき、その知り合いとも友達に近い関係になるが、結局のところ、続かない。傍らに気の合う母がいるせいで、人付き合いが面倒くさくなってしまう。麻衣子と成美との付き合いだって、母を安心させるためのものともいえる。

ママが死んだら、死んでもいいな。

いやいや、まさか。それはだめ。でも、周到に終活を進めつつ、残された智子を気遣う発言も時々出る母とは、そう遠くない未来に別れが来るのだろう。そのことを考えると、穴倉に落とされたような不安をおぼえる。母の見た目が若いからか、現実味を持てないでいるが、こんなふうに母に隠れてひとり旅をする時間があるのなら、いっそ母を誘って旅行して、思い出をつくるべきだったかもしれない。そんな後悔をおぼえながら、智子は歯を磨き、ベッドに入って少しだけテレビを見て、やがてゆるやかな眠気を感じたので、それを消した。

まだゆらゆらとアルコールが漂っているような、ぼんやり揺らぐ夜の脳内に、か細い光線のような、引っかかりをおぼえたのは、ベッドサイドライトを消して、部屋を真っ暗にした瞬間だった。

智子は、なにか得体の知れない力に引っ張られた気がした。

起き上がり、ベッドサイドライトをつけて、充電中のスマホを手にする。

母からのメッセージを、もう一度読んだ。

——周りをよく見て、危ない場所にはいかないように。

二度読んだ。

——知らない人とは話さないように。

さっきするりと読み流した母の言葉が、突然他人からのもののようなよそよそしい質感で、智子の心に巻きついてくる。

なんで知っているのだろう？　ひとり旅だということを。

周りをよく見て。これは、智子がひとりで出かける時に、いつも母がかける言葉だった。

考えすぎだと智子は思いなおした。母にとってそれはもはや決まり文句のようなもので、ただ娘を案じての声がけなのだろう。

だが、このちいさな疑いがきっかけとなり、ずっと忘れていたことを思い出す。中高生になっても、持ち物や部屋の引き出しなどを密《ひそ》かに探られていたこと。それに気づいて母に問うと伏して泣かれたこと。泣かれると、智子はかえってすまなく思った。母がまた痩せてしまったらどうしようと思って、何もかもがどうでもよくなってしまうのだ。

昔智子が学校に通えなくなった時期に母がひどく痩せてしまって……そうだ、母は入院したのだった。智子のためでなく、母の療養のために、智子は父の実家に預けられたのだった。

以来、母を傷つけたら、死なれてしまうかもしれないと、心のどこかで怯《おび》え続けていた気がする。母がそれで満足するなら、自分のことを探られるくらい、甘んじて受け入れようと思ったのは、ティーンエイジャーの頃だったか。探られて困るほどの秘密は抱えていないのだから。そう割り切ったが、恋人ができると、デート中に尾《つ》けてきた母に気づいて言い合いになった。それで、家を出たこともあったのだ。そうだ。自分にはそんな思い切ったことをした時期があったのだ。だけど結局戻ったのは、母と話さない日が続くと、どうにも心が不安定になるからで、智子に言わずに女性のいる飲み会に何度か行っていた恋人よりも、家で智子を待ち続けている母を選んだ。会って話せばウマが合うし、愛されている実感に浸れるし、絶対に裏切られない唯一の味方であると信じられるし、血を分けた、かけがえのない存在だと実感できたから。

成美から共依存だよと言われたことがあるが、いつからか、それならそれでいいやと思った。母を傷つけるくらいなら、自分なんかを差し出すくらい、どうってことないよ。本当はわかっているのだから。小五以降の八年間、茂木小百合やその仲間と一度も同じクラスにならなかったこと。クラスをまたいでグループを作る修養会や、掃除、委員会、週番、といったあらゆる区分けで、茂木小百合らと一度も顔を合わさずに済んだこと。一方で、麻衣子と成美と中高六年間ずっと同じクラスでいられたこと。ざらついた記憶も靄《もや》のかかった疑問も、直視しようとしてこなかっただけで、本当は、偶然なんてそんなに続くものじゃないと、わかっている。

智子はスマホに指をとめ、朗らかに笑う母のアイコンを見つめる。何年か前に、糸リフトをやってきた後、遺影を撮っておきたいの、と急に思い立った母が、カメラマンに撮らせた写真だ。智子がメイクをし、髪を巻いてあげた。カメラマンは母の美貌を「奇跡の七十代」と褒《ほ》めそやし、母は頰《ほお》を染めて照れていた。メッセージアプリのアイコンに設定してあげたのは智子で、いやだわと言いながらも、何度も自分の写真を見返しては喜んでいた可愛い人。

智子はスマホの電源を切った。

睡眠導入剤を奥歯でかみ砕いて飲み込んでから、部屋を暗くした。

いつもならすぐに眠れるはずが、心はまだざわついていて、薬が効かない。カーテンの隙間から覗く月の光がぼうっと滲む暗い視界の中に、過去の、小骨のような引っかかりもまた、浮かび上がってきた。

——今、あの子たちがどんな暮らしをしているのか、気になっちゃうしね……

茶目っ気すら感じさせる表情で、母がそう言ったのを思い出す。

母は、あのメンバーとの付き合いを絶やさない。予約困難店に席を取り、お洒落をして、きょとんとした顔で参加して、楽しげに情報を集めてくる。

智子は、例の婚活グループで、母が茂木小百合の世話をした時のことを、思い出す。

その頃智子は、婚約直前だった男に多額の借金があることが発覚して頭を痛めていた。父がなくなってまだ数年であり、そんなセンシティブな話をして母を悩ませたくはなかった。とはいえ自分の年齢を考えるとその男と別れたら一生独身になってしまうかも、などと思ってしまい、ずるずると関係を続けていた。

母が、いつもはそんなことをしないのに、なぜかその時だけ智子に、何人かの男の身上書を見せてきたのだった。学園関係者のみで密やかに回されている婚活情報網。成美に「優生思想かっ」「キモ」とまで言われたそれの、母は発起人なのだったが、それらの身上書は、智子に薦めるためのものではなかった。

茂木小百合母娘が、母に、良い御縁を頼んできたという。

小百合ちゃんにはどの方がいいかしらねえ、と、ワインでうっすら赤くなった頰を持ち上げ、茶目っ気たっぷりに母は言い、その時テーブルには、封書に入れられたそれが三通ほどあったか。そのうちの一枚を、ひらりと取り出して、

――この方、医大生の頃に女の子に悪さして示談した過去があるのよ。それも、一回や二回じゃないって。

と言った母は、顔を顰《しか》めたりなどしていなかった。むしろ、人間の面白さを楽しむように、あかあかとした目をしていた。

あの時智子は、いつもと違う母の様子をいぶかしく思ったものの、空気で耳を塞《ふさ》ぎ、顔をそむけた。身上書なんてものは見てはいけないと思ったし、母の表情が、なぜか小鬼のように見えたからだ。自分の男の借金のことで頭がいっぱいで、人の縁談話など、特に、茂木小百合の名前など、聞きたくも

なかった。
付き合っていた借金男は、なぜか突然、智子の前から姿を消した。
薬の力に引っ張られてうすれてゆく意識の中で、智子は、自分があした母のもとに帰らなかったらどうなるのだろうと、そんなことを考える。考えたところで、結局は母のもとに帰りたくなってしまう自分のことも知っている。母から離れるたびに、そうやって戻ってきた。
本当に母から解放されるのは、母が亡くなるその日かもしれないと思った直後、この考えに吃驚《びっくり》し、母が居なくなることを思うと心が張り裂けそうになって、共依存だよ、と言われたのを思い出す。もう智子も大人だもんね、ロイヤルファミリー、パパちゃん、パパちゃん……枕の上を、かつて心を擦《かす》った色んな言葉がよぎっていく。すんごく遠いから永遠に辿りつけないかもしれないわよう。最後まで残るのはいつも母の言葉だ。そして、あの歌。おやつはいつだって　トラピストクッキー　イィー
おやつはいつだって　トラピストクッキー　イィー
おやつはいつだって　トラピストクッキー　イィー
そこしか覚えていないのに、繰り返し響き出した。まるで智子を呼び続けているかのように、終わらない歌。
寝返りを打ち、目を開く。永遠に辿りつけないかもしれない場所にも、住所があるのを知っている。グーグルマップで検索できる。寺の名前も覚えている。指のはらで引きのばせていけば、道はきっと現れる。
本当はわたしには、辿りつけない場所などないのかもしれない。
智子は起き上がり、暗闇の中、充電中のスマホを手繰り寄せた。明日の予定は何も無い。

わたくしたちの境目は

進行方向側に座らせて。

初子《はつこ》はいつもそう言った。電車の席のことである。向かいあうタイプの座席では、進んで行くほうを見る側に座らないと乗り物酔いをすると言った。

もうすぐ川を渡るようだ。地面に起伏がなくなって、曇天《どんてん》なのに畑の緑が鈍《にぶ》く光る。

みちのくを目指していると、平地を走っていてもどこか「上ってゆく」感覚になるのは、それは自分が地図ばかり見ていたからだろうと勇造《ゆうぞう》は思う。初子の好んだ進行方向側の席に、今日は自分が座っている。山と山のあいだに新しい山が現れて、ゆるやかに目の中へ迫ってくるようだ。この向きで、この景色を、初子は見ていたのだなと知る。

電車が短い鉄橋を渡り始め、カタンカタンという金属質の響きが窓ガラスから伝わってきた。

勇造の向かいにちいさなお尻でちょこんと座っている五歳の勇也《ゆうや》が、

「ねえママ、しりとりしよう」

隣に座る母の瑠美子《るみこ》にもたれるようにして言った。

「じいじに頼んでみたら?」

「え……」

勇也がもじもじと腰を動かす。頼みづらいらしい。

「最近しりとりがマイブームなんだよね。だから、じいじにやってもらいたいんだよね」

瑠美子が勇也に話しかけるかたちで勇造に言う。離れて暮らす孫は、可愛《かわい》いのだけれど、どう接していいか、勇也同様に、勇造も戸惑う。

「いいぞ、やるか」

応じたとたん「スコミムス！」勇也が謎の言葉を叫び、「恐竜です」と瑠美子が付け加えた。勇造は、「す」の付く言葉を探して目を細める。


妻の初子が亡くなって一年が過ぎた。

治しようのない病でゆっくりとあちらへ旅立ったから、時間をかけて心の準備をさせてもらえたと思っていたが、この一年をどう過ごしてきたのか、勇造はきちんと思い出せないのだった。

初子と同じ病気で奥さんを六年前に亡くしていた市民会館の囲碁仲間から、引きこもっちゃいけないよ、と何度も何度も言われていた。とにかく朝が来たら着替えること。着替えるのをやめたら、あっという間にアア……だからね。

「アア……」がいったい何を、誰を指すのか、言った本人もわかってはいないようで、それなのに何か顔をしかめて彼は言葉を探すのだった。

漠然とした「アア……」は、不気味で切ない何かだった。勇造は、なかばその「アア……」に怯《おび》えるように、朝が来るたび寝巻きから着替えた。夏場は半そでのシャツを、春や秋はベストを重ねて、冬はセーターを羽織る。顔を洗い、白黒まじった髭《ひげ》を剃《そ》った。そして、とりあえずは国道沿いのファミリーレストランを目指して一キロほど散歩することにした。

朝のファミリーレストランに勇造と似た境遇と思われる初老の男女がひとりずつ点々と座っていることに、最初は軽く驚いた。味噌汁《みそしる》とご飯のつく和風のモーニングセットを注文した。こういう世界もあるのだなと妙に納得し安堵《あんど》した。番《つがい》であればどちらか一方が取り残されるという当然の結末について、これまで無頓着すぎたことを知った。

モーニングセットは四百七十円。以来散歩が日課となる。それまでの勇造は、朝食を外でとるというのは、旅行中以外は考えられないことであったが、ちょっと足をのばしてみれば、喫茶店もファストフード店もあいていた。どの店にもモーニングセットがあり、座席はシングル客で埋まっていた。ある者は新聞を読み、ある者はメニューを見、ある者は耳にイヤホンをつけて何やらノートをとっていた。

そのうち顔見知りができた。また会っちゃいましたねと目で挨拶する。名乗りあうようなことはない。気が向けば、寒くなりましたね、午後降りそうですね、とあたりさわりのない言葉をかわし、それぞれの席で、それぞれのモーニングをとる。じゃ、また。軽く手をあげて店を出る。その程度のつながりでも、店に知った顔があると、ほの嬉《うれ》しくなった。

温泉に行こうと長男の良太郎《りょうたろう》に誘われたのは、そんな生活にもだいぶ慣れた春の初めだった。

朝の散歩から帰ってきて、回しておいた洗濯物を物干しざおにかけていると、電話がかかってきた。

「ああ、親父《おやじ》。あのさ、このあいだ言っていた温泉、どこだっけ。ほら、お袋がいちばん気に入っていたっていう……」

　良太郎がせかせかとしゃべり始めた。受話器の向こうから、知らない人間たちがざわざわと動きまわりしゃべりあっているような、会社特有のつかみどころのない雑多な音が聞こえてきて、時計を見るとまだ朝の九時過ぎだ。世の中が動き始める時間より、ずいぶん早くから目覚めるようになった。

「銀猿《ぎんざる》のことか」

　勇造は言った。

「そうそれ。夏に行くならそろそろ予約取っとこうと思ってサ。えーと、ぎんざる、ぎんざる。銀猿温泉。げ、渋いホームページ、手作りかな。青森か。遠いな。日帰りできるのかな」

　会社のデスクでパソコンをいじっているのだろう。座っているだろうに息せき切るように短い言葉でまくしたてる。もう少し落ち着いてしゃべれないのかと言いたくなるいっぽう、息子のいる世界のめまぐるしさに気圧《けお》されて、ふらっとジムに出かけてサウナに入るくらいしか予定のない午後を想《おも》う。

　銀猿温泉のことは、ひと月前におこなった一周忌の法事の時に、息子たちにちらっと話したのだった。

　お袋をしのぶ旅行をしたいなと言い出したのは良太郎で、だったらおかあさんが気に入っていた場所にしましょうよ、と嫁の瑠美子が言い、勇造が銀猿温泉を提案した。

「なんてことないだろ、八戸《はちのへ》からバスで一時間だ」

「ここって、子どもも大丈夫なところだよね？　小学生未満は利用禁止とか、そういうところじゃないよね」

「何言ってんだ、湯治《とうじ》旅館だぞ、老若男女誰でもＯＫだ」

「あっそう。じゃあもう予約しちゃおうかな、あ、だめだ、直接電話しろって書いてある。今どきネット予約もできないんだな。じゃ、瑠美子たちの予定訊《き》いて予約しておくから。七月の終わりくらいになると思う」

俺の予定は訊かないんだな。心の中で厭味《いやみ》を言いつつ、それでも勇造は黙ってはいられない。

「湯治部と旅館部に分かれているが、瑠美子さんや勇也がいるなら旅館部がいいだろうな。言っておくけど、どの部屋にもトイレはついてないぞ。皇室の人間も泊まるようなところだけどな、本館のいちばん広い客室だってトイレは無しだ。高級旅館じゃあないからな。ご飯も山菜ものばかりだから、瑠美子さんや勇也にはどうだろうなあ。冬場は芋煮がつくんだがな。まあ、そのかわり、湯は最高だ。杖捨《つえすて》風呂は建築的にも有名だから、まあ、いっぺんは行っておいて損はないだろう」

「はいはい、りょーかい。じゃ、また連絡するから」

途中で遮られ、電話は切れた。

その日のうちに良太郎は七月最後の金曜日、銀猿温泉旅館部の新館和室をふた部屋予約したようだ。誤算だったのは当日になって良太郎に急な打ち合わせが入ったことだ。そのため勇造は、嫁の瑠美子と孫の勇也と、三人で東北新幹線に乗ることになった。

「俺、後から行くから」という電話をもらい、「ああ、そうか」とあっさり切ったが、舅《しゅうと》と向き合っての旅程は瑠美子にとって息苦しいものではないだろうか。そう思えば思うほど気づまりになる勇造だった。しかし二時間前、彼女はにこやかに微笑《ほほえ》みながら、上野駅の待ち合わせ場所に現れた。

「おとうさん、今日から一泊よろしくお願いしますね」

良太郎と変わらない年齢だから、もう四十近いはずだが、勇也の手をひいていなければ、とても母親には見えない。明るい桃色のシャツが首の白さに合っている。

「ほら、勇ちゃん、じいじに挨拶は？」

「じいじ、おはよーございます」

「よく来たねえ。今日はじいじと一緒にお風呂に入ろうな」

「良太郎さんが、すみません、お昼に大事な打ち合わせが入ったとか言ってて。二時には会社を出るって言ってるんで、ぎりぎり夕ごはんには間に合うと思うんですけど……」

「聞いているよ。仕事じゃあ仕方がない」

「何かお菓子とか、買っていきましょう」

お菓子、か。勇造もどこか愉快な気分になってきた。一泊旅行なのに瑠美子はスーツケースをひいている。旅慣れていないのかもしれない。大きな荷物に、この旅行を一大イベントにしてくれているのを感じ、張り合いをおぼえた勇造は、銀猿温泉の素晴らしさを語りたくなった。

「おとうさんて、温泉に詳しいんですよね」

指定席に座ると、瑠美子はさっそく訊いてきた。

「いやあ、詳しいっていうほどじゃないですがね」

「でも、なんか、聞いたんですけど。取材されたこともあるって」

「いやいやいや温泉雑誌の読者コーナーですよ、取材なんてもんじゃない。電話で、気に入ってる温泉をいくつか答えたってだけで……」

「へえ。でも、いいですねえ、そういう趣味。おかあさんともあちこち行ってたんですよねー、いいな。うちは良太郎さんが忙しいから、なかなか家族旅行とかできなくて」

「いやあ、あちこち行くようになったのは私が引退してからですよ。良太郎が勇ちゃんくらいの頃は、そんなに旅行なんてできなかった」

と、さりげなく息子をかばうと、

「そうなんですかー。でも良太郎さん、オバサンたち連れて楽しそうに旅行に行ってますよ。なんだかんだ言って性《しょう》に合ってるんでしょうね、仕事が」

瑠美子がやや不満そうにポッキーをつまむ。

テレビCMや店でパッケージを見たことは何度もあるはずだが、実物のポッキーを見るのは何年ぶりか――もしくは何十年ぶりか――、いやそんなことはどうでもいいのだが、この菓子はこんなに細いのか、竹串みたいなもんだなと感心する。視線を感じたのか、一本どうぞと差し出され、いやいやいやいや、と勇造は手を振った。どうも瑠美子の前では態度が大仰《おおぎょう》になってしまう。勇造が受け取らなかったポッキーは勇也に渡った。かたちよい歯がビーバーのような細かい上下運動でそれを砕く。五歳児の歯は新品だ。歯というのはこんなにも白いものなのか。これはまだ乳歯なのか、それともすでに永久歯に生え変わっているのか。しばし見とれた。

「ポルカっていう言葉ある？」

唐突に勇也が口を開いた。くちびるの端からポッキーの粉が散った。

「ああ、あるよ」

「じゃあポルカ！」

ポッキーの粉がはりついたくちびるを大きくあけて、勇也はようやく思いついた言葉を放った。さっき始めたしりとりが、スコミムス↓するめ↓めぐすり↓リアカー↓あさひ↓ひつまぶし↓静か↓簡保、ときて止まっていた。ぽ、はたしかに難度が高い。黙りこんでいた勇也はずっと考えていたのだろう。ポルカとはよく言えたものだ。そう感心すると「はたけのポルカ」という歌があるのだと瑠美子が教えてくれた。

「『か』は……そうだな、雷」

「リレー！」

「れんげ」

「げり」

「下痢かあ」

苦笑している勇造に、

「おとうさんはどんな温泉が好きなんですか」

しりとりは退屈と見えて、瑠美子が訊いてくる。

好きな温泉。

そんなことを訊かれては、しりとりどころではなくなってくる。

「……そうですね。日本全国にいい温泉はありますけど、やっぱり自然に湧きだした生《き》の湯をね、なるべくそのままのかたちで提供してくれているところがいいですね」

「掛け流しってことですかあ?」

「『り』だよ！　じいじ、下痢！」

「おお、ごめん。じゃあ、栗鼠《りす》」

掛け流しなんていう言葉を瑠美子が知っていることに少し驚いた。それで若干勢いがついた。

「それはね、掛け流しがいちばんですけどね、掛け流しっていっても、色々ですよ。もともとの泉質や成分量に差がありますし、まあ、それはその土地土地の個性ですからしょうがないんですけど、できれば湧出量の豊富なところがいいですね」

「ステゴサウルス！」

「湧出量？」

「温泉の湧きだす量のことです。すいか」

「かぶとむし」

「新宿」

「黒」

「湧出量が少ないと、どうしても水を足さんとならないですからね、そこはまあ宿側もあの手この手で工夫しますけれど、やっぱり土地によって温泉のレベルというか、質の差は出てきますよ。ろくろ首。天然温泉って言いながら、塩素を入れて延々循環させせないと足りないってところもあって、そういうのは私なんかはもう『温泉』とは定義しませんけどね。あとは、温泉といっても二十度程度の冷たいのも温泉ですからね、そういう場合は、いくら掛け流しでも、どっかで沸かして四十度まであげないとならないでしょう。泉質が変わらなくても、どうも自然そのままの恵みとは言えなくなる」

「ビスケット！」

「とっくり。ほら、草津《くさつ》なんかはこうやって湯もみするでしょ」と、勇造は板を持って湯を混ぜる手つきをしてみせ、「水を加えないで下げてるわけ。あそこは源泉が六十度くらいあるのを、湯もみして、意地でも泉質を変えないようにしているんですよ」

「リトミック！」

「じゃあ、いちばんいい温泉って、草津ですか」

「桑。草津はね、そりゃあいいですよ。私も、もうね、数えきれないほど行きましたけどね、あそこは成分があれですよ」

「わー、わー、……」

「酸や硫黄《いおう》の、わりかし強いやつだから。そのぶん効能もすごいけど、疲れた時には無色でアルカリ性のぬるい湯がいいっていう場合もある。身体《からだ》の状態を見ながら、そのときどきのベストのお湯に浸《つ》かるのがいちばんでね」

「わさび！」

「あとは、あれですよ、やっぱり足元湧出の湯がね、最高です。ビックリ箱。自然のね、生のままのお湯がね、底からこぽこぽ湧いてくる温泉。これはもうまさに天下の贅沢《ぜいたく》っていうやつでしょう」

「天下の贅沢」瑠美子がちいさく笑う。

「そういうところは源泉の温度が奇跡のように適温なんですよ。群馬の法師《ほうし》温泉や秋田の鶴《つる》の湯なんかは有名でしょ」

「へえ～、知らないです」

「知らないのかっ」

法師温泉といえば国鉄の「フルムーン」キャンペーンのポスターの舞台であるし、鶴の湯は勇造が愛読していた温泉本の作者が日本一と決定づけたほどの名湯であるのに。

「温泉には詳しくなくて……」

恐縮する留美子に、

「若い人も最近は温泉好きが多いみたいですよ。『温泉ソムリエ』なんていう、洒落《しゃれ》た資格もあるようですね」

と教えれば、「へえ〜」と素直に感心している。

「東北だと、蔦《つた》温泉や藤三《ふじさん》旅館なんかも良かった。日本はあちこちに良い温泉がある。いつか良太郎と行くといい。初子もね、」

と、つい口にしてしまってから瑠美子の様子をうかがった。同情の色は浮かんでいなかった。

「……初子も温泉が好きでした」

「コンドル！　じいじ！　コンドル」

勇也が声を張った。

「コンドル？　『ル』は難しいなあ。じゃあ、ルーレットでどうだ」

トンネル！　と、勇也が大きな声で言うのと同時に、電車はトンネルに入った。その偶然に三人で笑い合った。現実離れしていると思うほどに、愉快な笑い声だった。こんなふうに誰かと笑い合ったのは本当に久しぶりだと思った。孫は一日ごとに成長している。初子がここにいれば、と思う。初子がこのしりとりに加わっていれば、と思う。初子の口からはどんな言葉が出たのだろう。

勇也がしゃべり始めた頃に、初子は入退院を繰り返すようになっていた。良太郎と瑠美子が何度か見舞いに連れて来たけれど、途中で初子がもういいと言った。私のこんな姿、勇ちゃんにはトラウマになっちゃうんじゃない。初子はそう言って弱々しく笑った。何を言ってる、と良太郎も勇造も笑ったが、頬《ほお》の肉の削《そ》がれた初子の寝顔は時おりミイラのように見えた。薬のせいで意識が混濁するようになってからは、勇也に会わせるのをやめた。初子は勇也の写真を撫《な》でて、幸せそうな顔をした。

「じいじ！　また『る』だよ！　もうないでしょ？」

にやにやと嬉しそうに頬をもちあげながら勇也が言い、その横でクックと鼻の奥を鳴らすようにして、

「良太郎さんの言ってたとおり。おとうさんって、温泉の話になると止まらなくなるんですね」

瑠美子が笑った。

八戸駅で降りた。淡いクリーム色のなつかしいバス、車体に独特の筆文字で「秘湯・銀猿温泉旅館」と書かれているのが駅前に停《と》まっているのを見たとたん、

「あれだ、あれだ」

とはしゃぐような声が出てしまい、勇造は少し慌てて咳払《せきばら》いした。

同じ新幹線でここまで来たのだろう、バスにはすでに数名の客が乗っており、さらに勇造たちの後ろからもわらわらと客が連れだってこちらを目指してくる。

若い女が多い。リュックサックや斜めに提げたバッグやちいさめのスーツケース。あれじゃないの、あのバス、としきりに言い合いながら近づいてくる。他は、連れのいない四十くらいの女性、若い夫婦と赤ん坊、八十くらいの老女とその娘と思われる中年女性、初老の夫婦、そして勇造たち三人組といった塩梅《あんばい》で、平日午後のバスはあっという間に満席になった。

勇造と勇也がならんで座り、通路を挟んで瑠美子という席割りになる。

「じいじ。『こ』だよ、『こ』」

さっそく、どこかで中断していたしりとりの続きを勇也がせがんでくる。

ルンバ→バイオリン教室→爪→目玉→枕→ラッコときて、

「『こ』か。こ……駒」

「こまぁー？　まー、まー、マスク！」

「シーッ！　もうちょっとちいさい声にしなさい」

瑠美子が勇也を注意する。だが、勇造たちの後ろの席の女たちも、彼氏がどうのスカイツリーがどうのと、さきほどからうるさくしゃべっている。ＯＬかと思っていたが、どうやら学生なのかもしれない。

「靴磨き」と、しりとりをつづけながら、だいぶ客層が変わったなと勇造は思う。

銀猿温泉は秘湯と謳《うた》われている。しかし、昨今の温泉ブームによりテレビや雑誌が銀猿の白濁湯にいっせいに飛びつき、良太郎によると、今ではなかなか予約も取れない繁盛ぶりとのことだ。秘湯どころか、今では全国でも特別に有名な温泉のひとつになった。

「きつつき」

「『き』で返してきたな。じゃあ、奇跡」

「きさき」

「お、やるな。きき」

「だめだよ。そんな言葉ないよ」

「危険っていう意味だ」

「だめだよ、知ってる言葉じゃないとだめだよ！」

「なんだ、急にそんなルールになったのか、参ったな、じゃあ『きくらげ』は知ってるか？」

「知ってる。ゲーム」

「ムカデ」

「でんでんむし」

「信濃川」

「川はだめだよ」

「だめなのか。じゃあ、しめ縄はどうだ」

五歳児相手のしりとりが終わらない。これでなかなか賢い子かもしれぬ、と、久しぶりに会った孫に、やや爺馬鹿《じじ》な思いを向けているうち、バスは町を抜けていた。目に入る緑の割合が増してゆき、雲の割れ目から日が射《さ》した。車体をうねうねとくねらせるようにして山越えを始めてゆく頃、女たちの声がなくなった。ふてぶてしいほど元気だった勇也も、ぐっすり寝ていた。瑠美子も目を閉じている。

ひとりになった勇造は、脈々と連なりながら後ろに流れてゆく木々の緑を見ている。

銀猿温泉といえば、先人の残した「杖をおきすて　銀猿くだる」という言葉があまりにも有名だ。おそらく昔のひとは杖をつきながら、この坂を上っていったのだろう。銀猿は高地にある温泉だ。今は皆、座って眠りながら山を登ることができるけれど、昔の人があそこまで辿《たど》り着くにはどれだけの時間と労力が必要だったろう。それでも、「杖をおきすて　銀猿くだる」、そんな日を夢見て奇跡の湯をめざした。誰もが杖を捨てたかった。

万病に効くと言われる銀猿の湯は源泉が四十三度。もとは雪の中に湧いたこの温泉に猿が浸かっているのを、地元の猟師が見つけたと言われている。地中からこぽこぽと音をたてて湯が湧きあがるその場所を、人々は玉石で敷き詰め、ヒバの木で囲み、猿たちから奪うようにして手に入れた。雪を受けた猿の毛が湯けむりの中できらきらと光っていたという言い伝えから、銀猿温泉と名づけられ、超巨大なヒバの風呂は、先人の言葉をもらい「杖捨風呂」と呼ばれた。

車の多さに驚いた。

広々とした駐車場に、どこかの遊園地かと思うくらいに車が停まっている。

誘導係が旗を振りながら、少し離れたところにある、第二、第三の駐車場を示している。大型バスも三台停まっている。大正十年に建てられて修繕を重ねてきた古びた旅館の入り口に、写真撮影をする一群が集まっている。その脇に、まんじゅうや飲み物を売る出店ののぼりがたち、食べものを蒸《ふ》かす湯気がやわらかく上っているのが見えた。人気《ひとけ》のない山の中をずっと走ってきたぶん、急に現れた祭りめいた賑《にぎ》わいが、奇妙に心を浮き立たせた。

「すっごい！　賑やかですねえ」

寝起きでぐずる勇也を抱っこしたままバスを降りた瑠美子が、はしゃいだ声をあげた。その脇を小学生くらいの子ども二人が駆け抜けてゆく。そうか、夏休みなのか、と思いながら、

「二年前はこれほど混んじゃいなかったんだがな」

勇造はつぶやく。

「ここって、おかあさんと湯治した思い出の旅館なんですよね……」

芝居がかったくらいにしみじみとした口ぶりで瑠美子が言った。思い出の、というセンチメンタルな言葉に抵抗をおぼえ、勇造は手を振り、

「いやいや、湯治といっても数泊しただけだから、たいしたアレじゃないですよ。本当に湯治っていう人はひと月でも半年でも滞在しますからね」

「半年。よくお金がつづきますね」

「湯治部屋は自炊だしね、安いんですよ。大部屋なんか一泊二千円とか、そんなもんじゃなかったかな。今はもっと高いかもしれないが、東京のアパート暮らしとそう変わらないですよ」

「二千円だと月えーと六万か。洗濯とかはどうするんだろう」

「ランドリーもついてるからね。食事も、注文もできるし、コンロを借りて自分で作ることもできて、向こうの棟に食料品店もね、ちいさいけど一応あるし、冬場は皆で鍋をやったりするようですよ」

瑠美子がどこまで興味をもっているのかわからなかったが、そんなことを話しながら玄関へ向かった。

スリッパにはき替え、事務所と一緒になっている受付で記帳すると、作業着にエプロン姿の仲居が出てきて案内を始める。有名な「杖捨風呂」と、その奥まったところにある女性専用のちいさな浴場を、てきぱきした口調で説明してから、壁に貼られた館内案内図の朝食会場を指す。

天井が高い。百年も前によくもこれだけの建物を造ったものだと来るたび思う。

スリッパの足が幾千、幾万と行き来した床は木材が飴色《あめいろ》の艶を成し、歩くたびにかすかに軋《きし》む。本館から始まり、六つの棟がある巨大な旅館だ。建増しと補強をたえず重ねてこれだけになった。渡り廊下を歩き、細長い階段を上る。階段の手すりも飴色に光る。

「どこをどう歩いてきたのか、わからなくなっちゃう」

瑠美子が苦笑した。

「広いでしょう、最初は」

前を歩いていた丸顔の仲居がちょっと振り向いて言う。

「最初は広い」は言い得て妙で、着いた時は迷路のようだと思うのだが、何度か風呂へ足を運ぶうち全体像が見えてきて、あまり広いとは感じなくなる。じっさい旅館部の客室数は五十もないのだ。

「今日は多いの？　お客」

勇造が訊《たず》ねると、仲居は、

「多いですねえ、満室をいただいとりますよ、ありがたいことにねえ」

と言ってから、廊下の奥へちょっと入ったところで立ち止まった。

「はい、ここね。共同の洗面所と、奥がトイレ。夜十時に消灯するから、ここで電気。使い終わったら消しといてね」

仲居というより地元のおばちゃんのパート仕事といった感じなんだろうか。気さくで自然な話しぶりだ。

いつも思うが、湯治旅館の人間は、言うこともやることも的確で無駄がなく、心地がよい。個室露天だの離れだの高級感を演出する若い旅館に足を運んだこともあったが、客室係に変な敬語でうやうやしく説明されると、中途半端な接客で付加価値をつけるなと言いたくなる勇造だった。

次の間《ま》付きの、この宿の中では比較的広い角部屋に案内された。一方の窓は駐車場に面しているが、もう一方は山が見える。この部屋に良太郎たち三人が泊まるのだろう。金庫の使い方を説明し、勇造の部屋の鍵を渡し、夕食の時間を確認すると、仲居はいそいそと部屋を出て行った。勇造は、良太郎と瑠美子の部屋から出るタイミングを逸《いっ》したまま胡坐《あぐら》をかいた。こういう時に限って勇也はしりとりをせがんでこない。持ってきたブロックのおもちゃをひろげて部屋の隅でひとり遊びを始めている。

「お茶、淹《い》れましょうか」

瑠美子に言われて、「ありがとう」と応じると、少しだけ面倒臭そうな顔をされた気がし、断れば良かっただろうかと思う。出された緑茶はうすかった。初子がいつも湯を冷ましてから丁寧に淹れてくれたのを思い出す。熱過ぎるせいで飲みほすのに時間がかかった。それでもなるべく短時間で飲みほして、自分の部屋へ行くむねを瑠美子に告げると、

「じゃあ私たち、適当にお風呂に入ったりしてますんで、おとうさんも夕食までゆっくり過ごしてくださいね」

と微笑まれた。夕食の七時まで、残り四時間は別行動をしたいということだろうか。まあ、そのほうがこっちも気楽である。

瑠美子たちの部屋から二部屋挟んだ先に、勇造の部屋がある。オーソドックスな八畳間で、良太郎のところに比べると小ぶりだった。初子と泊まったのもこのタイプの部屋だったことを思い出した。もしかしたら、まさにこの部屋だったかもしれない。勇造は温泉にばかり夢中で部屋のしつらいや料理にはあまりこだわりがなく、どの部屋だったのか、はっきりとした記憶がなかった。ただ、窓の向こうが駐車場で、風情もあったものではないと思ったこの感覚は、以前初子と一緒だった時にも味わった気がした。

靴下を脱いで座椅子にもたれると、かかとに触れる畳がやわらかく、妙に落ちつく心地がした。い

つもなら、荷物を置くなり準備して温泉に向かうのだが、なんとなく横になった。扇風機のスイッチを押すとゆるやかな風がこちらへそよぐ。腰のあたりが痛くなり、座布団をあててみると具合が良くなった。なんだかまぶたが重たくなって、うっとりとした眠気がおとずれてくるのがわかった。頭の中におぼろな霧がかかるような感じがして、勇造は目を閉じた。

良太郎と、良太郎の妹の峰子《みねこ》が、勇造を起こそうとしていた。

勇造はなぜか寝たふりをしたくなった。子どもたちに構われたいのだった。

寝たふりをしているのに、天井からその様子を見下ろすこともできて、起こそうとするふたりがまだ幼いことがわかったから、そうか、これは夢なのだ、と思った。それなのに、寝たふりをしていたかった。

良太郎が、

「お袋が治ったんだよ」

と言った。

おさげの峰子も、同じことをくりかえし何度も言った。

「何言ってんだ、そんなわけがないだろう」

薄目をあけて勇造は不機嫌に言いかえすが、もしかしたら、という思いが湧いてくる。玉川の石が効いたのだろうか。それとも人参《にんじん》か、酵素風呂か。「違うよ！　万座《まんざ》の硫化水素だよ！」良太郎が声を張る。硫化水素？　なんだ、それは。首を傾げる勇造を、良太郎が満面の笑みで覗《のぞ》きこむ。その顔には髭を剃った跡があり、いつのまにか背広を着ている。ずいぶんと胸板が厚いのは、高校時代にアメリカンフットボールをやっていたからだろうか。このいかつい身体は、昔はちいさく弱くて喘息《ぜんそく》で、入院するたび付き添ったのは初子だった。発作が治まり落ちつくと、初子は息子の、やわらかい風船みたいなお腹《なか》をくすぐって笑わせて、自分も笑った。

気管支も肺も、ぜんぶこの子にあげちゃいたい。

笑いながらそう言う初子は、本当に、条件が整えば自分の身体ぜんぶ、にこにこと良太郎にあげてしまっただろうと思う。

勇造はこれが夢だということをすっかり忘れていて、治ったのなら早く初子に会わねばならぬと心焦る。寝たふりをしていたはずが、今度は手足が鉛《なまり》のように重たく地べたにはりついて、起きあがれなくなっている。

「硫化水素を飲みつづけていたのが良かったんだ」

良太郎が力強い声で言う。硫化水素？　そんなもの飲めるわけがないだろう。そう思うのだが、頭のどこかで、いや、飲めるのかもしれない、という考えが湧く。未知の荒療治が功を奏したのかと、心が痛いくらいにときめいて、子どもたちの言葉に縋《すが》る。

「さっき溝口《みぞぐち》先生が太鼓判を押してくれたよ、もう、どこにも癌《がん》が見当たらない、これは奇跡だ！　奇跡が起こったんだよ！」

「本でも書いたほうがいいんじゃないかって、先生がおっしゃったのよ」

そう言う峰子もいつしかおとなになっている。

「ねえ、お父さん、何やってるの。早く起きて病院に行かないと。今日は快気祝いなんだから、このままじゃ遅れちゃうわよ」

峰子は、もとはパパっ子だったのだ。パパ、パパ、と飛びついて来て屈託《くつたく》なく甘える峰子に、良太郎が嫉妬《しつと》するほどだった。いつしか制服を着るようになり、いつしか父親を露骨に無視するようになり、いつしか奇妙な化粧をして周りを威嚇《いかく》するようになったものだが、そうした時期も台風のように過ぎ去って、ふたりの子どもを産み育てる平凡な母親になった。定期的に送ってくるメールには、小学生になる孫たちの写真が添付されている。

病室で初子が息を止めた時、おおいかぶさって泣いたのは峰子だった。医師から夜を越せないと言われて集まった。そして予告通りの展開であったから、静かに受け入れられるはずだった。それなのに四十近い娘が「お母さーん！　お母さーん！」と泣きじゃくった。峰子の姿に孫たちが怯えているのがわかった。子どもの前であんな姿を見せるのは母親として失格ではないかと勇造は思った。後でそう注意したら、きつい声で、「わたしがどんなにお母さんを愛していたかを娘たちに見せて何が悪い」と返された。「お母さんがいなかったら、わたし、前に、自殺してたかもしれないよ。お父さんなんか、何にも知らなかったくせに」中年太りのきざしの見える娘が、思春期のような表情でそう言った。何を大げさな、と思ったが、たしかに子どもたちのことは初子に任せきりだった。子どもたちと初子の間にどのような出来事があってどのようなつながりがあったのか、勇造は知らない。だから何も言い返せなかった。

いくつもの時間がいっぺんに勇造の中を通り過ぎて行った。

初子は治らなかった。

そうだ、これは夢なのだ。勇造はふたたび気づく。夢ならせめて初子が出てくればいいのにと思う。夢なのだから、初子を作り出すことくらい、造作もないことだろうと念力をこめるようにしてその姿を思い描くのだが、どうやっても像を結ばない。まやかしとはいえせっかく抱けた一瞬の希望すら、するすると手のひらからこぼれていくようで、すでに勇造は、自分がもうすぐ目覚めることを知っている。

少なくとも、幸せな最期だったと言い聞かせた。

息子夫婦と娘夫婦、孫たち、兄、姪《めい》、専門学校時代からの親友、そして夫である自分がいた。六十九歳の若さは哀れだったけれど、囲まれて、惜しまれて、穏やかに息を止めた。

初子は幸せだった。そう言い聞かせるのだけれど、短い夢の記憶は、勇造に、ささやかな希望に取り組っていた頃の焦りや苦しみを鮮《あざ》やかに思い起こさせて、脱力させた。目が覚めたあとも勇造は、しばらくのあいだ、ぼんやりと天井を眺めていた。

うたた寝だったようだ。ほんの一時間ほどの。

夕食まで時間があるので、ひと風呂浴びることにした。

入り口に高々と掲げられた「秘湯　銀猿温泉杖捨風呂」の看板。しかし脱衣所の扉をあけてすぐに勇造は後悔する。

まだ五時前だ。宿泊客以外にも湯が開放されている時間帯とあって、脱衣所は混みあい、着替えを入れる籠も大半が埋まっている。

引き返すのはばからしいからさっと軽く浸かって出ようと決めて裸になったとたん、壁に貼られた達筆文字の標語に気づいた。

『見るな、見せるな、思いやり』

ここは男女混浴の風呂だ。

だが、二年前に訪れた時に、こんな貼り紙があったか、覚えていなかった。

驚いたことに、浴槽へ向かう引き戸にも貼り紙がある。

『痴漢は犯罪！』

新しい紙だ。最近貼られたものらしい。

『女性の皆さんの迷惑になる行為、行動、目線は厳禁‼』

目線というのは正式な言葉なのだろうか。視線、であるべきではないのか。そんな疑念がかすかに過《よぎ》ったが、それ以上に「禁」という字が妙に目を刺した。この引き戸をあける自分がすでに痴漢と決めつけられている気がして、腰の引ける思いがする。

秘湯と呼ばれる温泉には混浴のところが多い。これは源泉を効果的に使うために湯船の数をまとめるためだ。日本の伝統だとまで言って混浴文化を守ろうとしている人たちもいるようだが、勇造は良い湯に浸かれればいいと思うだけで、そこに男がいようが女がいようが、ほどよく空《す》いていればどちらでもいいと思っている。

はじめて混浴温泉に行ったのは、まだ独身の頃だったから、もう四十年以上前のことだ。

山梨かどこか、川沿いのちいさな温泉で、初子と一緒だった。

初子は身体にバスタオルを巻きつけて、ちょっと緊張した顔で現れ、おずおずと浸かった。女性は初子ひとりだった。

後からやってきた年寄りが、

「何巻いてるんだ！」

と、皆の前で初子を怒鳴りつけた。

「そんなものを入れるのは不衛生じゃないか！　取ってこい！」

初子は顔を真っ赤にし、すぐに湯船を出た。

年寄りは、あたりの裸の男たちに向かって、近頃の若い者は温泉の入り方も知らないこと、バスタオルを巻いて湯を汚す者には容赦なく入るなと言ってやること、自分は四百以上の温泉に浸かったことがあること……とぶつぶつしゃべった。

申し訳ないことをしたと今も思う。

まだ若かった勇造は、性悪《しょうわる》な年寄りに言い返すことができなかった。

あの場にひとりしかいなかった若い女に不機嫌の矛先を向けて、温泉に関するうすっぺらい知識を披露したがった年寄りは、もうとっくに亡くなっているだろうけれど、思い返すたび、今も腸《はらわた》が煮えくりかえり、その怒りはあの時の意気地《いくじ》の無い自分に向かうのだった。

ひとは何のために湯に浸かるのか。

バスタオルより、険のある視線のほうが、怒鳴り声のほうが、よほど温泉を汚す。

そもそも、内風呂の混浴では泉質維持のためにバスタオルを禁止するのもわかるが、あそこは露天で、山の中、葉や虫も落ちてくるし、たしか塩素を使用し、加水もしていた。

バスタオルの何が悪いと、今なら冷静に論破できるのに。

タオルで前を隠して杖捨風呂へつながる引き戸をあけた。前を隠すのは混浴風呂における礼儀である。

二十畳はあるかと思うような巨大な風呂の、中央から右側に仕切られている男性スペースにごろごろと肌色の塊《かたまり》がひしめいているのが、湯けむりの中にぼんやりと見えた。

一方で、左側半分と決められている女性用のスペースには、ふたりしかいない。ずいぶんと贅沢なものだ、これならまるごと男性風呂にしてしまえばいいのにと思いたくなるが仕方あるまい。女性ふたりの頭部はもやもやとけぶってかすみ、顔立ちや年代まではわからない。「目線は厳禁‼」の文字を思い出し、勇造はすぐに視線をそらした。

脱衣所から杖捨風呂までは階段をおりていく仕組みである。入り口で念入りにかけ湯をしてから、たったふたりとはいえ、そこにいる女性のためにも身体の中心が見えないようタオルで隠して、湯船にそろりそろりと浸かった。

「ほう……」

身体の奥から息が漏れた。

冬場に比べるとやや熱く感じるが、四十二度弱か、まさに適温である。酸性の白い湯が、細胞のひとつひとつに吸収されてゆくのがわかる。それは体内をすみずみまで巡り、臓器ひとつひとつを温めて、強《こわ》ばった心さえ解《ほぐ》す力がある。細長い列島にもたらされた自然の恵み。狩りや合戦のあと、病の時、人生の節々においてこの恵みを受けてきた日本人は、世界の中でも特別に幸福な人々であろうと勇造は良い温泉に入るたび、心から感謝する。

と、勇造の反対側の縁に腰をおろして足だけ湯に入れている男たち数人が、いっせいに顎《あご》をあげた。

視線が同じ方向へ行った。

女性側の脱衣所の引き戸があく音がしたので、ついそちらに目が行ったのだろう。

そう思ったが、男たちは上に向けた視線を落とさず、驚くことに凝視している。食い入るように女性側の引き戸を見つめている。

鰐男《わにお》だな。本当にこんな輩《やから》がいるのか。けしからん。

『鰐男』とは、水辺で獲物を待ちうけてじっとしている鰐のように、混浴風呂の縁で静かに女体を待ちうける男のことを言うそうだ。温泉についてネット検索していて見つけた言葉で、冗談だろうと思ったが、じっさいここにいるのである。最近は混浴風呂に入る女性が増えたそうで、駐車場で女性客を待ち構えて同じ時間に風呂に入ろうとする用意周到な男もいるのだと、ネットの記事には書かれていた。

いったんは開いた女性側の脱衣所の引き戸だが、男たちの視線に気圧されたのか、けっきょくは誰もおりてこなかった。男たちはあきらめたように視線をそらし、それでもちらちらと女性側を見ている。

ネットの文章によると、鰐男の中には女の裸を待ちつづけて湯あたりして倒れた者までいるというから、滑稽だ。そこまでしてでも彼らは女の身体を見たいらしい。

ふと、女性側の湯に入っていたふたりがあいついで湯からあがるのがぼんやり見えた。

どちらの時も鰐男たちは見向きもしなかった。

女側の湯からあがったのは、皺《しわ》だらけの老女だった。

風呂からあがって部屋に戻ると電話があった。良太郎が到着したらしい。夕食は皆でいっしょに食べることになっていた。

襖《ふすま》をあけると、

「いやいや、遅くなってすみませんでした。あれ、親父、なんか顔色いいんだけど、もしかしてもう入った?」

仕事がうまくいったと見えて、良太郎は機嫌のよい顔で座椅子に胡坐をかいている。額にうっすら汗をかいて、浴衣《ゆかた》の下、仕事のなごりが肌にはりついているようだ。

「ちょっとだけ、浸かってきた」

「なんだかすごい人気なんだね、こんな山奥なのに、ここ」

感心したように、良太郎が言う。

「天下の銀猿温泉だからねえ。今日も満室だって言ってたな。冬のほうが風情があるし虫もいないんだけど、夏場もこんなに混むとはね」

自分について語るわけでもないのに、やや謙遜の口ぶりで勇造は言う。

「じいじー、しりとりやろう! 続き! 続き!」

瑠美子と女性用の風呂に入ってきたと見えて、顔のつやつやした勇也がせがんだ。

「お。やるか」

「お風呂! ろ!」

「『ろ』だな。じゃあ、ロンドン橋」

「しじみ!」

「なんだ、親父、すっかり勇也に懐《なつ》かれたんだな」

「いやあ、しりとりをやれってせがまれてね。電車ん時からずっと。なんだ、み、か。じゃあ、ミクロネシア」

「だめだよ！　知らない言葉は！」

「ああ、そっか。じゃあ、幹《みき》。で、どうだった、良太郎。仕事は」

「いやー、仕事といえば仕事だけど、オバチャンたちの揉《も》め事の仲裁だからね。もう、ホント、なんとかおさまったけど、女の世界っていうのは、なんていうか面倒臭くて……」

良太郎が苦笑いする。生命保険の保険外交員を束ねるのが彼の仕事だ。年に一度の慰安旅行では添乗員役もするし、たまの飲み会では三次会のカラオケまで参加必須だというから、勇造にとってはぞっとするような仕事だが、思えば良太郎は幼い頃から明るくて調子のいい気質だったから、性に合うのだろう。

浴衣姿で髪を束ねた瑠美子が、

「どうせ荒川《あらかわ》さんでしょう、騒いでるの」

と、尖《とが》った声を挟んだ。かつて良太郎のもとで「営業レディ」をしていた瑠美子は、オバチャンたちの人間関係をよく知っているふうだ。

「荒川のオバチャンもねえ。どうも思い込みが激しいっていうか、頭が固いところがあるんだよなあ、悪い人じゃないんだけど」

「悪い人よ。私、あの人に相当いじめられたもの」

瑠美子が顔をしかめる。良太郎のまえではこんな顔も見せるのだなと勇造は少し驚いた。横で、

「じいじ！　早く！」と勇也が勇造の袖をひっぱった。

「お、なんだっけ」

「だから、黄身って何度も言ってるじゃん」

「きみ？　み、だな。み。店」

「だけど仕事はできるんだよな、ああいう人は。うまくもっていけば戦力なんだよなあ。荒川さんがいいっていうお客も結構いるし」

「セミ！」

「言っとくけど、あの人がいる限り、新しい人は育たないわよ。私、それだけは断言する」

「三鷹《みたか》」

と勇造が言うと、

「地名はだめでしょう」

良太郎が苦笑いで口を出してくる。

「だめなのか」

「だって、勇也が不利じゃないか。ふつうの名詞で対戦してあげてよ。これも語彙を増やすいい訓練なんだから、どうせなら勉強になるような言葉を出してやって」

「なんだか色々うるさいしりとりだな。じゃあ……そうだな、ミドリムシ」

「そんなのないよ！」

「あるよ。有名なプランクトンだ」

「知らない言葉はダメなんだよ！」

「勇也。知らない言葉をじいじに教えてもらいなさい」

と良太郎が言い、しりとりが一気につまらなくなる気配を感じながら、

「水の中にいるちいさい虫だ。緑色の。目に見えないほどの、こんなにちいさいのが田んぼとか、水の中にいっぱいいいて、水が緑色に染まって見えるんだよ」

指をつまむようにして見せると、勇也がぎゅっと目を細めて、勇造の親指と人差し指のあいだの隙間を見つめる。思いあまったように言う。

「飲んだらどうなる？」

「飲んだら？　案外美味《おい》しいかもしれんな」

「いや、サプリならともかく、じかに飲んだらお腹こわすでしょう」

と言う良太郎に、こんなに細かい奴《やつ》だったかと勇造は、かすかに呆《あき》れる。横から瑠美子が口を挟む。

「良ちゃんだって、こうやっていちいち呼び出しに応じちゃってさ、あの人、いい気になって社員さん使うんだから。そうやって自分が一目置かれてるってことを周りに見せたいだけなの。わかってると思うけど、本田《ほんだ》さんや金子《かねこ》さんだって、あの人のせいで辞めたようなもんなのよ」

「鹿」と答えた勇也に対して、「勉強になるような言葉」を言わねばと、やや逡巡《しゅんじゅん》した勇造は「観音像」と言う。そのタイミングで「失礼しまーす！」と廊下から声がし、襖があいて、仲居が食事の支度を始めることを告げた。

どこぞの温泉旅館のようにしずしずと一品ずつ出されるような懐石ではなく、こうした湯治旅館はたいがいお膳でひとまとめに夕食が出てくる。川魚、山菜、煮物、茶碗蒸し、サラダ。お膳自体はちいさいが、この上にぎっしり詰め込まれるように何皿も置かれ、じゅうぶんな量である。加えて豆乳

鍋も出てくるのは、夏場でも夜は二十度を切る高地ならではのことだ。

食事が思いのほか美味しかったおかげで、瑠美子の機嫌はよくなった。

「荒川さん」の話は結論の出ないまま終わり、瑠美子は鍋のふたをあけて、取り皿に取り分けながら、さきほど入浴した女風呂がとても狭くて混み合っていたのだと言いだした。

「どうせなら有名なほうのお風呂に入りたいわ。どうでした？　おとうさん、もうあっちに入ってきたんですよね。お湯が白いからほとんど見えないし、女性も大丈夫だって聞いたんですけど……」

さきほどの鰐たちのことを思い出し、勇造は返事に詰まった。

夜は宿泊客しかいないから多少はマナーもいいだろうが、しかしもしも鰐が一匹でもいたならと思うと、けっして勧められない気もしてくる。どうやら温泉初心者で、混浴経験もないものと思われる瑠美子に、若き日の初子のように不快な思いをさせたくはない。と同時に、自分のように純粋に温泉を愛する人間が、ああいう輩といっしょくたにされかねないと思うと気分が悪くなる。

こういうことを考え出すと、銀猿の経営者はなかなか頭が固いと言わざるを得ない。

昨今では混浴の温泉も、たいがい女性専用時間を設けている。それならば男にも女の目を気にせずゆったり浸かれるよう、専用時間を作ってほしいものだと冗談半分に言ってみたりしたものだが、それでもやはり混浴弱者は上半身も隠さねばならぬ「女性」であることを勇造はわかっていた。銀猿が男女を同じ湯船の中の右と左で区分けするようになったのは数年前からのことで、時間で分けるという発想にはまだ至っていないらしい。

「あとで行ってみようか、親父も行くでしょ」

良太郎があんまり朗《ほが》らかに言うので、

「私はやめておくよ、三人で行ってくればいい」

と、勇造は言った。

「何、もうのぼせちゃったの」

「や、そういうわけじゃないが、なんだ、時間差で行くよ」

勇造は言い、日本酒をちびりと飲んだ。

「あっそ。どうせ行くなら皆で入ればいいのに。混浴っていっても、お袋だって何度も入ってたんでしょ」

と、歯のあいだに挟まった魚の骨を舌で擦《こす》り出しながら良太郎が言う。

「おとうさんも行きましょうよ」

瑠美子に言われ、時間差で行くという自分の発想が、いかにも混浴を意識していたふうで面映《おもは》ゆくなる。それにしても、息子は、自分の母親がどういう事情で混浴にしか入らなくなったのかをまったく知らないのだと、勇造は改めて知る。それについては今更話すことでもないだろうと思いながら、箸先で鍋の底のきのこを探った。


けっきょく四人で杖捨風呂に向かった。

夕食後の脱衣所にはスリッパも少なく、じゅうぶんに銀猿の湯を味わえそうだと勇造は思った。籠の中に脱いだ浴衣をくるくると丸めて入れ、タオルでおおっておく。

「さ、行きますか」

裸になった良太郎に声をかけられる。

「お前、腹が出たな」

つい勇造は言った。息子の裸を見るのは久しぶりだった。アメフトでがっしり鍛えた筋肉が、そのままほわほわした脂肪に変わってしまったようである。

「もう四十ですから」

良太郎は気にもしてないふうに言い、そうか、四十か、改めて息子の年齢に対峙《たいじ》した勇造は軽く狼狽《ろうばい》する。ここに初子がいないことも、自分が酒にすっかり弱くなったのも、当然の流れなのである。

やや緊張しながら引き戸をあけたが、ひとはまばらで、女性側の湯には誰もいなかった。勇造は軽くかけ湯をしてから、湯にそろりそろりと身体を沈める。ほう、熱い。染みわたる。目を閉じて、息を深く吐く。初子と何度もこの湯に浸かったことを想う。

良太郎が、

「うわ、硫黄のにおい。ここ、男女で区切られてるのか」

と、湯船の縁につけられたしるしを見て感心したように言った。足の指で湯の温度をたしかめている。

「熱いな、けっこう」

「昔はこんなふうに区分けはされてなかったんだが、最近はマナーの悪い輩がいるからな」

さきほどの鰐たちを思い出して勇造が言うと、

「貼り紙もすごかったね。『見るな、見せるな』って、あれ何。かえって落ち着かないな」

良太郎は言い、肩までざぶんと浸かって「ほー」と声をあげた。

勇造も、ほー、と口にしてみた。

初子と入る時はいつも男女が区分けされる見えない線のこちら側とそちら側にいて、ならんで浸かった。乳色の湯の下の見えないところで足をからめたり、手をつないだりした。

初子は五十で乳がんをやり、左胸を摘出していた。「乳がん時代」と彼女が後から呼ぶことになるあの数年間は、泣いたりしょぼくれたり、不安で眠れなくなったり、と思うと元気になったりして、ぐらぐらと心がいたぶられるように過ごしてきたが、再発もなく――十七年後、別の部位に同じ病気が見つかることになるのだが――、ひとまずは主治医の尽力により良好な経過を辿ったと思っている。

その頃から初子は自分の身体をひとに見られることに、とても神経質になった。スポーツジムをやめて、共同浴場にも入らなくなった。女性でも、というより、女性どうしだからこそ、さりげなく、しっかりと、見てくる。そんな気がするのだと初子は言った。

勇造はそれまでは自分ひとりの趣味だった温泉に、初子を連れ出すようになった。身体にいいし、気分転換にもなる。

ちょうど峰子が高校を卒業した頃だった。勇造は勤め先の派閥争いのようなごたごたに端のほうで絡んだ結果、子会社に出向することになった。時間ができた。季節ごとにふたりで温泉へ行こうと決めた。貸し切り風呂や、部屋に温泉風呂のついている宿を探した。

初子は、以前は温泉が嫌いだったと打ち明けた。混浴で年寄りに怒鳴られたのが原因かと思ったが、どうやらそれが理由ではないという。

もっと若い頃、旅館の露天風呂に入っているところを覗かれたことがあったという。ふいに視線を感じて振り向くと、茂みの中に目があった。恥ずかしさより先に湧いてきたのは恐怖で、この歳《とし》になっても思い出すの。そんな話を勇造は、五十になった初子から、初めて聞いた。

温泉旅行を重ねるうち、初子は、混浴に入ってみたいと言いだした。

貸し切り風呂や部屋に温泉のついているところは、どうしても値が張る。湯船も狭い。せっかくなら広いところに入りたいのだという。

いくつかの混浴風呂を試したが、初子が杖捨風呂を気に入ったわけは、泉質の良さでも、建物の風情でもない。女性の脱衣所の奥に個室の着替えスペースがあるということ。そして二十四時間、混浴であること。

――混浴なら、堂々と隠せる。そうでしょう？

初子は勇造以外のすべての人間から、身体を隠したがった。


「親父、大丈夫か。顔真っ赤だぞ」

良太郎に声をかけられて、勇造ははっと我に返った。

「平気平気」

と言いながら、湯船の縁につくられた段差に座り、胸の下まで空気にさらして一休みする。

「どうなの、最近は」

「あ？」

「友達できた？」

良太郎に訊かれて、勇造は苦笑した。

「よけいなお世話だ、こっちは気楽にやってるよ」

「なんか不便なことないの。いや、親父はわりと器用だし、なんでもできるタイプだけどさ、こう、

「近所付き合いとかそういうの」

「おまえも色々と気を遣うんだな」

「いやーなかなかそっちまで行ったりできないけど、こういうさ、家族旅行みたいな感じで、いい温泉があったらまたね、ちょくちょく一緒に行きましょう。勇也もすっかり親父に懐いたみたいだし」

「……あ」

と、言葉をとめた良太郎の視線を無意識に辿ったら、若い女が脱衣所からおりてくるところだった。

「瑠美子」

良太郎の呟《つぶや》きを聞いて、ああ瑠美子さんかと思った時、ほんの一瞬の風向きで湯気がすっと去り、彼女の白い身体が目に入った。前はタオルで隠されていたが、くっきりとしたその輪郭に勇造は息をのんだ。

とたんに湯気がすべてをおおい、瑠美子の後からやってきた丸裸の勇也が、おぼろに浮かぶ。五つの勇也の、まるっこい身体にくっついている男らしさは指先ほどのはかなさだろう。階段を走っておりようとした勇也を振りかえって、「気をつけて」と瑠美子が注意した時、彼女の白い尻が見えた気がし、慌てて目を伏せた。

「あんまり見るな、他の女性もおりてくるかもしれないから」

気まずさで、良太郎に放つ声が尖った。

「あ、そっか」

さきほどの貼り紙を思い出したのか、良太郎が身体の向きを変える。

「あ！　じいじ！」

階段をおりた勇也が自分たちを見つけたようだ。

「おう」

勇也に声をかける態《てい》で、身体の向きを戻す。その視界の端のほうに、タオルで身体を隠しながらかけ湯をしている瑠美子がいた。勇也が身をひねるようにして母の手をのがれ、ちょいちょいと小走りで杖捨風呂に近づいてくる。

あ、と思う間もなく、勇也は濡《ぬ》れた床で滑った。つるんとしりもちをつくまでが、まるでスローモーションのようで、「勇也っ」と、とっさに勇造は立ちあがった。勇也のその後ろ側で慌てたように身をのりだした瑠美子が、真正面にいた。


布団がひと組敷かれていた。

ひとりで旅したことは何度もあったはずなのに、ふたつならんでいない布団がなんだか不自然に見えて、初子がいなくなってから初めての温泉だと気づいた。

汗を吸った浴衣のまま、掛け布団をめくり、横たわった。昼間、扇風機をつけたのが嘘《うそ》のように夜のシーツはひやりとしていた。テレビをつけて、ニュース番組に合わせた。野党は与党を解散に追い込むことを目指して連携をするための会議を開き、女子大生は違法なダイエット食品で身体じゅうに発疹《はっしん》が出たことを訴え、明日の東北地方の降水確率は三十パーセントということだった。

電話が鳴って、出ると良太郎から「親父、大丈夫だった?」と訊かれた。

「何が」

「何がって、お風呂出る時ふらふらしてたじゃん。のぼせたんじゃないの。瑠美子も心配してるよ」

「ああ、大丈夫大丈夫」

「そっちに行こうか」

「は？」

「瑠美子たち、もう寝るって言ってるから。親父の部屋で一杯やろうか？」

気遣われているらしい。さきほどの枕捨風呂での会話からも良太郎の気持ちはうかがえて、あれも長男なのだな、と思わず微笑む。

「悪いけど、もう寝るよ。のぼせたわけじゃないけど、年寄りは夜が早いんだよ」

「そうか、じゃあ、何かあったら電話して。おやすみ」

良太郎が電話を切った。音量をしぼったテレビの声が部屋に残る。

——瑠美子も心配してるよ。

良太郎はそう言っていた。なるほど。心配されていたか。

口元だけ歪《ゆが》めて、勇造は笑った。

それにしても眠たい。最近はとろりと身体を浸すように、眠気がここちよく訪れる。強い湯に二度も浸かった後なら尚更だ。テレビを消して、電気を豆だけにした。黄色っぽいうす闇の中で少しずつ目が慣れてゆく。夕食をとった良太郎たちの部屋にくらべるとだいぶちいさいが、それでもひとりで寝るには広過ぎる。

瑠美子の身体を思い浮かべる。

瑠美子は、見られたと思ってはいないのだろう。

そのことは、勇造を安堵させた。瑠美子のために、良かったと思った。

そもそも目鼻も判別できないほどの湯気の中、ほんのり丸みが感じ取れただけで、乳房そのものというよりは、乳房がそこにあるという気配でしかなかったが。

しかし、勇造はそれを見た。

目を閉じて、まぶたから透けるように広がる豆電球の淡い淡い光の中、記憶の補強を試みる。いやらしい気持ちにはならなかった。それはまったく性的なものではなかった。

生命が肌の下で、はちきれそうに膨らんでいて、目をそらせないほどに美しい。女性の身体はひとつの神秘だ。あの曲線は、人が描けるものではない――。

そう思った瞬間、勇造の心は強い悔いに塞《ふさ》がれてゆく。

どうして妻の願いを聞いてやれなかったのだろう。

口惜《くや》しさに締めつけられた。


初子の願いは乳房を再建することだった。

再発の可能性はまずないでしょうと言ってくれた主治医は、妻が持ち出した再建手術の話に反対した。そんなことをして再発でもしたらどうするんですか、と苦い顔をした。だって、その可能性はないとおっしゃったじゃないですか、と妻が涙ぐむと、主治医はきまり悪く感じたのか、そこまでする必要はないでしょう、と若い看護師たちも聞いている中で急に声を荒くした。妻は、混浴風呂で怒鳴られた時と同じ顔になった。

そんな言い方はないじゃないですか、と努めて穏やかに勇造は言った。妻は選択肢として考えているだけですよ。

主治医を替えようと初子に言い、彼女も同意した。初子は勇造に、ありがとう、と言った。だけど、本音を言えば勇造も、さらに身体をつぎはぎするような決して容易ではないその手術を、もうする必要はないのではないかと思っていた。初子の身を案ずるふりをして、主治医と同じ側に立ったのは勇造だった。主治医を替えても、初子はもう、乳房の再建を求めなかった。

主治医にも、勇造にも、乳房を再建する「必要性」がわからなかった。

皺は顔だけにできるものではなかった。病のせいで人より早く時を進めた妻の身体のあちこちで、ちぢんでゆく中身をくるむに余る皮膚が、変色し、弛《たる》んでいった。最後にここに来た頃はもうだいぶ痩せていて、前屈《まえかが》みで、日を追うごとに、乳房の片方がないことが目立たない身体になりつつあった。

それでも妻は身体を隠したがった。普段の生活では胸にシリコンのパッドをあてて、乳房がふたつそこにあるように見せていた。混浴に入ってみると決めてから、タオル二枚をつかって脇から乳房の下までを隠せる短いスカートのような形状のものを自作した。それを巻いたまま湯船に後ろ向きで浸かり、湯に浸《つ》けないように気をつけながら、乳白色の湯の中で胸が見えなくなるぎりぎりではずす。湯からあがる時も同じように慎重な手つきで胸を隠す。

妻の身体が内包していた、一瞬一瞬のちいさな記憶の煌《きらめ》きを、今になって、勇造は感じた。あのなつかしい皺のひとつひとつに、兄のケン玉を奪って遊んでいたおしゃまな娘が、商工会議所で勇造にお茶を淹れてくれたえくぼの愛らしい若い女性が、娘を背負い息子の手をひきながら幼稚園に連れていった頑張り屋の母親がいたことを。

たくさんの記憶を抱きとめながら生きた妻が最後に望んだものを、「必要性がない」と切り捨てた自分を思い出し、今になってちいさく唇を嚙むが、時間を戻すことはできない。

障子《しょうじ》が白く発光していて、今日も目が覚めたことを知った。

夢を見たような気がしたが、思い出せなかった。最近、寝ているあいだに見たものや思ったことが、すべて砂のようにはらはらと散ってゆく。それでも、「アア……」に怯えている。着替えの服を探そうとする自分にほっとする。

両手で髪をなでつけ、洗面所に向かおうと戸をあけると、ちょうど勇也と瑠美子が歯みがきセットを手に戻ってくるところだった。

「じいじ！」「おはようございます、おとうさん」

そろって声をかけられて、勇造は一瞬言葉に詰まる。

「大丈夫でしたか。昨日は」

立ち止まって瑠美子が言った。朝の光の中で見ると、化粧をしていない肌に、ほくろかそばかすか知れぬごまのようなちいさな点々が広がっていて、その姿を勇造は好ましく思った。

「いや、ちょっとのぼせたようだけど、大丈夫でしたよ。おかげでよく眠れました」

「なら良かったです」

「じいじ、あとでしりとりねー」

勇也がVサインをつくり、「おう」と応えると、

「バイキング、一緒に行きましょうね」

瑠美子は言って、勇也をうながし自室へと歩きだす。

何の気なしにふたりの後ろ姿を見送った。

ちょうど東側の窓のところで、朝日がまっすぐに差し込んでいて、勇也と瑠美子が、ひとつの塊のようにくっついて見えた。

勇造は、その一瞬の塊を、自分も知っていると思った。初子と、良太郎と峰子と、皆でひとつの塊だった。夫婦という塊。親子という塊。自分がつくった家族と、煌くような一瞬一瞬を重ねてきた。塊の中にいたから、見えなかった。

ふと、手に持った歯ブラシに気づいた。この歯ブラシをいつ持ったのか、思い出せなかった。歯ブラシを持つ手に静脈が透けて骨が浮きあがっている。朝の光に、手をかざした。馴染《なじ》みのシミがいくつもある。昨日、脱衣所で良太郎が体重を量っているのを見たが、勇造は体重計に乗らなかった。身体の重さが気にならなかった。

ひとは身体を使い尽くしてゆく。

まあ、さみしいもんでもないでしょう。

つぶやきが漏れた。

そのうちそっちに行きますよ。今じゃないけど、まあ近々。使った身体を置き捨てて。

光にかざした自分の手を、勇造は見つめた。

五十年と一日

特急列車にひとりで乗るのは何年ぶりだろう。窓の外を眺めながら、盛田照美《もりたてるみ》は考えた。曇り空の下、オフィス街のビルはどれも全体的に灰色っぽく烟《けぶ》るような光り方をしている。

「もしかして」

初めてかもしれない。

学生の頃も、働いていた頃も、ひとりで遠出をしたことがなかった。先月五十歳の誕生日を迎えた照美が大学生だった頃、若者向けの雑誌はしきりに「自分探し」だの「ひとり旅」だのひとりで遠くに行くことを持て囃《はや》していた。同級生を見渡しても、ワーキングホリデーやら、アジア周遊やら、ひとりで自分探しに励んでいた顔をぱっと数人思い出せる。

しかし照美は当時から、ひとり旅どころかひとりで映画館やレストランに入るのにも抵抗があった。とにかく単独行動が苦手なのだ。寂しいし、人目も気になる。方向音痴なので迷子になりそうだし、無駄に次の行動を心配して過ごしたくない。何より、美しいものや美味《おい》しいものを見聞きしたり味わったりした時に、感想を伝える相手がいないのは侘《わび》しいではないか。

五十歳になった今もその気持ちは変わらない。買い物の合間にカフェでひと息つくのすら落ち着かない気分になる。

実をいえば、今回、初めてのひとり旅に際し、ぎりぎりまで行くのを迷っていた。行くと決めてからは、ずっと緊張していた。どれほどの緊張かといえば、指定席を取った特急列車に乗り損ねまいと、ターミナル駅に一時間も早くに到着してしまったほどである。

「とりあえず……」

この列車に乗れて良かった、と照美は改めてほっとした。スタイリッシュな街並みが、振動とともに流れ去ってゆく。これでもう列車を乗り換える必要はないという安堵《あんど》。座っているだけで、宿泊施設の最寄り駅まで運んでもらえるのだ。あとは、到着した駅で宿泊施設に電話をすればいい。施設までの送迎車が来てくれる。いくら方向音痴の自分でも、問題なく施設に到着するだろう。

ほっとした照美は、座席テーブルを取り出して、家から持ってきたホット麦茶の入った水筒を置いた。

今朝は朝食抜きである。これは、照美の日々の中では非常に珍しいことだ。早起きして家族のために味噌汁《みそしる》と白米とおかずを用意し、それをしっかりと食べ、しかし昼まで待てずにちょっとしたおやつをつまんでしまう……というのが日常である。そのため照美は、ちょっとばかりぽっちゃりした体型であり、普段から「ダイエットしなきゃ」と思っている。

麦茶はあたたかく食道を通過し、空腹の胃を少しばかり慰めた。

いつしか窓の外に高層ビル群はなく、全体的に平たい風景になっていた。ショッピングセンターや団地、紳士服店の看板など、生活感に満ちた景色が流れている。

「あっ」

思い出したことがあり、照美は短く声を発した。幸い隣の座席には誰もいなかったが、発した声の意外な大きさに頰《ほお》を赤くする。

たいしたことではない。家族の冬物衣類をまとめてクリーニングに出しており、明日が引き取り日だったというだけのことである。家族……夫の知樹《ともき》か一人娘の茉奈《まな》にそのことを伝えておこうかとスマホを取り出したところで、照美はちいさく首を振った。

冬物の引き取りが一日遅れたところで、あるいはひと月遅れたからといって、なんら問題はないのである。そんなことをＬＩＮＥで伝えたところで、出張中の知樹からも、友達と旅行に行っている茉奈からも、スタンプ一個返ってくればいいところだろう。

クリーニングは明後日、取りに行けばいい。取り出したスマホをしまい、照美は水筒の麦茶をもうひと口飲んだ。

緊張がとけてきたからか、列車の揺れがここちよく感じる。少し眠たくなってきた。リクライニングシートを倒したいが、後ろの乗客にひと言ことわる勇気が湧かない。もういい年齢なのに、いまだにこういうところが少女気質の照美である。気づかれないようにそろりそろりと背もたれを少しだけ倒して目を閉じた。

ひとり行動が苦手な照美は、ひとりになる必要のない人生を送ってきたとも言える。

出身は埼玉県のベッドタウン。上に姉、下に弟のいる三きょうだいの真ん中だ。きょうだいの仲は良く、今も三人のＬＩＮＥグループで時々やりとりしている。実家のそばの分譲マンションに暮らす姉は、ふたりの子を育てながら県内の公立中学校の理科教員として今も働いており、三人の子の父親となった弟は乳製品メーカーの社員で、千葉県の社宅に住みながら、同じ会社に勤める妻と共働きだ。両親はそろそろ八十歳を迎えるが今のところ健康で、気も若い。家族五人のＬＩＮＥグループもあり、そこに新しいスタンプを押してくるのはいつも父だし、最近坐骨《ざこつ》神経痛だということで遠出を控えるようになった母も、庭に迷い込んだ猫やら花壇の蕾《つぼみ》やらの写真をたびたび送ってくる。

照美は自分の家族ともまた仲が良い。家族は旅行好きで、この春社会人になる一人娘の茉奈がまだよちよち歩きの頃から、知樹と三人で、あちこちへと出かけた。広々と美しい箱根《はこね》の彫刻《ちょうこく》の森《もり》美術館、沖縄のなんとかパーク内で参加したサーターアンダギー手作り体験。真夏に訪れた金沢兼六園《かなざわけんろくえん》では、景色の美しさよりも、売店で買ったブルーハワイのかき氷を食べた茉奈のちいさな舌が青く染まったことをよく覚えている。夫婦は笑い転げながらちいさな娘にカメラを向けたものだ。

ああした写真を最初の頃はきちんと出力していた照美である。茉奈が幼稚園児の頃に親しくなったママ友が、スクラップブックデザインなる技術のコーチング免状を取ってからしばらくは、彼女の手ほどきで旅行のひとつひとつを丁寧に記録した。スクラップブックというのは、旅先で撮った写真やら、巡った場所の地図やら切符やらを取りまとめておき、可愛《かわい》らしい切り絵やスタンプなどを使ってデコレーションしたノートのようなものである。あれらは家族が同じ時間を過ごした尊い記憶として、今も夫婦のベッドルームのちいさな本棚に並べられてあるが、そういえば、いつから作らなくなったのだろう。

照美はぼんやりと考える。そしてそれは茉奈が中学受験の塾に通い始めた頃からではなかったかという結論に辿《たど》り着いた。

小学校五年生の夏頃である。茉奈が突然「中学受験をしたい」と言い出したのだ。

最初、照美は本気にしなかった。周りに流されて気まぐれを起こしているのだろうと思ったのだ。

周りといっても、東京は多摩地区の比較的のんびりした町で、塾通いをしている子たちは少ない。多くの子どもはせいぜい公文《くもん》か学研《がっけん》である。公立中学校の評判も悪くなさそうで、わざわざ外の中学校に行く必要を感じない。仲の良いママ友グループの中で教育熱心なのは、例のスクラップブックの彼女くらいで、一人息子を進学塾に入れたと聞いたのは小学四年生あたりだったか。あらそっちの世界に行っちゃうのねと寂しく思いながらも、ついていく気はなかった。幼い頃からどことなく賢《さかし》げだった彼女の息子と違って、茉奈はポワンとした性格というか、勉強に対して欲がなかった。

ところが、だ。小学五年生の時に引っ越してきた井上綾乃《いのうえあやの》という子と仲良くなった茉奈はみるみる彼女の影響を受け、塾通いを望んだのだ。

「でもねえ、塾って勉強するところなのよ」

当時、照美は言ったものである。

「わかってるよっ」

ばかにするなとばかりに茉奈は声を張り上げた。

「あら、茉奈ちゃん、勉強たくさんできるの？」

「できるって言ってんじゃん」

「本当に？」

「子どもが勉強したいって言ってるのに、親がだめって言うわけ？　信じらんない！」

「だって茉奈ちゃん、スイミングだってピアノだって続かなかったじゃない」

照美が笑って言うと、茉奈は泣き出した。そのまま怒って、戸をバンッと閉め、居間を出て行った。

ああやってすぐむくれるところが子どもであったと、なんだか懐かしむような気持ちで照美は思い出す。勉強で競争するなんて、あの子に向いているとはとても思えなかった。他の習い事と同じように一年も持たないだろうが、まあ、勉強なんていうものは、しないよりしたほうがいいに決まっている。一人娘なのだし、自分がアルバイトをすれば、塾の費用やその先の学費を捻出できないこともない。学資保険にだって入っているのだ。

そう思って知樹に話すと、本人がやりたいならいいんじゃないか、と彼の返事もおっとりとしたものであった。

一週間後、茉奈は綾乃の学習塾で学力テストを受けた。綾乃と同じ都立の中学校を目指して勉強を始めたのである。

そんなことを思い出しているうち、列車は東京、神奈川を過ぎ、すでに静岡県に入っていた。

「海」

窓の外の眺めに、照美はつい声をもらした。ちょっと恥ずかしく思ったが、誰も聞いてはいない。隣も、その隣も空席である。平日の旅は、乗りものもすっきりしていて、気楽なものだ。しばらく海を眺めていると、列車はトンネルに入った。

お腹《なか》がちいさく鳴っている。空腹なのだった。

水筒に手を伸ばし、麦茶を飲む。まだ十分にあたたかい。急に甘いものを欲した照美は、膝の上のハンドバッグの中をガサゴソといじった。甘いフルーツの味のするのど飴をちいさなポーチに入れてある。マンゴー味を選んで舐《な》めた。

トンネルを抜ける。また海だ。雲は多いものの、うす水色の空がまぶしい。山あいに住宅地が広がり、その向こうの海が青白っぽく光っている。

内陸の県で育った照美は、いくつになっても海を見ると心が躍る。とはいえ、まだ三月だ。海面は冷たそうに光り、時おり覗《のぞ》く浜辺にもひとけはない。真夏の潑溂《はつらつ》とした水平線と違って、普段着の海色である。

車内のアナウンスが有名な温泉地の駅を告げた。車内にかすかなざわめきが広がり、その駅で何人もの乗客が降りていった。

照美の目的地まではあと四十分ほどあった。もうひと眠りできるようなもう寝たくないような、どこかまどろむような瞳で照美は窓の外を眺めている。浜辺の町。そこに暮らす人々。美しい海を抱くこの地にも、「靴」と書かれた大きな看板や激安小売ショップや小学校があるのが、なんとなく不思議に思える。ここに住む人たちが、照美たちの町に来たら、そんなふうに思ってくれるだろうか。どこにでも日常生活はあるのだ。

その時、ふと目に入ってきたものに対し、

「ああ、いやだ」

と、我知らず、照美は呟《つぶや》いていた。

呟き終えた時には、もうそれは見えなかった。列車はトンネルに入っていた。

しかし、それ——海沿いに立つ、巨大なマンション——はさっきたしかに目に入ったのである。

列車はだいぶ離れたところの高台を走っていたから、マンションもその向こうの海も含めて、町並みを広く見渡せた。海に向かってなだらかに傾斜してゆくその一帯で、そのマンションだけが奇妙なくらいににょきっと猛々《たけだけ》しくそびえたっていたのである。

マンションの住民たちはバルコニーから太平洋を百八十度独り占めできるだろう。しかし、その後ろ側の住宅に住む者たちは、海のそばに居ながら海を見ることはできない。

実を言えば、そのマンションを見たのは初めてではなかった。誰もがさほど気に留めない一瞬の景色に過ぎないが、以前家族旅行でこの路線に乗り、まさにあれを見た時にも、照美の心はざわついたのだった。あの家族旅行は、茉奈が中学二年生か三年生だったか……。家の隣に大きなマンションが建った時期のことであった。

そう。茉奈がまだ小学生で、塾通いを始めた頃に、自宅の郵便受けにある通知が届いたのだ。茶封筒に入ったそれは、隣の敷地に大型集合住宅が建築されることを通達する文書であった。

長いこと駐車場やら古い家やら空き地やらが並んでいた一帯で、ずっと無人のままだと治安が悪くならないかしらと思ったことはあったものの、広々としていて開放感はあるし、道路のこちら側の自分たちの暮らす一帯は整然とした住宅地であったから、あまり気にしたことはなかった。しかし、そこら一帯をめぐり、水面下でひたひたと動きがあったようで、いつしか土地は一つに取りまとめられ、「二丁目大型集合住宅プロジェクト」として稼働しますということであった。

通知を受けたものの照美はしばらく事の重みがわからなかった。知樹も同じような様子であった。勿論《もちろん》、工事がうるさそうだなというじんわりとした不快感はあったし、どうなってしまうのだろうとも思ったが、具体的な情報に接するまでぴんと来なかったというのが本音である。

ほどなくして二丁目地区会から集会の案内が来た。「二丁目大型集合住宅プロジェクトに対して住民として意見をまとめる会」というものであった。

照美はその集会に参加しなかった。理由は覚えていないが、おそらくは夜だったので、小学生を抱える身には出にくい時間帯だったからではないかと思う。

翌朝、ゴミ出しで、隣の家に住む戸田《とだ》さんと出くわした。

——大変だったんですよ。

と、戸田さんは、いくらか疲れた顔をして言った。

彼女いわく、集会は怒りと嘆きに満ち満ちていたというのである。

——ここらはまだましよ。

中年の息子二人の母親である戸田さんは、少し声をちいさくして照美に伝えた。

なんでも戸田さん宅や照美宅は、建築予定の建物の東隣に位置するため、南側の日照や景色を遮られることがないから「まし」だと言う。集会に参加した戸田さんはすでに建築計画内容に詳しく、照美たちの家の横にくる東側の棟は用途制限がかかりそれほど高いものは建たないらしいということも教えてくれた。問題は予定地の北側の低層マンション「キャッスル武蔵皐月《むさしさつき》」の人たちだというのである。

——あそこ、まだ築二年でしょう。

——新しいですものね。

——皆さん、当面何も建たないって言われて買っていたみたいね。だもんだから、これはもう詐欺ですよって、騙《だま》されましたって、まあ怒ってらっしゃったけど、当然よねえ。でも、そこの土地って、用途制限のアレだと、相当高いのが建っても違法じゃあないみたいで、法律的にはどうも手の打ちようがないんですって。

——まあ……。

――だから、建つわよ。

――建ちますかねえ。

――法律が許したら、そりゃあディベロッパーはやりますよ。だって、そういうものでしょう？　営利なんだから。

ディベロッパー……。戸田さんの口から出るとも思えないカタカナ語だったが、おそらくは昨日の集会で知ったに違いない。

――ディベロッパーですからねえ。

照美も神妙な顔で同調した。

すると戸田さんは、暗い顔で、目の前に広がる「二丁目大型集合住宅プロジェクト」予定地の空き地を眺めながら言った。

――でもねえ……実際にこんないざこざを起こして建つようなマンションに住む人たちって、どんな気分なのかしらねえ。だってあなた、考えられます？　後ろ側に住む大勢の人たちに毎日毎日『あぁ、嫌だなあ』って思わせながら暮らすことを。

――思わせますかねえ。

反論するつもりでもなく、おっとりと照美は答えたのだったが、

――思わせますよ！

あなたには想像力がないのかとばかりに、戸田さんの声は急に攻撃的になった。いつも柔和そうに見えた戸田さんの強いまなざしにはっとし、照美は黙る。

だってね、と戸田さんは突然腰をぐいっと曲げて見せ、

――キャッスルの方で、こんなおばあさんがいらしたんですよ。杖《つえ》をつくようなそぶりをする。

――その方、毎朝富士山を拝めるからって、広いお屋敷を売って、何千万も出してキャッスルの最上階を中古で買ったばかりだって言うんですよ。ふた月前に、ですよ。それで、ようやく荷ほどきが終わったと思ったら、目の前にこんなね、建築計画が来ました。もう富士山は見えません。どう思います？　だってあなた……「終《つい》の棲家《すみか》ですよ」と話す戸田さんの目には思いやりと悲しみが満ちていた。それを見て、照美は自分の想像力のなさを恥じ、心底悲しくなった。

彼らは、それなりに、反対運動をしたと思う。近隣住民に団結を呼びかけるビラも配られた。しかし、戸田さんの予想通り、ディベロッパーの力を止めることはできなかった。

二丁目大型集合住宅プロジェクト『グレイスコート武蔵皐月』は、着工された。キャッスルの住民たちの嘆きをよそに、建築期間中から駅前のモデルルームを使って大々的に売り出され、やがて堂々と建築されたのである。

それから十年が経《た》ち、今や照美にとって、玄関を開けた目の前にグレイスコートの駐車場が広がっているのは日常の光景となった。

建築期間や販売期間の記憶が抜けているのは、その時期が茉奈の中学受験や進学準備の時期とすっぽり重なっていたからだろうか。キャッスルの住民と「ディベロッパー」とがどのくらい揉《も》めたのか、揉めなかったのかも、ほとんど関知していない。キャッスルに知り合いはいなかったし、その後戸田さんと顔を合わせて話し込むこともなかった。とにかく気づいた時にはそれはもう建ってしまっていたのだ。

　気づいた時には……？

　いや、それは違う、と照美は思い直す。グレイスコートの工事期間中、前の道路を行き来する大型車の振動や工事の音が、それなりに大変だったではなかったか。

　あれは夏頃だったように思う。夏期講習や自習室に通っていたおかげで、茉奈の受験勉強にはほとんど障らなかったはずだが、日中の長い時間を自宅で過ごす照美が、換気しようと窓を開けたとたんに鳴り響くいかつい工事音に顔をしかめたのは一度や二度ではなかったはずだ。

　受験勉強といえば、友達の綾乃と共に塾に通い始めた茉奈だったが、最後まで上位のクラスにあがることはなかった。といって勉強を投げ出すこともなく、なんだかんだで六年生の終わりまで塾通いを続け、自習室にもよく通った。あの頃の茉奈の頑張りを、我が子ながら本当に立派だったと照美は誇らしく思い返す。

　受験が近づくと、照美は気もそぞろになり、グレイスコートのことなどどうでもよくなっていた。塾の先生に薦められた学校をいくつか受験し、受かったところに進学した。自宅の最寄り駅から電車で二十分ほど乗ったところにある、こぢんまりした女子校である。ワンピースの制服と、文化祭で見たショコラ研究会という部活動が本人の気に入ったのである。

　そうこうしているうちに順調に建築されたグレイスコートだったが、戸田さんに予言されていた通り、照美の家の側の日照や景観には、さほどの影響を及ぼさなかった。それどころかグレイスコートの住民のためにコミュニティバスがバス停を増設してくれたおかげで、私立中学に通う茉奈の雨の日の通学の助けにすらなったのである。おまけにグレイスコートは敷地の裏側に、近隣の住民が出入りできるちょっとした公園のような公開空地を設計してくれた。身ぎれいなファミリー層が流入してきてくれたおかげで、町が整然とし、かえって良かったのではないかと、照美は内心で思っているが、口に出したことはない。どんなに美しくなろうと、便利になろうと、キャッスルの人たちの気持ちを慮《おもんぱか》ると心が痛むからだ。富士山を見たくて終の棲家を買ったというおばあさんの話は、簡単に忘れられるものではなかった。あの時見せた戸田さんの悲しげな表情も忘れられない。

しかしどちらも十年前の話だ。おばあさんがご存命かどうか、知る由もない。この十年の間に、戸田さんもご主人も、病気で次々に他界してしまった。隣家は、もう五十を越えたと思われる独身の兄弟が暮らしており、会えば会釈くらいはするものの、ふたりともそろってそっけない。彼らがグレイスコートについて何を思っているかは知る由もないし、興味もなかった。

「なんだかねえ……」

それにしても、もうあれから十年も経つのね、と照美は改めてしみじみする。

自分の感覚的にはあっという間に過ぎ去ったようなものでもあるが、その「あっ」の間に起こった変化はちいさくない。町は変わり、隣家の様子も変わった。何より、小学生だった娘がもう社会に出ようとしているのである。

この十年の間に心の底に降りつもる光景や言葉は、たしかにあった。

だから今もああいう、平たい場所に、北側の人たちのことを考えずににょきっと大きく立っているような集合住宅を見ると、「いやだ」と思うのである。今は亡き戸田さんの、あの時のきりりとした表情を思い出すから。

——だってあなた、考えられます？　後ろ側に住む大勢の人たちに毎日毎日『ああ、嫌だなあ』って思わせながら暮らすことを。

目的の駅に到着し、「さぁて」と、照美は呟いた。

東京から二時間。ホームにはぽかぽかと日があたっている。ひとりでだいぶ遠くまで来たものだと、小ぶりのスーツケースを転がしながら、思う。

電話をかけると送迎車はまもなく到着した。ちいさめのマイクロバスで、運転手は照美と同世代の男性だ。

「よろしくお願いします」

後部座席に乗り込んだ照美が挨拶をすると、

「お腹、すいたでしょ」

開口一番に訊《き》かれた。

「大丈夫です」

反射的にそう答えたものの、実際、空腹を感じていた。意識したからか、お腹もぐうぅと鳴る。それが聞こえたのか運転手はふっふとちいさく笑い、

「昨日の夕食は何時でしたか」

と訊いた。

「ええと、六時くらいでした」

最近は、いつもひとりで食べている。昨夜も、誰もいない家でひとり早めの粗食にし、さっさと寝た。そのまま固形のものは何も食べていない。

「ならば、もう十六時間以上経っていますね」

「そうですね……」

「オートファジー」

「ええ」

ええ?

適当に答えたものの、一体何のことやらと思い、照美は運転手の話の続きを待った。しかし、彼はカーブを曲がることに気をとられ、そのまま何も言わない。少し沈黙が流れた。

「オート……?」

言われた言葉を照美が確認すると、知らないのかとばかりに運転手がバックミラーの中で眉を上げるのが見えた。

「オートファジー。ノーベル賞を取った大隅《おおすみ》教授も言ってたでしょう。十六時間食べないでいると、細胞がね、生まれ変わるんです。詳しいことは、談話室にそれ関係の本がたくさんあるから読んでみてください」

「はあ」

「宿泊予約の返信メールに説明があったと思いますよ」

若干責めるように言われ、

「あ、そうだったんですか。すみません、すべて娘任せでやってたものですから……」

慌てて照美は言った。

——ママ、一回〝断食〟してみなよ。ね、全部予約してあげるから。

茉奈にそう言われ、勝手に予約されたのだ。宿泊や列車の切符まで、すべて手配してくれたのである。

たしかに照美は百五十五センチ六十キロ台半ばと、スマートとは言いにくい身体《からだ》つきである。若い時分から何度もダイエットを試みたが、たいした成果を出せたことがない。甘いものが好きだし、勧められれば酒も飲む。しょっぱいものも甘いものも、美味しければ大好きだ。

遺伝的なものもあるのか、茉奈も、照美ほどではないがぽっちゃりしている。ダイエットダイエットと常日頃から言っているが、目の前にパフェを出されれば食べずにはいられないところも母子はよく似ていた。

その茉奈が恋人の岡本《おかもと》くんとふたりで断食合宿に参加したのは二年前の今頃だったか。

若いふたりがディズニーランドでもハイキングでもなく断食合宿？

首をかしげてしまう照美だったが、

——ホントは私ひとりで行きたかったんだけど、ついてくるって言うんだもん。

と、茉奈は言った。

——まじで就活始める前にちゃんと痩せたいんだよね。そのためにバイトしてたの。

茉奈が言う横で、岡本くんはにこにこしていた。

しかし、茉奈はともかく、岡本くんはひょろりとした痩せ型で、断食なんてしたら倒れてしまうんじゃないかと思う。心配する照美に、「僕は栄養食のコースにしますんで、大丈夫です」と、岡本くんは言うのだった。

——断食って、大丈夫なの？　なんかそれって、宗教とかじゃないの？

照美が言うと、「まさか！　やめてよ！」と、茉奈はヒステリックに笑った。

——でも……ママ、そういう極端なダイエットは健康によくない気もする。

——だからー、なんにも知らないくせに言わないで！　大丈夫って言ってんでしょ！　全部ネットで調べて、そのへんオールクリアだし。

軽薄に言う茉奈の横で、岡本くんが真面目《まじめ》な顔で、「ちゃんとした施設に行くので大丈夫です」と請け合った。

その頃の照美は、岡本くんをすっかり信頼していた。育ちの良い、しっかりした青年である。少し話しただけでも、品と知性を感じる。昔で言うところの合コンのような飲み会で出会ったそうだが、偏差値の高い大学に通っているというのも気に入った。

とはいえ、一人娘の初めての恋人ということで、ふたりが付き合い始めた頃、照美はなんだか落ち着かない気分で、岡本くんについて根ほり葉ほり確認した。これに対し、茉奈もいちいち回答するのであった。

すぐ反抗的な態度を取るものの、茉奈は何でも母に話す娘であった。小学生の頃からそれは変わらない。よく腕をからませて甘えてくるし、時間が合えば風呂も一緒に入ろうとする。嬉《うれ》しいことがあればその嬉しさを、悲しいことがあればその悲しみを、母親と共有したいという可愛らしい娘だ。だから照美は彼女から、友人関係の揉め事や、憧れの先輩、塾で他校の男の子に声をかけられたことなど、いつも聞いてきた。そうした話を聞くのは楽しく、信頼されている気もして嬉しかった。

岡本くんの出身地が北陸であること、父親は商工会議所に勤めているということ、母親は地元の手芸会でビーズ細工を習っているということなどを、だから付き合いたての頃から照美は自然と知っていった。商工会議所の仕事というのはイメージできなかったが、きっとしっかりとしたお仕事なのだろうとこっそり安心した記憶もある。

しかし、時に一泊旅行などにも行くようになった娘を見て、なんだか心がもやもやとした。

――あの子、結婚したらあっちに行っちゃうのかしら。

と、不安を知樹に漏らしたことがあった。照美としては、できれば首都圏のサラリーマン家庭の子と付き合ってもらい、結婚したら近くに住んでもらいたかった。別に介護してもらいたいからなんていう図々《ずうずう》しい理由ではない。ただ、しょっちゅう行き来して、たまにお茶したり、いずれは孫の面倒を見てあげたりしたいと思っていたのである。

これに対し、

――まあ別れるさ。

というのが知樹の回答であった。

――でも、別れそうもないわよ。

別れることになったらなったで新たな心配が持ち上がりそうだが、日本海の遠い町に茉奈が住むことになったらなんて寂しいだろう、本人も苦労するはずだと思った。

そんな若いふたりは、果たして計画通り断食道場に出向き、数日後に帰ってきた。

たしかに成果はあったようだ。茉奈の輪郭は少しだけシャープになり、岡本くんの顔色も少し明るく見えた。

茉奈は明るくハイテンションで、断食明けの補食がどんなに美味しく感じられたかを元気にしゃべり、ニキビも治ったと言っていた。

――ママもいつか行ってみるといいよ。

――そうねえ。いつか。

――まじで、早く行ったほうがいい。

突然、茉奈が真顔になった。

――なんとかしないとヤバいよ。肥満は万病の元だって言うし。

その指摘に、照美は軽くショックを受けた。

たしかに丸みのある体型だが、肥満とはっきり指摘されると傷つく。そこまで言われるほどだろうかと反発の気持ちもわき、

――そうねえ。いつか……。

照美はもやもやと語尾を濁《にご》す。断食なんて、逆に身体に悪いんじゃないかしらと内心で思う。


図書館や公民館を思わせる建物であった。

フロントにいる従業員も、ホテルや旅館などとは少し風情が異なり、最初から、ご気分は大丈夫ですか？　と、どことなく医療関係者のような面倒見の良さで健康状態を気遣われた。

といってもサービスはそっけない。鍵と建物の見取り図とスケジュールが書かれた紙をもらい、自分の荷物を自分で持って、自分の部屋まで行く。戸を開けると、合宿の施設のようなシンプルな和室六畳間だった。広くはないが掃除は行き届いている。しかし何ら装飾もなく、真ん中に置いてあるテーブルも折りたたみ式の簡素なものだ。窓から緑の木々がぱあっと広がって見えたのがせめてもの救いだ。

テーブルの上の説明書きによると、基本的に従業員が部屋の中に入ることはないとあるから、布団も自分で敷くのだろう。気楽といえば気楽だが、

「それにしちゃあ高いわよねえ」

ひとりなのを良いことに、照美は少し大きめの声で呟いた。まあまあ良いホテル並みの宿泊代を取られるからである。それでいて今夜の食事はない。断食施設とわかって来ているのだが、これはちょっとぼったくりではないかと思えてくる。空腹のせいで、若干苛立《いらだ》っているのかもしれない。

荷ほどきをし、テレビを流しながらスケジュールを確認すると、三十分後に「面談」である。

それまで特にすることもないが、たしか面談室の隣の談話室でお茶が飲めると言われたのを思い出した。そこには図書スペースもあり、雑誌や漫画も読み放題なのである。

行ってみると、十人ほど座れるテーブルに女性三人組の先客がいた。楽しそうにおしゃべりしているので、照美はなんだか入りにくい気分になる。わたしも友達と来たかったわ……と思ったが、こんな断食に付き合ってくれる友人の顔が浮かばない。というより、旅行に行こうと気軽に声をかけられるような友人など一人もいないような気がして少し寂しくなった。

傍らの図書スペースを覗くと、古い雑誌や古い漫画、それから「オートファジー」関連の書物が並べてあった。なんとなく気分が盛り下がるものの、せっかく来たのだからお茶の一杯も頂こうと、気配を消して三人に近づき、彼女たちのそばにあるポットからお茶を注《つ》ぐことにした。

「こんにちは～」

三人組のひとりが明るく話しかけてきた。

気配を消していた照美は、一瞬誰に声をかけているのだろうかと思ったが、どう見ても自分にだっ

た。話しかけてきたのはふっくらとした丸顔で眼鏡《めがね》をかけた、照美と似た感じの体型の中年女性である。人懐《ひとなつ》こそうな彼女に笑みかけられ、

「こんにちは」

と、そつなく挨拶を返しながらチラと見ると、丸顔眼鏡の横は、ヘアバンドをつけた若い女の子、その正面には健康そうな肌艶のジャージ姿の女性がいた。どう見ても同級生三人という感じではなく、年齢も雰囲気もまちまちで、職場でたまたま一緒になった三人というふうである。

「あっ」

照美は叫んだ。

ぼんやりしていたら、ポットの湯が湯飲みから溢《あふ》れてしまった。

「あらあら大丈夫？」

丸顔眼鏡が自分のポケットティッシュをたくさん引き抜き、いそいそと助けに来てくれた。若い女の子もジャージの女性もきょろきょろしてタオルを探してくれている。

皆をわさわさと動かしてしまったことに動揺し、照美は、すみません、すみませんと言いながら、自分が持っていたハンカチでテーブルを拭いた。そして、湯飲みの縁ぎりぎりの茶を少しだけ啜《すす》ろうと、口に近づけて、「ファッ」と変な声を発してしまう。今度は熱すぎた。

見ていた丸顔眼鏡が笑いながら、

「ちょっと、あなた、落ち着いて。ここに座ってゆっくり飲んで行って」

と、まるで昔からの友達であるかのように目の前の席を勧めてくれた。

「え、でも……」

躊躇《ためら》う照美に他のふたりもどうぞどうぞと表情やそぶりで示す。照美は丸顔眼鏡の強引な感じを警戒する。ぐいぐい距離を縮めてくる人が苦手なのだ。だが、面談までまだ時間もあるし、ここにいる以上、離れた席でひとりオートファジーの勉強というわけにもいかない雰囲気だ。

「じゃ、失礼します」

面談時間までのことだしと思いながら勧められた席におずおずと座ると、

「それ、三年番茶」

丸顔眼鏡が言った。

「はあ」

「色は濃いけど優しい味でしょ。長く熟成させるから、カフェインとかタンニンとか色々なのが抜けてるの。冷え性にもいいんだって。家じゃなかなか淹《い》れないけど、ここに来るたび、あたしはもう、こればっかりごくごく飲んでる」

「何度かいらっしゃったことがあるんですか?」

照美が訊《たず》ねると、丸顔眼鏡は、

「何度かっていうか、毎年来てるの。十年? いやもうちょっとで十五年になるかなあ」

と、答えた。

十五年という長さに、へえ、と感心しながら、彼女がどことなく漂わせているベテラン感に納得もする。

「あなたは何度目?」

丸顔眼鏡に訊ねられ、「初めてです」と答えると、彼女は、

「この方も初めてで、あなたは二度目よね」

と、若い女の子とジャージの女性に確認した。若い女性が初めてで、ジャージの女性は二度目の滞在ということである。ふたりはにこやかであるが、丸顔眼鏡に比べると随分と口数も少ない。そのさまに、このふたりはまともな人という感じだなと照美は思った。丸顔眼鏡がまともじゃないわけではないが、なんとなく、人との距離の取り方がまともな人がいると安心する。

「じゃあ皆さん、ご一緒にいらっしゃったんではないのですね」

照美が言うと、若い女の子とジャージの女性が大きく頷《うなず》く。

「昨日ここで会ったのよ、あたしたち」

丸顔眼鏡が言った。

若い女の子が「わたしは二泊のコースなのでもう明日で終わりなんですけど」と言い、ジャージ女性が「わたしは三泊なので、明後日までです」と言ってから、丸顔眼鏡のほうを見て、「一週間なんですよね」と感嘆の響きを込めた。

「そうそ、あたしは三日断食して、残り三日で補食のプラン」

丸顔眼鏡がどこか得意そうに言い、照美は言葉をなくした。

三日断食って、相当なことだ。いや、人間そんなことができるのか。

「あの……大丈夫なんですか?」

素直に訊くと、丸顔眼鏡は手元の水筒をことんとテーブルに載せて、

「酵素ジュース」

と、さらに得意満面である。

「はあ」

「あなた、これから面談なんでしょ？　面談の後、酵素ジュースをもらえるから。これと三年番茶をひたすら飲んでれば、なんとかなるものよ。最初のひと晩が一番つらかったって人が多いの。その後は慣れて楽になっていくから。それでもきつくなったら、誰かと話すのがいいの。あたし、だからこのふたりをつかまえて、いろいろ話して紛らわせてるのよ。ごめんねえ」

と、言った。

ああ、たしかに、人と話していると空腹が紛れるかもしれないと、照美は思った。三年番茶をこぼしたあたりから、照美も空腹感を忘れていられた。

「わたしも昨日は海岸パークに連れてってもらえて、空腹を紛らわしました」

ジャージ女性が言った。

「今日も午前中に三人でハンモックヨーガやったんですよね」

若い女の子も言う。

ハンモックヨーガ？　なんだか楽しそうだ。

「そうそ」と、丸顔眼鏡がにっこり笑って、「あたし、もうこの辺りは来すぎてるから、一通り観光してて、詳しいからね。いつも、飢えてる人たちに声かけて一緒に遊んでもらってるの」と言った。

「飢えてる」という丸顔眼鏡の言葉に、照美はつい噴き出してしまった。ここにいる人たちは、比喩ではなく、今まさに飢えているのだ。

「ハンモックのそれもね、去年たまたまいいお教室を見つけたの。あなたは何泊？」

と、照美に訊く。

「二泊三日のコースです」

「あー、じゃあ次のハンモックヨーガには出られないわ。次が木曜だから。あと一日ずれてればねえ……」

と、丸顔眼鏡は世にも残念そうに言ったあと、

「それじゃ、明日、一緒に吊《つ》り橋渡りましょうよ?」

と言う。

「吊り橋ですか?」

突然の誘いに面食らうも、嫌な気はしない。それどころか、なんだか愉快な気分になってきた。

「山のほうに、いい渓谷があってね、そこに面白い吊り橋があるのよ。ちょうど明日行こうと思ってて、大下《おおした》さん、ここの施設長の方ね、運転頼んどいたの。一緒に乗っていきましょう」

運転とか頼めるんだ……と感心していると、

「わたしも予定ないんです」

おずおずと、ジャージの女性が言う。

「あら、じゃ行く?」

丸顔眼鏡はすぐ誘う。そのさっぱりとした笑顔を見て、気持ちのいい人だなと照美は思った。別の場所で出会ったり、長く付き合うことになったりしたら、どう感じたかはわからないが、こういう、ちょっと強引にでも、あたりの空気を引っ張ってくれる人がいなければ、なんのイベントも始まらない。

「みんなで行きましょ。夜の食堂で、他にも新しい人がいたら声かけてみますね。あそこはちょっと

怖いのよ。でも、ドキドキしたほうが空腹も紛れるし、景色もいいからハイキングも楽しいし」

「ハイキング……。食べてないのに、歩けるかしらわたし。倒れちゃうかも」

打ち解けてきた照美が冗談めかして言うと、

「酵素ジュースを飲んでいれば想像しているほどつらくないわよ。ただ、あなた、普段カフェインよく取るタイプ?」

と、訊かれる。

タイプかと訊かれれば、多少はそういうタイプかもしれない。コーヒーは好きである。

「カフェインが抜けたりする時の、好転反応でね、頭痛が来る人もいるから、その場合はここでゆっくり寝てなさいね。無理することでもないから」

「頭痛……」

「大丈夫大丈夫。たいがいすぐ治まってるから。それから、下に温泉があるけど、入り過ぎないようにね。前に、倒れて救急車呼ばれた人もいるって言うから」

世話を焼きつつ、ちょいちょい脅してくる丸顔眼鏡に、照美は「はあ」とひたすら頷いている。

「吊り橋いいなあ」

隣で若い女の子が羨《うらや》ましそうに言った。

「あなたも来ればいいじゃない」

当然丸顔眼鏡は彼女を誘う。

「行きたいんですけど、彼氏に迎えに来てもらう予定なんで……」

「なんだー。いいじゃない。あなた、ちょっと痩せたし、きれいになったわよ」

「ええー、二日で変わりますか?」

「変わる変わる。でも、それ以上は痩せないほうがいいわね。元が細いんだから」

「そんなことないですよー」

丸顔眼鏡の言葉を受けて、若い女性は嬉しそうに頬を緩ませる。

「大学生ですか?」

たまらなくなって、照美は訊いた。

「いいえ、社会人一年目です。今度二年目」

「あら、そうなの。大学生だと思ってた」

丸顔眼鏡が驚いたように言う。一緒にハンモックヨーガをやったというのに、そういう話はしていなかったのかと照美は思いながら、

「じゃあ、うちの娘の一つ上ね。わたしね、ここ娘に勧められて、娘に予約もしてもらったんですよ。『ママ、ヤバいよ』なんて言われちゃって。失礼よねえ」

ついぺらぺらとしゃべりながら、この子が短大卒や高卒だったら、茉奈のほうが年上だわと思った。しかし、どっちでも良い気がした。娘と同世代の子と一緒に飢えながら、こうしておしゃべりをしているという今そのものが、奇妙に不思議で、ちょっと愉快な状況だ。そのすべてが、初めてひとりで特急列車に乗った数時間前の自分は想像もしていなかったことなのだった。

「あら、いやだ。もうこんな時間。わたし、面談なので行ってきますね」

照美は立ち上がり、それから、「明日、元気だったらわたし、吊り橋に行きますから」と言った。

丸顔眼鏡のことを、すっかり好きになっている自分がいた。

「ええ、行きましょうね！」と力強く返され嬉しくなる。ジャージの女性も若い女の子も、面談室へ向かう照美を笑顔で見送ってくれた。

面談の際の身体測定で、照美は百五十五センチ六十八キロという数字と向き合うこととなった。体脂肪率は約四十パーセント。

正直、ここまできていたとは思わなかった。現実を直視したくなくて、ここ何年か体重計に乗らなくなっていたが、トイレや風呂場など、ひとりになれるところで腹の肉をつまんだりはしていた。いや、つまむというよりは、つかむという感じか。その厚みを疎ましく思ってはいたが、以前に比べて急に増えたとも思っていなかった。

それにしても、最後に見た数字は六十五キロ台だったと思うが、いつの間に三キロも増えたのだろう。三キロといえば、赤ん坊ひとり分である。一体どういうことだろう。

項垂《うなだ》れる照美に、カウンセラーは言った。

「よく来てくださいました。うちに来る方はスリムな方が多くて……もちろん断食はそういう方の身体の調節のためにも効きますけど、本来はあなたのような〝未病〟の方こそしっかりした指導のもとで、ちゃんと痩せることが大切なんですよ」

「未病」

「そうです、そうです。今はお若いから自覚がないでしょうけど」

「いえ、わたし、そんなに若くは……」

「高血圧、高脂血症、糖尿病。そういうのは少しずつ進行して脳や心臓や血管にダメージを与えていきますからね。良いタイミングで行動されました」

行動。娘に促されたものであったが、この数字を突きつけられた以上は努力をしなければいけないのかもしれない。さっきの若い女の子とジャージの女性はスリムだった。丸顔眼鏡もころころしてはいたが、照美ほどの体重ではないだろう。

カウンセラーの女性は、まるでレストランのメニューのような説明書きの表をテーブルの上に置き、その順序に沿って、断食の意義や方法や、今日から三日間の過ごし方を説明してくれる。最後に、持参した水筒に、酵素ジュースを注いでくれた。

酵素ジュースのおかわりは一日一回まで。あとは三年番茶と地下水をごくごく飲むこと。一階に身体への刺激が少ない単純温泉の風呂がある。比較的優しい泉質ではあるが、断食中は貧血を起こしやすいので、入浴は長くて三分まで。九時消灯。早寝推奨。明朝は、フロント前の広場で、太極拳をゆるやかにしたオリジナルの健康体操。

最後に好転反応についての説明があった。さきほど丸顔眼鏡が教えてくれたことと、ほぼ同じ話だった。

「最初のひと晩が一番つらかったって言う方が多いんですよ。でもね、酵素ジュースのおかげでわりと楽に過ごせますから。とにかく、今晩を乗り切ってみてくださいね」

全部丸顔眼鏡から聞いてたわと思いながら、礼を言って面談室を出る。

「未病」と言われた話を丸顔眼鏡たちに冗談めかしてしようかと思ったが、談話室に三人の姿はなかった。そのことを寂しく感じている自分がいた。様々な説明を受けて断食について突然詳しくなった身としては、この知識を共有しているさっきの人たちが同志のように思えているのだ。

何はともあれ、明日は一緒に吊り橋に行けるだろう。好転反応が出なければいいと思った。

面談の後、照美は部屋にタオルを取りに行き、一階の温泉に行ってみた。

脱衣所の扉を開ける。脱衣籠の入った棚が六つあるも、六人一緒に着替えたら肌が触れ合ってしまいそうなほど狭い場所だった。たまたまこの時間は誰もいなかったので、照美はひとりのびのびと服を脱ぐことができた。

風呂もそう広くはなく、露天風呂もついていないが、窓から差し込む日をうけて、面が光り、うっすらと湯気が漂っているさまは、見ていて心が安らぐ。身体を洗って、早く浸《つ》かりたい。

そういえば、さきほど面談をしてくれたカウンセラーが、ここの共同風呂の泉質は「優しい」と言っていた。断食メインで考えていたから、温泉がついてくるのは、ラッキー、であった。

温泉といえば、家族で兵庫県の有馬《ありま》温泉まで旅行したのを思い出す。そこは、照美がこれまで訪れたいくつかの温泉の中で、最も印象的であった。旅館の名前は忘れてしまったが、濃く強い茶褐色の、いかにも万病に効きそうな強い湯は、肌がじんじんするほどに熱く、部屋に戻ってからもしばらく汗が出続けた。断食中の身体であんな湯に入ったら、それこそ倒れてしまうだろう。

照美は、シャワーを使って身体を洗い流し、それから風呂の手すりを持って、そうっと湯に浸かった。熱すぎず、ちょうどよい温度の滑らかな湯は、「単純」とはいえ、家の風呂とはどこか違う。かきまぜると腕の表面でやわらかくおどる。優しい温泉。まさに、こういうお風呂に入りたかった。

岡本くんと一緒にここにきた茉奈もこの温泉に浸かったのだろうか。

ふたりで飢えながら、一緒に頑張ったのだろうか。

あんなに仲良くしていた岡本くんと別れてしまうなんてね、と照美は残念な気分になった。結婚して北陸の町に行ってしまったらどうしようだなんて思ったこともあったが、今思えば、岡本くんは本当に良い子だった。茉奈にはもったいないくらいに優しい、品のいい、素敵な青年だった。ふたりの様子を見ていると、いつもしゃべっているのは茉奈で、決めているのも茉奈で、岡本くんはにこにこしていた。湯の中で、照美の心の中に急に後悔の念が生まれた。あんなひょろりとした身体で、こんな断食施設に、わざわざ付き添ってくれるなんて、そんな男の子がこの先茉奈の前に現れるだろうか。断食から帰ってきた日も、岡本くんは疲れていただろうに、茉奈を自宅まで送り届けてくれたのだ。あの日、居間にあげて、三人で少しだけお茶をした。公認のカップルとはいえ、堂々と泊まりがけの旅行をしているのは父親としては不愉快だろうから、知樹には秘密の旅行であった。岡本くんは長居もせずに、お茶を一杯飲んだだけでさっさと帰っていった。

その後も何度かふたりで出かけたようだったが、就職活動で忙しくなってくると、そんな余裕はなくなったようだ。茉奈はある日から岡本くんの話をぴたりとしなくなり、スマホと睨《にら》めっこで就職活動に熱中し、いつも忙しそうにしていた。

就職の内定が出た後で、ふと気になって「そういえば、岡本くんは就職どうなったの？」と訊ねると、「知らない」と茉奈は言った。聞けば、とっくに別れていて、もう連絡を取ってもいないというのである。

あら……と照美は眉を寄せた。なんだか、あんまりあっさりしすぎていない？　と、照美の心はもやもやしたが、茉奈にとっては過去のことなのだろう、もう話したくもないというふうだった。

そしてそのまま、別れた理由を、結局茉奈は最後まで母に話さなかった。それは、何でも母親に話してきた茉奈が初めて話したがらなかったことだった。自分ひとりで受け止めたい出来事だったのだろう。照美も娘から無理に聞き出そうとはしなかった。

「そろそろね」

もう少し入りたい気もしたが、入浴時間は三分までと言われていた。時間の感覚を促すためか、浴室の高いところには時計もかけてある。もう少し入っていたかったが、決められた時間を守り、照美はゆっくり立ち上がる。

普段なら、夕食の支度をする時間だったが、特にやることもない。風呂に入ったせいか、急に眠たくなってくる。

部屋に戻り、スマホを見ると、ＬＩＮＥに通知が二件あり、しかしどちらも普段買い物をしているオンラインショップからの宣伝だった。知樹からも茉奈からも何のメッセージもない。知樹が出張先の会食で飲み過ぎていなければいいのだが。茉奈も外国でお金をすられたり、危険な目に遭ったりしていないだろうか。離れているとどうしても家族の心配をしてしまう。

「便りがないのは良い便り」

自分の声が、部屋に響いた。

なんだか最近、ぐっと独り言が増えた気がしている。茉奈と話す時間が減ったからかもしれない。

もともと断食の話が出た時、照美は、茉奈と一緒に行くのだろうと思った。また行きたいと茉奈も言っていたし、岡本くんと別れたならば尚のこと、母を誘うのではないかと思ったのだ。

しかし娘は、自分が友達とアジアの国へ卒業旅行に行くタイミングに、母親を断食施設に送り込んだのである。

なんだか、してやられたような気もしたが、さきほど面談で言われた「未病」を思い出すと、ここに来たのは正解だったのかもしれないとも思う。

——良いタイミングで行動されました。

面談でカウンセラーにも言われた。茉奈は本当に母親の健康状態を心配してくれたのだろう。腹回りの重量に比べ手足が細めで着痩せして見えるから、そのことに甘えていた。痩せたい痩せたいとしょっちゅう口にしながらも、さほど深刻には考えていなかった。

——高血圧、高脂血症、糖尿病。そういうのは少しずつ進行して脳や心臓や血管にダメージを……。

そんなふうに言われるほど酷《ひど》いかしら。照美はちいさく肩をすくめ、酵素ジュースをひと口飲む。

もうじき消灯時刻とはいえ、修学旅行でもないわけで、部屋の中では自由に過ごせる。電気をつけたまま持ってきた雑誌をめくってみる。予告されていた通り、酵素ジュースを飲み始めてから、あまり空腹を感じなくなってはいた。ちょっと酸っぱく、かなり甘ったるい液体である。このねっとりとした甘さのおかげで胃が満足してくれたのだろうか。それにしても、なんだか眠い。こんな時間に眠くなるなんて。九時に寝られるわけがないと心配していたが、この、どことなく頭がぼんやりしてくる感じが心地よい。寝てしまえば空腹も感じずに済むのだからと、早めに布団に入ることにする。

電気を消す前に、しかしもう一度、スマホを確認した。万が一何かあったらと、家族のことを気にしてしまうのは、もはや習性のようなものだろう。

茉奈からの連絡はなかった。知樹からもなかった。

安心するべきことだと思いながらも、少し寂しい気持ちで、照美は布団に入り直す。電気を消した。

今、茉奈は大学のゼミで知り合った友達数人と海外にいる。当たり前のことだが、あの子はもう、母親なしで飛行機に乗れるのだ。

就職活動も順調だった。サービス業の内定をいくつかもらい、結局中堅どころのホテルチェーンを選んだ。幼い頃から家族旅行でたくさんのホテルや宿に泊まり、旅行関連の仕事に就《つ》きたいと思ったようである。

うまくいかなかった面接もあったと思うが、自分の時と比べ、娘はそれほど苦労しているようには見えなかった。人手不足の業界を希望しているからかもしれないが、それにしても、有名大学の出身でも英語がしゃべれるというわけでもない子を採ってくれるところがいくつもあるなんてねえと感心した。

照美が大学を卒業したのは、バブル崩壊の後で、多くの企業が採用人数を減らしたり、新卒採用を取りやめた、まさに就職氷河期真《ま》っ只中《ただなか》であった。

周りには、就職浪人を決めてフリーターになった友人も少なくなかった。高校生の頃は漠然と化粧品会社やアパレルで働いてみたいなどと夢見ていた照美だったが、不況を憂える報道を見聞きしているうち、いろいろなことを諦めた。履歴書を送ったほとんどすべての会社に振られ、涙も枯れた。蓋を開ければ、就職活動を始める前には想像もつかなかった医療機器メーカーの下請けの部品製造会社からしか内定をもらえなかった。

その会社で、今でいうところのパワハラとセクハラを混ぜたような目に遭って就職から一年以内に退社を余儀なくされた。すぐに派遣会社に登録し、そこからは派遣社員となった。

今と違って、非正規で働くことが、ちょっとクールなことと思われていた。正社員より派遣社員のほうが稼げるなどと言う人もいたくらいだ。といっても、資格の一つもない照美は、時間給も高くはなく、倉庫管理会社のテレフォンセンターという地味な分野に配属された。それでも東京で働きたくて、埼玉の実家から一時間以上かけて都心まで毎日通った。

派遣社員としては長めの期間を同じ会社で働き、三度目の更新の際の面談で担当者が知樹に替わった。最初から気が合い、わりとすぐに付き合い始めた。一年くらいで結婚を決め、その一年後に茉奈を妊娠した。

知樹の勤める人材派遣会社が用意してくれた社宅は、たまたま照美の実家と同じ路線にあり、そこに住めるのは母親の手も借りやすく有難かったが、なにぶん都心に出るまでに満員電車に何十分も揺られなければならず、身重では無理だと思われ、仕事はやめた。同世代には、働く母親もいたが、妊娠を機にやめる女性のほうが多かった。茉奈を産んで、おむつを替え、乳をやり、トイレ訓練をし、そうそう、リトミックなんて習わせたっけ。ぽちゃっとした丸いちいさな手をつないで幼稚園に連れていき、あの頃はミシンを使って、上履き入れやら、ゾウさんバッグやら、手芸にも励んだ。小学校ではPTA役員もやったわね。中学受験では、志望していた中学校に落ちて、あの子はしくしく泣いていた。けれど、御縁のあった女子校でしっかり頑張ったおかげで、指定校推薦をもらえて希望の大学に入学できた。就職活動もうまくいき、もうじき社会人になる。

「あの子、もう」

……処女じゃないわね。

そりゃそうだわよと乾いた気持ちで照美は思う。なんでも話すと思っていたが、肝心なことは話さない。茉奈はしっかりとした大人の女性になった。

一人娘がそんなふうに成長してゆく間に、自分はゆるやかに太り、近くのものは見えにくくなり、顔を見ればシミや皺《しわ》が増えてきて、最近、時おり汗だくになるのは、少し年上のママ友たちから聞かされていたホットフラッシュというやつだろうか。聞いていた話よりか、今はまだ楽であるが、この先どうなるかはわからない。月のものは半年前から来ていない。

まあ、五十歳なら、こんなものだろう。むしろ、そう頑強でもなく、ちょこちょこと不具合が出ることもあるこの身体で、半世紀間、大病も、大怪我《けが》もせずなんとかやってこられたのは、ちょっと奇跡に近いんじゃないか。

なんて思いつつ、

「五十年、か」

改めて感じ入る。

自分が五十になる日のことなんて、茉奈の歳《とし》くらいの頃は、考えたこともなかった。だってねえ、昔の人は、人間五十年て言ったくらいだもんねえ。

「でもわたし、何してたんだろ」

ふわっと照美は呟いた。

それはつむじ風みたいに唐突に舞い込んだ無邪気な疑問で、さほど深刻な問いかけでもなかったものの、自分が生きてきた五十年間があまりにも呆気《あっけ》なかったことに、軽くたじろいではいる。

空腹は落ち着いていて、ふんわりとした眠気もすぐそばに訪れていて、どうやら初日の断食は成功するようである。それなのに、どうして今急に、こんなことを考えてしまうのか。しかし、止められない。だって、人生百年時代といったって、もう折り返し地点を過ぎているのだから。半分まで来たことを、これまで実感していなかったのだから。

わたしが、ここまでに成し遂げたもの。何かあったかしら。

スクラップブックだけでなく、エッグアートや石鹸《せっけん》作りなど、周りの影響で一時的についばんだ趣味はいくつもあった。ありすぎたと言って良いほどあった。だが、スクラップブック作りを職業にしようとしたママ友のように、我を忘れてのめり込んだものはなかった。ジム通いをしたこともあったが一年でやめてしまった。テニス教室も冬場に通うのがきつくなって半年でやめた。

少しは仕事もした。銀行の出入り口で案内をしたり、信託銀行の社員食堂での調理をしたり、隣町の駅ビルの惣菜《そうざい》店でレジを打ったり。しかしそのどれももうやめてしまった。

わたし、なんにもしてこなかったみたい。

「でもね」

布団の中で照美はちいさく笑った。

いつも、楽しかったのよ。

誰でもない、自分にそう言った。わたしはずっと楽しかったし、今も楽しいのだ。

知らない宿に、ころころした身体を抱え、一人でやってきた自分が、楽しいのだ。初めてのひとり旅。特急列車に乗って、知らない場所にやって来て、ここで出会ったばかりの女性たちと、明日突然吊り橋を渡ろうとしている自分が、なんだかすごく、楽しいのだ。

照美は自然と口角を上げる。酵素ジュース万歳。お腹がすきすぎて眠れなかったらどうしようと思ったけれど、このまま明日までいける。そう思って、

「酵素ジュース万歳」

今度は口に出してみた。

甘ったるくてかすかに酸っぱい、初めての味だった。そういえば、固形のものを何も食べずに一日を終えるのは、生まれて初めてかもしれない。初めてのひとり特急列車。初めてのひとり宿泊。初体験ばかりしている五十歳。

昔の人が人間五十年と言ったのなら、わたしたち現代人は、この先さらに五十年。もう一回生きられるようなものじゃないか。

そう考えたら、「よしっ」とちいさく声が出た。

「初めて」のことをいろいろしていこう。とりあえず、初対面の人たちと行く明日のハイキングは、どうやらいい景色のようだから、それならば、写真に撮って、知樹と茉奈に送ってあげよう。家族のことを思い出したら、またいくばくかの心配が湧きかけて、最後にもう一度だけスマホの確認をしたくなったけれど、便りがないのは良い便り。家族はとっても大事だけど、今日と明日は忘れましょう。

照美の二回目人生は、始まったばかりだ。

島と奇跡

背骨にガクッと振動が来て、浅い眠りから引き戻された。高橋博光《たかはしひろみつ》はあくびを隠すふりでさりげなく、口の端についたよだれの粒を拭《ぬぐ》いとった。窓の外が明るく光っている。三時間半のフライトで辿《たど》り着いた夏の終わりの島は、博光が住む都会に比べて空も雲も色が濃い。

エンジン音が弱まり、周りの乗客たちが荷物棚から持ち物を取り出そうといそいそと動き始めた。博光は凝り固まった肩をほぐすように身体《からだ》をくねらせて、スリッパからスニーカーにはき替える。数日前から左足の親指裏の皮がめくれていて、それが靴下にひっかかって、ぴりっと痛んだ。ちいさなささくれだが、煩わしい。観光客の多い島だから、コンビニくらいはあるだろう。後でどこかで鋏《はさみ》を買って皮を切ろうか。頭の片隅でそんなことを考えつつ、ネックピローの空気を抜いてゆく。通路に立っていた乗客たちが出口に向かって歩き出したが、博光は座ったまま、空気抜きを続けた。

急ぐ旅ではなかった。一泊二日の滞在先であるこの島へ、移住のためのヒアリングに来た。この島でリモートワークをしている会社の先輩との待ち合わせまでには、まだ十分な時間がある。空気を抜ききったネックピローがぺちゃんこになったので、リュックに入れて立ち上がった。

ぺちゃんこ。ふと頭に浮かんだこの言葉に、心がひりついた。

去年のシルバーウィーク、海外旅行した時のフライトで、当時婚約していた女性がこのネックピローの空気を抜いてくれたのを思い出したからだ。「はい、ぺちゃんこ」そう言って、渡してくれた。有給休暇をかき集めた六日間の短い日程で、元婚約者——汐里《しおり》が行きたいと言った美しい街に行った。旅費はすべて博光が持った。

汐里は博光のものの倍ほどもある大きなトランクを持ってきていて、日に何度も着替えては、そのたび様々なポーズをとり博光に撮らせた。ある時は白い肩を露《あら》わにした服装で耳たぶに大きなわっかのアクセサリーをつけて。ある時は薄いレース地のワンピースにハイブランドのバッグを合わせて。ある時はデニムにブランド物のポンチョをまとって。季節感よりもバラエティを優先し、どこでどう使うのかは知らないが自撮りでも他撮りでも無数の写真を撮った。

風景ではなく自分の写真ばかり撮る旅スタイルが、自分のこれまでのひとり旅とは真逆のものだったが、あの時は、なんだか楽しかった。女性はこんなふうにせっせとおしゃれをするものなのかと新鮮で、褒《ほ》めて、褒めて、とばかりにポーズをとってくる姿を可愛《かわい》らしいと思った。実際に汐里はとても美しく、すらりと細い。三十代半ばというのに生え際がだいぶ後退した、汐里より背の低い自分が並んで歩いていると、街ゆく人たちから不思議そうに二度見されることもあった。

午前十時。のぼり始めた太陽は、すでにぎらぎらと白く光っている。夏の終わりの南国は、頬《ほお》にそよぐ風のしめりけも心地良い。海のにおいがする。

槙本《まきもと》との待ち合わせは午後いちだから、どこかで時間を潰そうと思った。ひとまず空港内のレンタカー店へと向かう。ネット予約していたため手続きは簡単で、ほどよい大きさの白い国産車に乗り、あっという間に県道を走り出している。

アダンの防砂林が割れて、海が現れた。

「海だ！」

と、自然に声が出て、自分でも驚いた。喉の奥からこんな、屈託《くったく》のない声を出せたことが嬉《うれ》しくて、

「海だー！　海だー！　海だー！」

と、さらに大声を出してみる。

海の光は眩《まぶ》しくて、わざと出した声でも気持ちは盛り上がる。エアコンでうまい具合に冷えてきた車内だったが、急に熱い潮風を浴びたくなり、窓を開けると、ぴゅうっと一気に吹き込んで、

「お、いいぞ」

と、また声が出た。

「いいぞ、いいぞ。わ――――」

はしゃぐことなくこの歳《とし》まで生きてきた。学校の授業以外で、踊ったことも歌ったこともない。気分に任せて大声を出したことなど人生で初めてかもしれない。そんなふうにはしゃぐ自分を、恥ずかしくて直視できないところがあった。人の目を気にしすぎなのかもしれなかった。

「わ――――」

ひとり旅、ひとりドライブ。風が吹き抜けてゆく。こういう時は一人でも笑うべきだろうと思い、頬を緩ませてみる。スマホとペアリングしたカーオーディオから流れてくる洋楽に合わせて慣れない口笛を吹いてみたが、恰好《かっこう》がつかなかったので、それは途中でやめて、風に吹かれるままアクセルを踏んだ。

一周百キロもないこの島を訪れるのは、二度目だった。

初めて来たのは大学三年の春休みだから十五年ほど前になる。今勤めているコンサルティング会社から内定が出たことをゼミの先生に話したら、同じ会社から同時に早期内定をもらっていた同級生の岡部《おかべ》に伝わり、彼から旅行に誘われた。本島に一泊し、それからフェリーで島へと渡って二泊。家族以外の誰かと旅行するのは初めてだった。

岡部のことは、「親友」はさすがにおこがましいものの、「友達」と言ってもよい仲だったと思う。社交性に欠けると自覚している博光にとって、ゼミ内外で何かと積極的に絡んできてくれる岡部は貴重な存在だった。

あの旅行で今も残る後悔は、工藤《くどう》さんの連絡先を聞かなかったことである。

工藤さんは、岡部と博光を車で拾ってくれたお爺《じい》さんだ。船着き場から宿までの五キロほどの道を、タクシー代をケチって歩こうと決めた博光たちを、途中で工藤さんの車が拾ってくれた。

あの時、県道を歩いていたふたりのそばに車を停《と》めた工藤さんの、

「乗ってくか?」

という、ややしゃがれた声に、博光は緊張した。

「えっ、いいんですか」

岡部が即座に応じるのを見て、まじかと焦った。離島で見ず知らずの人間の車に乗るなんて、考えられないことだった。タオルを額にまきつけ、よく日に灼《や》けていて、いかにも田舎の好々爺《こうこうや》といった風貌ではあったが、いやいや、いくらなんでもこんなヒッチハイクみたいなことはあり得ない、と博光は思った。

しかし岡部は既にお爺さんの軽自動車の後部座席のドアを開けていて、「いやー、助かります。宿まであと三キロくらいあるんで」などとしゃべっている。お爺さんは岡部から今晩泊まる宿の名前を訊《き》くと、

「あー、マルミね」

知っているふうに答えた。空は明るく、遠くから波の音がした。どう見ても貧乏学生で、たいした金も無いのだから、俺たちを狙うとしたらお門違いだ。いざとなったら戦うし、武器を出してきたら逃げよう。博光は岡部の並びに座り、しかし何かあったらすぐ飛び出せるよう、ドアにロックをかけなかった。

慎重な博光がそのお爺さんにようやく安心できたのは、無事に届けてくれた宿の玄関先で、彼が宿の主人と親しげにやりとりをしているのを見たからだった。宿の主人がお爺さんを「工藤さん」と呼ぶのを聞き、名前もわかった。

話の流れで、翌日も博光と岡部を軽自動車に乗せて観光案内してくれることになった。そして翌朝、朝食を食べ終えた頃に、約束通り迎えに来てくれたのだ。

三人で海辺を気持ちよくドライブした上、ガイドブックには載っていないという屋外の吹きっさらしの温泉に連れて行ってもらったのは、青春時代のなんとも爽快な思い出だ。

島の北端の海辺の岩間にあるその温泉に、三人で浸《つ》かった。混浴だというから、女性が来たらどうしようかと途中まではらはらしていたが、波の音を聞いているうち雑念は消えた。茶褐色の温泉に、工藤さんは舌先をつけて岩場にぺっと吐き出し、「しょっから」と言って笑った。最初から最後まで三人だけで、海と大地を存分に味わった。社会人になってから、ひとりでいくつかの温泉地に行った

が、海辺のあそこほど野性的でかっこいい温泉を、博光は他に知らない。

その日の夜、博光は岡部と話し合い、ふたりで少しずつお金を出して工藤さんに渡そうと決めた。ガソリン代に足りるかどうかといったささやかな金額だったが、学生ふたりの精一杯の、感謝の気持ちであった。

しかし工藤さんはそれを固辞した。

——いいの、いいの、こんなのはおっちゃんの暇潰しだから。

三日目に船着き場まで送り届けてもらい、別れの時であった。

——でも、それじゃすまないんで。

岡部が何度も言い、最後にはティッシュにくるんだそのお金を押しつけようとさえしたが、「おっちゃんそんなの誰からも受け取ったことないんだから」、工藤さんはにかっと笑い、その前歯は欠けていた。学生たちからは一銭も受け取るまいとばかりに、両の手を後ろに組んで笑う工藤さんに、ふたりはぺこぺこ頭を下げるしかなく、また来ます、と約束してフェリーに乗った。

——あんな人、いるんだな。

デッキの手すりに持たれて、ちいさくなっていく島を見ながら、岡部がぽつりともらした。その目に涙が浮かんでいるのを見て、博光は目をそらし、

——めっちゃいい人だったね。

と、軽く答えた。

岡部の涙はとても綺麗《きれい》で、なぜか見てはいけないものを見てしまった気がした。

博光も岡部も、人気のコンサルティング会社に早期内定するほどには聡明な大学生だったはずだが、

若さゆえか気が回らず、さんざん世話になったその人の、肝心の連絡先を聞かなかった。そのため礼状すら出せず、一期一会となってしまったのである。

もう二度と会えないかもしれないと思うからか、工藤さんから聞いた話は今も心の中に蘇《よみがえ》る。若い頃からずっと本島の市場で働いていたけれど、身体を壊したことで実家のあるこの島に戻り、両親を看取《みと》った。今は趣味で野菜を育てたり釣りをしたりして暮らしていると言っていた。結婚の経験や子どもの有無については話が出なかったが、漏れ聞く言葉の端々から漂う淡い寂しさから、ずっとひとりで生きてきた人のように感じられた。今は「悠々自適のお爺さん生活」と、朗《ほが》らかに笑った。釣りのついでにドライブをし、観光客がいたら声をかけて車に乗せ、目的地まで運んでやる、おっちゃんの趣味みたいなものだと何度も言った。

工藤さんには工藤さんなりのルールがあり、まず、女性には声をかけない――こんなおっちゃんに声かけられて怖がらせちゃ悪いでしょ――。車のスペース上、三人以上のグループにも声をかけない――見ての通り前の席はおっちゃんの荷物で満杯なんだわ――。外国人にも声をかけない――おっちゃん言葉がわからないからね――。人相の悪いのにも声をかけない――そりゃ怖いもの――。

若い男のひとり旅かふたり連れを見たら、なるべく声をかけている。断られることのほうが多いが、乗ってくることもある。世間話をしながら、安全に目的地に届けてやるよ。こっちの時間は余るほどあるんだから。予定がないって言われたら、あの温泉にも連れて行ってやる。あそこは穴場だしな、おっちゃんも入りたいから。

こんなの、おっちゃんの趣味だから。

前歯が欠けているせいか、シュミがスミに聞こえた。しゃがれ声で何度もそう言うお爺さんの好意に甘えまくった三日間だった。

工藤さん、あの時、七十代にはなっていただろうか。十五年の時が流れ、もう他界していてもおかしくはない。少なくとも運転はしにくい年齢だろう。どこかで会えたら嬉しいが、そんな偶然はないな、と思いながら、海風を感じている。

坂を上り、ＳＮＳの「映《ば》えスポット」だという岬に辿り着いた。ここから見下ろすハート形の入り江を、写真にうまく収めるのが流行《はや》っているらしい。周りの観光客に合わせて博光も、誰に見せるあてもなく、スマホカメラのシャッターボタンを押す。ここに汐里がいたら、あらゆる角度から彼女の写真を、何枚も撮らされただろうなと思う。

汐里とは、結婚斡旋《あっせん》のマッチングアプリで出会ってすぐに、旅行が好きということで意気投合したのだったが、実際のところはどうだったのかわからない。自分がプロフィールの趣味欄に「旅行」と書いていたから、話を合わせてくれていた気がする。国内外数か所をふたりで旅行したけれど、汐里はひたすら自分の写真を博光に撮らせるばかりで、ふたりで写ろうという気はなく、景色を美しく撮ろうとするでもなかった。女の子というのはそういうものなのだろうと、少し残念にも、可愛らしいことだとも、博光は思った。街や文化や遺跡や自然をじっくり味わう旅ならば、ひとりで行けばいい。ひとり旅ならば慣れている。博光にとっては、女性と遠出すること自体が新鮮で、得難い経験だった。

映えスポットから山のほうへと造られたトレッキングコースをちょっと歩いたり戻ったりして、時間調整をした。休日に時間を作ってくれた先輩との待ち合わせには遅れられない。坂を少し下り、予定の時間より十分ほど早く、待ち合わせの「島カフェ」に到着した。

小高い丘の上にある、新しめの平屋の建物で、入り口の看板に、「海辺ｗｏｒｋの拠点　コリビング型ワーケーション・島カフェ」と書かれてある。要は自治体が島おこしの一環で運営しているコワーキングスペースだ。槙本から、待ち合わせの場所として指定されていた。

自動ドアで中に入ると、冷房が効いていて、外から見る以上に気持ちのよい空間であることに、まずはほっとした。普通のカフェと違って、入り口に事務所があり、受付の小窓が開いている。中にいるポニーテールの中年女性に槙本の名前を告げると、すぐにカフェスペースと反対側の個室エリアに案内された。個室は三つあり、それぞれに「島」「海」「空」とルーム名がついている。

案内されたのは手前の「島」と名付けられた個室で、四人入ればいっぱいくらいの狭さだったが、ちいさな窓から海が見えた。テーブルの端にモニターが一台据えられている。声を出さなければならないリモート会議などに適した場所だと思った。

壁の張り紙にＷｉ－Ｆｉのパスワードが載っていたので設定していると、ドアが開き、

「お、高橋くん、本当に来たねー」

朗々と声をかけながら、槙本が入ってきた。

大柄で日に灼けた槙本は、ラフなＴシャツ姿のためか、都会の会社で働いていた頃よりも一段とエネルギッシュに見える。

「今日はありがとうございます」

博光は立ち上がって頭を下げた。

「飛行機、揺れなかった？」

明るく声をかけながら、槙本は博光の向かいの席につく。と思ったらすぐ立ち上がり、

「飲み物とってくるわ」

と、軽快に身体の向きを変えた。

「あ、俺、大丈夫です」

博光が持参していた水筒を取り出して見せたが、槙本は、ちょっと待っててね～、陽気に言い置き、島ルームから出て行った。やがて、カフェスペースから麦茶を注《つ》いだ紙コップを手に戻ってくる。そして、

「いやー、まさか、高橋くんが名乗り出てくれるとはね。嬉しかったけど。はい」

紙コップを差し出しながら、博光に言った。

「ありがとうございます」

ひと口飲むつもりが、冷えた麦茶はことのほか美味《おい》しくて、ごくごくと喉を鳴らして飲む。

「俺、灼けてるでしょ」

槙本がシャツの袖をめくって、二の腕の白黒の境目を見せてきた。

「はい」

飲み終えた博光が頷《うなず》くと、

「高橋くんも、こっちに来たら、すぐこうなっちゃうよ」

と、面白そうに笑う。

槙本とは五、六年ほど前に一度同じチームで働いたことがある。今に比べてもう少し顎《あご》のあたりがシュッとしていて、眼光にも鋭さがある、ザ・コンサルといった感じの人だったが、一年半の島暮らしで南国風味がまぶされて、より陽気な性格になったようだ。同じ島に住んだところで、自分はこうはなれないと思うが、それでも前任者が暗いよりは明るいほうが気持ちが良い。

槙本の島暮らしが始まったのは一年半前だ。社内のフルリモートワークプログラムに当選したのだ。フルリモートワークプログラムは働き方改革の一環として会社が打ち出したもので、正確には「フルリモートワークトライアルプラン～ライフスタイルやライフステージにあわせてパフォーマンスを最大化させる地方共創プロジェクト～」という名称である。要は二年間地方に住み、フルリモートで全ての業務を行い、その様子を発信できる人物「若干名」に、実験的に新しい仕事のかたちを創出してもらおうというプランであった。

選考を通ってこの島に拠点を移した槙本は、それから一年半の間、島の中心部にある、広いバルコニーから海を見渡せる「タワマン」に単身で暮らしている。

自室だけでなく、このカフェスペースや海辺やプールサイドなどで仕事し、動画アプリを通じて、そうした様子を伝えるブログも公開していた。

もともと声が大きく、目立つタイプであった槙本からの発信は、社内でも話題になっていて、自分がこれに応募するとは思ってもいなかった時期から博光も目にしていた。

数か月前に槙本の、予定の期間より半年早い本社復帰が決まった。どうやら本人からの希望で、認められなければ辞めるというくらいの、固い決意だったらしい。すぐに後任の募集があり、それを見つけた博光が応募した。

エントリーシートを書いた時は、ダメ元の気分だったが、書類審査と上長との面談だけで、あっさり島行きが決まると、じわじわと焦り出した。槙本が応募した時の倍率は十数倍あり、実際に選考に落とされた人を何人か知っていた。フルリモートワーク希望者が、ここ数年で急減したようである。自分が通過したことに現実味を持てなかった。

「なんで応募したの」

槙本にストレートに質問され、本当に、なんで応募したんだろうと思いながら、

「昔、来たことあったんです、この島に」

と答えた。

「観光で？」

「まあ、そんな感じです」

「それで気に入ったんだ」

「はい」

「リモートワークならどこでもいいんだから、別の島を選んでも良かったのに」

「いや、ここが」

初めて友達と旅した場所だったので……と言おうとして、やめた。岡部はもう、友達ではない気がした。

「でも、意外だったな」と槙本が言う。「ほら、高橋くんには、あんまり島や海が好きっていうイメージもなかったから。高橋くんの同期だと、尾木《おぎ》なんかはスクーバダイビングやってたし、あいつはあるかなーなんて思ってたけど」

「尾木くんは子どもが生まれたばかりだから」

「あ、そっか。そりゃそうかー」

槙本は隣の椅子に置いたリュックからタブレットを取り出して、テーブルに置いた。

「プラン内容の細かいのは人事から送られてるよね」

「あー、はい。見てます」

博光もスマホを取り出し、画面に会社が上げていた「フルリモートワークトライアルプラン〜ライフスタイルやライフステージにあわせてパフォーマンスを最大化させる地方共創プロジェクト〜」の資料を広げた。

「一応、二年ベースってことになってるけど、俺もこうなったし、高橋くんも、まあ、やれるとこまでって感じで全然いいと思うから」

「そういえば、槙本さんはどうして戻ることに？」

期間途中で槙本が島駐在を中断する理由について訊《たず》ねると、

「正直言うとね、寂しくなっちゃったのよ」

と、本当に正直そうな回答が返ってきた。

「はあ、そうでしたか……」

「このプランが出た頃は、まだ全社的にリモートトムードだったじゃない」

「コロナの頃でしたからね」

「あの頃の俺はすっかりリモート脳だったし、ちょうど部屋の更新のタイミングもよくて、単純に、島？　いいじゃない、ってなったの。もともと俺のクライアントはＩＴ系が多くて、フルリモートの会社も少なくなかったから、二年？　全然いけるっしょ、むしろ短くね？　くらいのノリで。同期もどんどん結婚しちゃって、独身ならではの働き方ができるのは俺くらいだったから、行け行けって周りに煽《あお》られたのもあって、勢いで応募しちゃったんだよね」

「この島を選んだのは、やっぱり仕事の合間に素潜りしたかったからですか」

博光が言うと、

「高橋くん、動画、見てくれてるんだ」

と、槙本は急に照れた顔になった。

「会社のホームページで紹介されてましたから。『素潜りコンサルタント』って」

「いや、面と向かって言われると恥ずかしいわ、それ」

「なんでですか」

「『素潜りコンサルタント』って、それ。俺じゃないからね、人事が勝手につけたの。俺、大学で、素潜りサークルに入ってたんだよね、そのこと社内選考でもアピールしたから、なんか、こっち来たら素潜りしないとかっこつかなくなって。それで社内ホームページに連載頼まれたんだけど、リモートワークの広報につながる内容なら副業もＯＫってあったから始めたら、どうせなら動画にもしようって思って、やってるうちに収益化できちゃって」

「登録者二万人超えてますもんね」

「まあ、言って小遣い程度だけどね」

「すごいですよ。聞いている限り、理想的な『フルリモートワークトライアル』に思えますけど」

「一見ね、一見。今年に入ってから急に状況が変わってきちゃって、俺以外の全員が対面っていう会議なんかも増えてきて、流れで打ち上げの話なんか出てくると、そりゃあもう疎外感よ。一回、俺、自腹でエアチケット買って行っちゃったもん、チームの飲み会に」

「え、わざわざ?」

「わざわざ、よ。まあ、他にもいろんな用事をまとめて入れたは入れたけどね。そういうの、高橋くんは大丈夫?」

「そういうの、というと?」

「寂しくなったりとか。メンタル」

「俺は、大丈夫だと思います」

「彼女とか、いないの?」

いきなり訊かれ、え、と博光は固まった。こちらの反応を窺《うかが》う槙本の快活な表情が急に怖く思え、

「なんでですか」

と訊き返す。

「あ、ごめんね、プライベートなこと訊いて。そっか、会社的には、こういうの訊くのも、この訊き方ももうだめだったな。悪い悪い」

槙本は笑った。博光も笑おうとした。だが、合わせて笑う必要はない気もした。

博光の会社は、先輩から後輩または上司から部下への、プライベートを訊ねる質問が、「慎重に扱うべきもの」とされている。外国にある本社からの影響で、年次が上がるたびに研修でそのあたりのコミュニケーション法をみっちり叩《たた》きこまれる。恋人の有無どころか、ひとり暮らしか実家暮らしかといったあたりの一見常識的な質問も、親しくなるまではしづらい空気だ。だから、先輩や後輩と仕事に関係のないことを話せる仲になるまでには時間が要る。

もとから社交的でも会話上手でもない博光が、社内でさらに身構えていると、誰かと親しくなることなど、とてもできない。入社して十五年になるが、考えてみれば、会社の中でプライベートで会う人物はおらず、それどころか心を開いて話せる人間すらいない。飲み会をやる文化もなければ、つる

んでランチに行く風土もない。こっちが壁を作っているつもりはないが、自然と、業務内容以外の話はしなくなる。

このドライな社風を、博光は気に入っているつもりだったが、どこか渇くものがあったのだろうか。突然するりと入り込んできて、ものの好みや趣味から経歴や家族構成などプライバシーに関することまでつぶらな瞳でぐいぐい訊ねる汐里に対して、広げられるままに心を開いてしまった自分が、いまだに解せなくなる。

「そういえば、俺以外にもふたり、このプランで動いている人がいるでしょ」

槙本が言った。

「はい。たしか温泉地と、あと、湖畔の町に移住した人も」

「そうそう、そのふたりはさ、まだ二十代なんだけど、やっぱ結局週末は都心《まち》に戻ったりしてるらしいよ。言って彼らは関東近辺だから帰りやすいのよ。温泉はマチアプで遊びまくっているようだし、湖畔は街コンで知り合った保育士と婚約したって」

「よく知っていますね、そんな話」

「実は移住前に三人でグループＬＩＮＥ作って、ぽつぽつ情報交換していたの」

「へえ」

「最初の半年くらいは三人とものびのびやってたんだけど、少しずつダレてきちゃうところもあって。温泉は『このままじゃ成長できない』、湖畔は『このままじゃ結婚できない』って、次第にふたりとも焦り出してさ。そういうの見てたら、やっぱ、独身の若い奴《やっ》らが長期間田舎に引きこもるのは無理があるから、一年くらいのトライアルにするか、夫婦単位とか恋人を連れてったりできる人のほうが良かったんじゃないのって、会社にも提案しようと思っていた矢先、高橋くんが後任に決まったっていうから、そういうの大丈夫かって、一応訊いただけ」

「はあ」

「で、本当に大丈夫？」

改めて、真面目《まじめ》な顔つきで訊かれた。

「大丈夫です」

「まあ、高橋くんは、それ込みで選考に通っているんだしね」

槙本がやたらこの話題を引き延ばしてくるので、博光は顔をひきつらせたまま苦笑した。

婚約していた女性と半年前に別れまして、心機一転、こっちで生活してみようと思って応募したんです。そんなわけで、自分は当分、結婚とかは考えるつもりはありません……などと、話してみるところを想像する。槙本は軽薄に同情し、目を輝かせるだろう。別れた理由を根掘り葉掘り訊ねてくる。さしで話すのは初めてだったが、他人の事情にやたら興味を持ち、いっちょかみしたがるたちだというのは、もとからわかっていた気がした。博光は警戒し、自分から話をするのをやめた。すると槙本は、

「アレなら、こっちもスナックとかあるから連れてってあげようか。まあまあ可愛い子もいる」

と的外れな提案をしてくる。アレって何のアレだよと思いながら、「いやいいです」、真顔で断ると、槙本はいかにも面白がるふうに口をすぼめるようにして笑い、

「なんか、いいね、高橋くん。気に入ったよ。君ならこの島で二年間、うまくやれそうだ」

と、親指を立ててグッドマークを作った。

結局この日は槙本と、夜まで共に行動した。博光は遠慮したのだが、人恋しいタイプの槙本は、本社から来た後輩をアテンドするのを楽しみにしていたらしく、島のあれこれを見せるにも積極的で、夜まで放してくれなかった。

それぞれの車に乗り、博光が槙本の車を追いかけるかたちで、まずは彼がよく行くハンバーガー店までドライブした。海辺のその店はあたりに何があるわけでもないのに人が集まっていてレジには長蛇の列ができていた。並んで食べたハンバーガーは、島ポーク百パーセントだとかで、たしかにびっくりするほどジューシーで、SNSでバズって人気というのも頷けた。

「最近は外国人観光客が多くて、オーバーツーリズム気味。北端に温泉リゾートがあるんだけど、そこも人気らしくて」

ドライブ中、スマホの通話をつなぎっぱなしにし、前を走る槙本と通話しながら走っている。窓を開けて海風を浴びたり、歌をうたってみたりするのは、明日までお預けだ。

「温泉リゾート?」

「朝イチなら、わりと空《す》いているらしいけど、夏休みなんかはイモ洗い状態だって聞くし」

「海辺の温泉ですか。岩盤をくりぬいているような」

「いや、そんな本格的なんじゃなく、ほぼスーパー銭湯よ」

「スーパー銭湯?」

「それよか、そこから二キロくらい西に行ったところの入り江がいい感じに波がなくて、SUP《サップ》やれるよ。興味ある?」

「さっぷ?」

「知らない? 海の上に浮かべたボードの上に立つやつ。高橋くんも、何かマリンスポーツやったほうがいいよ。せっかく島で生活するんだから。会社のホームページで近況報告する時も、島らしいイベントがあったほうが映《ば》えるからね」

「はあ」

途中でパンケーキ屋やイタリアンなど、海辺にぽつぽつと立つ店を過ぎる。店構えだけ見ると、都会のそれらと変わらない。岡部と来た時には、こんなに洒落《しゃれ》た店はなかったと思う。ここは美味《うま》い、ここはいまいち、と槙本が解説してくれる。槙本は多くの店に精通していて、島暮らしをとことん満喫していたと思われた。

「コロナ禍で避難してきた人や、あとは島の政策で移住してきた人たちがいて、ここ数年で若者が激増したんだよね。洒落たカフェや雑貨店とかも多いし、それでなくとも今はネットで何でも買えるから、まあ、不便はないのよ」

実際のところ、島唯一の書店の並びにある外資系のコーヒーチェーンでお茶していると、ここがどこだかわからなくなる。こざっぱりした店内は、都心のビルの谷間にある同じチェーンの店とまったく同じ内装だ。さっき食べたハンバーガー店の内装はアメリカンだったし、パンケーキ屋はハワイ風の名称で、イタリアンではトリコローレが揺れていた。

さてコーヒーを飲み終えて、ふたりは島の中心部へと向かった。槙本がふざけて「タワマン」と呼ぶ、この島で最も背の高い八階建てのマンションの最上階が、住まいである。

博光は遠慮したのだが、せっかく掃除したんだからと言われ、それならばと上がらせてもらった。

便利な場所にあって築年数も浅いこの賃貸マンションに、もしかしたら博光も住むことになるかもしれず、中を見せてもらえるのは有難かった。以前槙本はルームツアーの動画をあげており、暮らしぶりはうっすら見知っている。十畳はありそうな居間からルーフバルコニーに出られ、その向こうに海が見えるこの空間に、社内で賞賛と羨望の声が上がっていた。夏休みに遊びにきた槙本の同期の家族が、バルコニーでビールを飲む動画がSNSにあがっていたのも覚えている。同期の子ども数人がその日買ってこしらえたばかりのインスタントプールで遊んでいた。

上がらせてもらうと、動画で見た居間だけでなく、軽く覗《のぞ》かせてもらった寝室兼書斎も、よく整えられて、洒落ていた。窓辺には、うねうねと曲がる幹《みき》に丸い葉が茂った観葉植物が育ち、その横のオープンラックにゲーム機器などが整然と置かれていた。

どこでどう買えばいいのか博光にはまったくわからない変わったかたちの間接照明といい、テレビではなくチューナーを内蔵しているプロジェクターで壁に映して視聴している様子といい、槙本が島の住処《すみか》を自分好みの理想郷に整えていた様子が見てとれ、こんなにいい感じで暮らしていても寂しくなるのか、帰りたくなるものか、と思う。

だが、帰りがけにトイレを借りた時、トイレットペーパーが少なくなっていたので、なんとなく棚を開けてしまったら、生理用品とおぼしきパックがあって、案外女性関係のトラブルで居づらくなったのかもしれないなと考えた。若い時はえげつない遊び方をしていたとか、噂《うわさ》も聞いた気がした。博光は棚の扉を閉めた。反射的とはいえ他人の家の棚を詮索したことを恥じた。

素晴らしい住まいを見せてもらった礼を告げると、槙本は、寝袋もあるよと冗談めかして言う。いや、帰ります。博光が大真面目に返すと笑われた。

マンションの駐車場に車を停めたまま、夕食は近くの居酒屋で食べた。島の伝統料理などは無く、都心のチェーン居酒屋と同じようなメニューだったが、案外こういうほうが普段使いするには良いのかもしれないと思う。

代行を頼んでやるからと槙本にしつこく言われたが、博光はアルコールを固辞し、さんぴん茶とジンジャーエールで通した。つまらない後輩だと思われ飽きられたとして、実害はない。最初のうちは、あれやこれやと博光のプライベートを詮索しようとしてきた槙本だったが、やがて興味をなくし、途中で隣の席に座ったバックパッカー風の外国人グループに話しかけられると、彼らと意気投合して盛り上がった。こういう時のコミュ力はさすがだなと思ったし、赤ら顔ではしゃいでいる姿を見ると、悪い人間ではないかもしれないと思い直す。

気分よく酔っぱらった槙本をマンションのエントランスまで送り届け、来客用駐車場から自分の車を出して、博光は宿泊先の丸美《まるみ》旅館へと向かった。本日の宿泊先だ。

手ごろなビジネスホテルに泊まろうと宿泊サイトをいじっていて、ふと見つけたのがここだった。なんと、十五年前に岡部と泊まった宿である。見つけた時、なんとなく嬉しくなって、予約ボタンを押した。

丸美旅館は島の中心部から少し離れた内陸の集落にある。カーナビをセットしてから県道を走り出したが、中心部を離れたとたん、あたりは闇に包まれ、少し不安になる。夜九時を過ぎても営業している店はほとんどなく、民家もなく、オーバーツーリズム気味と言っていたわりに、島の夜は暗すぎて、運転に集中力が要るから、流れてきたマイケル・ジャクソンの音量を落として、両手でしっかりハンドルを握った。

やがて、丸美旅館のある集落へと入った。近くに地元の動植物等を紹介する自然センターやアスレチック公園などがあり、中心部の次に栄えているエリアである。いくつかホテルも立っているので、明かりも見えて、ほっとする。

十五年前の記憶をたよりにのろのろと車を走らせていると、丸美旅館が見えてきた。三階建ての日本家屋で、入り口には黄色っぽいちょうちんが並んでぶらさがっており、思いのほか風情があった。

駐車場に車を停め、入り口へと向かう。夜九時半。消灯には早い時間だと思うが、玄関は暗かった。それでも、ガラス戸をがらがらと引くと、すぐに若い男性スタッフが現れて、「高橋さん？」と訊かれた。事前にメールで遅くなると連絡を入れておいたので、待っていてくれたのだろう。他の客室係の姿は見えず、あたりは全体的にしんとしている。素泊まり一泊でとっていたが、朝食を追加で頼んだ。ここの人は工藤さんの知り合いだったから、訊いてみようかと思っていたが、男性スタッフは食堂と共同浴場の場所を説明して鍵を渡すと、すぐに事務室へと戻って行ってしまい、世間話を差し挟む隙《すき》はなかった。

部屋は二階の和室六畳で、すでに布団が敷かれていた。外は暗く、窓の向こうに何があるのかは見えない。トイレは共同だが、部屋に洗面所はついていた。浴衣《ゆかた》に着替えて歯を磨き、それから共同浴場に行った。服を脱いだ時、足の親指のはらに傷があるのを思い出した。見ると皮が細長く剝《む》けていて、切りたい。どこかで鋏を買おうと思いながら、忘れていた。指で引っ張って千切れば痛いし血も出るだろう。部屋に鋏はあるだろうか。皮を綺麗に切りとって、消毒をして、絆創膏《ばんそうこう》をはるのがいいとわかっているのに、この数日間放置していた。

三人も入ればいっぱいになるくらいの湯船の、その中が少し濁《にご》っているように見えて、結局シャワーだけにした。学生の頃はまったく気にならなかった共同風呂の衛生状態を気にしていることに、十五年の年月を感じた。こんなことなら、島の中心地に立つ小綺麗なビジネスホテルに宿泊すれば良かったではないか。なんなら外資系チェーンのリゾートホテルに泊まることだってできた。そんなことをもやもやと考える。自分がこんなふうに感じるのなら、岡部なんかよっぽどだよな、と思う。共同風呂や共同トイレから、あまりにも遠い場所に、行ってしまった。

卒業後、岡部は博光と同期入社する予定だったコンサルを蹴って、年収がべらぼうに高いと聞く外資系の投資銀行に入社した。その後独立すると、不動産系の新事業を立ち上げて成功をおさめ……といった華麗なストーリーは、本人から聞いたものではなく、たまにゼミの教授がOBOG全員に流すメーリングリストの情報網や、業界向けのネットニュース記事などから、漏れ聞こえてきたものだ。

結局、卒業以来岡部とは一度も連絡を取っていない。内定者向けのイベントに何度も一緒に参加しながら、その裏で就職活動を続けていたことや、入社するかのように振舞いながらギリギリで辞退し他社に就職したことに対し、彼なりに後ろめたさを感じていたのかもしれない。博光はといえばそんなことはまったく気にしていなかったのだが、いつも連絡してくるのは岡部からだったから、岡部が断とうと思えばすぐに断たれる関係であった。

それでも博光は、今も岡部に恩を感じている。大学二年で同じゼミに入った当初、人に心を開くのが苦手なせいでなんとなく孤立していた博光を、飲み会だの打ち上げだのにしつこく誘って輪に引き込んでくれたのは、他ならぬ岡部だった。そういえば、工藤さんと関わることができたのも、岡部が人を信じる人間であったゆえのこと。今となっては卒業後も、呑気《のんき》なふうを装って、自分から連絡を取ってみれば良かったという気もする。単独行動を好む性質のため、自分から人に会おうと努力しなかった。いつかまた会うこともあるだろうと気楽に考えていたら、あっという間にこの歳になった。

二十代で超富裕層の仲間入りを果たした岡部がたまにSNSに載せる豪遊ぶりは知っている。贅沢《ぜいたく》品に興味はないが、モデルをやっていた妻との間に双子をもうけた彼がたまに上げるファミリーポートレートを見ると、なるほど、と思う。羨《うらや》ましいというよりは、リュックひとつで島旅をした同級生と、いつの間にここまで住む世界が違くなってしまったのだろうという感想だ。双子はインターナショナルスクールに通わせているそうで、もはや会っても話は合わないだろう。


部屋に戻り、布団に入ってスマホを見た。

休日返上で島を案内してくれた槇本に一本礼のメールを書くべきだとわかっていたが、気が進まない。どうせ寝ているだろうし、明日以降でいいだろうと思う。ネットニュースとメールをチェックし、自社やクライアントに関する大きなものがないのを確認してから、為替や外国の選挙のニュース記事など、一通り追って、消灯した。

暗い布団の中で、もしかしたらこのもやもやは日中ずっと槇本と一緒にいたせいかなと思う。ああいう人と長時間過ごすと疲労する。常にぼろを出さないように緊張していたからだ。

ぼろを出したくない。

心を見せるのが怖い。

以前は人との距離感をもう少し無造作に捉えていて、誰にどう思われようがさほど気にしていなかったが、汐里との出会いと別れは、自分の心のありようをいささか変えたようである。

――一度も好きになったことなかった。

汐里にいわれた言葉が急にきっぱり蘇ってきて、また心が痛くなった。

別れを切り出したのも、その理由を告げたのも、博光からだった。最初こそ驚いたふうに目を見開き、その目に綺麗な涙を浮かべる演出もあったけれど、状況を崩せないとわかったとたん、汐里の表情筋は白けたふうに弛緩《しかん》し、

——もういい。終わりね。

ゲームオーバーを簡単に受け入れたその顔に、目が覚めた。目は覚めるも心はしっかり抉《えぐ》られて、半年経《た》った今もまだ、その傷口からは血が流れているのかもしれなかった。

それからふた月ほどして、槙本の後任を求める案内を見つけた。即座に応募し、上長と面談をした。槙本のことは、隣の部門にいる声の大きな先輩程度の認識だった。「素潜りコンサルタント」の先輩がフルリモートの地として開拓した島のどこかで、工藤さんが存命かもしれないと思った。

博光は暗がりの中で寝返りをうち、息を大きく吐いた。

汐里との時間を思い出さないよう移住を決めたのに、こんなふうにじめじめと思い出してしまうようじゃ世話ないな、と自嘲する。槙本と汐里では、出会いも関わりもまるで違う。自分に近づこうとしてくる人物を全て敵とみなしていいわけがない。最後の店で外国人観光客のグループに島のクラフトビールを奢《おご》ってやっていた槙本の楽しげな赤ら顔を思い出すに、彼が明るく好奇心旺盛な善人なのだということもわかったじゃないか。もしかしたらあの人は、案外正義感が強いかもしれないな。用心深さだけ一人前で、いつも陰に引っ込んでしまうような自分に比べ、有り余るパワーで物事を良い方向に導けるのは、槙本みたいな人間ではないか。自分はあの時汐里に、何ひとつ言い返せなかった。彼女の心にある欠落をまざまざと見せられたというのに、指摘することも、変えることも、何ひとつ

できないまま終わらせた自分を、もっと情けなく思うべきなのかもしれなかった。

なんだかうまく眠れない。博光は部屋の電気をつけた。

やはり今日のうちに礼を書くべきだろう。布団の上に座って、スマホをオンにし、槙本に今日自分をアテンドしてくれたことへの感謝を伝える。誤字脱字がないのを確認して送信すると、ようやくほっと息をつけた。


翌朝になって、この部屋からは海が見えないことがわかった。低い崖に面していて、殺風景だ。空も見えないが、暗いことだけ伝わってくる。十五年前に泊まった時もこんな風景だったろうか。記憶はなかった。

台風が近づいているのはニュースで見ていた。夕方の便に影響はないことも見越してここまで来た。スマホで最新の気象情報を確認する。雨は降らないらしいが、窓を閉めていても、湿度が高いのがわかった。

朝食会場で魚を食べた。地味なお膳だったが、島の魚はふっくらと焼け、アオサの味噌汁《みそしる》は海のかおりがし、ご飯は粒が立っていて甘かった。岡部と来た時もこんな感じの朝ごはんだったのかなと思った。それもまた、覚えていなかった。

チェックアウトをする時、ふと思いつき、昨日鍵を渡してくれた男性スタッフに、

「工藤さんっていう方、知らないですかね。だいぶ年配の」

と、訊ねてみた。

期待はしていなかったが、

「知らないですねえ」

という回答がくると、まあ、そうだよなあ、と脱力する。

男性スタッフは昨夜と変わらずそっけない。朝食の給仕をしてくれた中年の女性スタッフは明るく話しかけやすそうであったが、姿が見えない。あの女性が女将《おかみ》なのだろうか。家族経営と思われるちいさな旅館だから、おそらく清掃に回っているのかもしれない。

泊まってはみたものの特に懐かしさも感じず、ただ時の経過を感じただけの丸美旅館を後にし、博光は車に乗った。午後の便までに時間はある。北端にあるという温泉リゾート施設を目指すことにした。

そこについては博光の中にあるひとつの予想があったが、あえてネットで詳しいことまでは調べずに、現地へ行ってみようと決めていた。思った以上に豪華で大きな温泉リゾート施設に到着した時、博光は、自分の予想が的中したのかどうかわからなかった。スマホの地図で見た限り、この場所は、かつて訪れた吹きっさらし温泉のあたりと思われたが、定かではない。あの野性的な自然の温泉が、こんな新しい場所に生まれ変わったのだろうか。

整備された駐車場に車を停めて、温泉リゾート施設の公式ホームページを確認した。五年前にオープンしたと書いてある。博光は首をひねり、車を降りてエントランスに向かった。

開館時間早々に来たのにすでに人が並んでいる。町民は数百円、町民以外は二千円をゆうに超えるという露骨に差をつけた料金設定を見て、これはこれで良いことだろうと納得しながら、自販機でチケットを購入した。

事前にネット予約もできたようで、若い観光客なんかはエントランスの機械に二次元コードをかざして、さっさと入場している。タオルや館内着を借りられるほか、岩盤浴、アロママッサージ、垢《あか》すりなど、様々なオプションもつけられたが、博光はシンプルに温泉のみのチケットを選んだ。

ロッカールームで裸になり、タオル片手に浴場へと行く。シャワーを浴び、まずは大きくて清潔な内風呂に浸かった。四十・二度と表示が出ており、ちょうどよい。

ふと見ると、奥のほうにちいさな空間が作られている。なんだろうと思い、湯に浸かったままゆらと近づいてみると、「メディテーションスパ」と書かれていた。少し入ってみたが、更に奥へ行く湯の道があり、その先には窓がなく、人の気配もない。進むにつれて暗くなった。こんな明るい島までできて瞑想《メディテーション》する奴があるかと思いながら、引き返す。逆側の露天風呂へつながる扉を開けた。

こちらは空が広がり、一気に南国リゾートで、人も大勢いた。

ガジュマル、ソテツ、ヤシの木といった南国の植物に囲まれた、曇り空でもどこかしら明るく賑《にぎ》やかに感じられる屋外のスパ空間には、寝湯、足湯、打たせ湯、腰湯、壺湯《つぼゆ》といった様々な形態の湯の楽しみ方が広がっていた。槙本の感想と同じく、都内の大型スーパー銭湯のようであると思いながら、手近なところにあった壺湯に、ひとまず入ってみる。人ひとり入ればいっぱいの壺湯はすでになみなみと湯が満ちていたので、中に入るや博光のからだ分の湯が、音を立てて一気に溢《あふ》れた。

「はー」

自然に漏れる自分の声を聞く。足をのばすことのかなわない手狭なその空間で、曇り空の弱い光がヤシの葉と葉の隙間からこぼれ落ちてくるのを味わう。湯の温度はちょうどよい。気温もよい。これはこれで……とまた博光は納得しようと思ったが、しかしなぜだろう、ふいに気持ちが翳《かげ》った。大層気持ち良いのだが、しかしなんというか、これは……

思っていたのと違う。

そう、これは、温泉ではない。いや、温泉といえば温泉なのかもしれないが、やはり、なんというか、これは違うのだ。

さっきの内風呂でも思ったことだったが、この壺湯はどことなく小学校の水泳の時間を思い起こさせる。プールの外のロッカーまで漂ってきた消毒液のにおい。あれよりかずっと薄いけれど、博光の鼻腔《びくう》は確実にそれを感じ取った。小学校にも子ども時代のプールにも、良い思い出など一つもない。だからだろうか、こんなにおいをかいでしまうと、リラックスできないのだ。

博光はひどく打ちひしがれた気分になり、壺湯を出た。もう帰ろうかと思いながら、それでもせっかく入場料を支払ったのだからという思いで、露天スパ空間を奥へと歩いていくと、「撮影禁止」「海辺吹きっさらし温泉（有料）」「撮影禁止」「↓」というプレートがあるのを見た。「↓」に従ってシュロの木の間の細道をゆくと、ほったて小屋があり、中にアロハシャツ姿のスタッフがいる。白髪で、だいぶ年配のようだ。近づいて、

「あのー」

おそるおそる声をかけると、小屋の中で何やら作業をしていた老人が顔をあげ、こちらを見た。

目が合った瞬間、まさかと思った。

そこにいたのは、工藤さんだった。

「あ、あの」

いやそんなことはないだろうと思い直してよく見るも、やはり工藤さんその人で、こんな奇跡があるものか。皺《しわ》が少し増えてはいるが、顔色はよく、明るい目の感じが変わらない。他のスタッフと同

じ赤いアロハシャツを着た工藤さんには、そう老《ふ》けた感じもなく、そのため記憶の中の姿にぴたりと重なり、怖いくらいだ。本当に十五年の時が経ったのかと、博光は軽い眩暈《めまい》をおぼえる。とはいえ、目の前のその人に、何からどう説明すればいいのか。瞬時にぐるぐる脳を動かしている博光に、

「入場?」

と工藤さんは訊いた。

「はい、いや、あの、工藤さんですか」

博光は率直に訊ねた。

突然名前の確認をされたというのに工藤さんはそう驚きもせず、頷いて、

「前に乗せたことあったっけか」

と訊いてきた。

そうか、と博光は瞬時に合点する。この人はこれまでたくさんの若者に声をかけて車に乗せてきたのだ。ならば自分は工藤さんからしたら多勢の中のひとり。覚えられていなくて当然だ。そう思うといくらか気楽な心持ちにもなり、

「はい。十五年前に、フェリーの船着き場をちょっと歩いたところから友達とふたりで工藤さんの車に乗せてもらいました。丸美旅館に送り届けてもらって、翌日にこの島、ぐるっと回って、それでこの温泉に連れてきてもらったんです」

と、ようやく落ち着いて話せた。

工藤さんは顔をくしゃっとして笑い、

「ああ、そっか。そうかそうか、それで、ここに来てくれたんか。運いいね、あんた。おっちゃんこ

こに毎日来てるわけじゃないから」

「そうなんですか」

「ここらも様変わりしていて、びっくりしたでしょ。隣にできたおっきなホテルと一緒に造られたの、ここ。でも、中の『吹きっさらし』は、変わってないよ」

「そうなんですね……どうしようかな、ちょっと入ってみようかな」

ほったて小屋の前の立て看板を見て、博光は少しためらったが、ここまで来たのだからと思い直し、腕に巻いていたロッカーキーを外した。施設内での支払いは全てこのロッカーキーに付けることになっている。

「お願いします」

博光はロッカーキーを工藤さんに渡した。

少しばかりためらったのは、吹きっさらし温泉への入場が、ここの施設利用料全体の数倍という、異様に高い価格設定だったからだ。以前はそばに車を停めて、岩肌を歩いて近づけば誰でも入れる自然の温泉だったのに、囲いを作っただけでこの金額を取るのは、さすがにおかしい。ぼったくりではないかと内心思った。

しかし、看板には「専用湯着&ビーチサンダルレンタル料込」「大事な自然を保護するため」とあり、ここまで来て引き返すほどには今の自分は経済的に困っていない。再会の御縁もあり、寄付するつもりで払おうと決める。

「いいよ、行きな」

工藤さんは、博光が渡したロッカーキーを受け取らず、

「これ、そこの裏で履いて」

と言って、茶色い布とビーチサンダルを寄こした。

「え、でも。払いますよ」

「おっちゃんのこと知ってる人は、ただで通すことになってるの。今までもそうしてっから」

「いいんですか」

「いいの、いいの」

博光は感謝し、そういえば工藤さんは自分のことを「おっちゃん」と呼んでいたなと懐かしく思い出しながら、渡された茶色い布を広げた。

タオル地でできたゆるい海水パンツタイプの湯着だった。混浴なので、泉質を悪くせずに身体を隠せるものを用意しているのだろう。以前工藤さんに連れてきてもらった時は、こんなふうに整備されておらず、真っ裸で浸かった。大学生だった自分は、女性が入ってきたらどうしようかとはらはらし、心から楽しめなかった。

回想ついでに博光は、一緒に温泉に浸かった岡部のやけに白い腹にくっきりと浮かんでいたあばら骨も思い出す。見られた岡部が、即座に身体の向きを変えた記憶も。

都心の私立中高一貫校から手堅く進めた受験勉強を経てほど近い私立大学へ進学した博光に対し、ああ見えて岡部は地方の、それも多くの過疎集落が問題になっている県の出身だった。

同じような地方出身者がオートロックつきの小綺麗な賃貸に住んでいる中で、岡部はトイレ風呂共同の学生寮に住んでいた。そうした住まいや、奨学金をもらっていることなど、どこでどう聞いたのか、偉いよねえ、凄《すご》いよねえ、とゼミの人たちが噂していた。塾に通わずに大学受験をしたという話も聞いた。人懐《ひとなつ》っこくて、やたらコミュニケーション能力の高いああいう男を、自分がわりとすぐに信頼したのは、案外に素朴なバックグラウンドを噂で聞いていたからかもしれないと、博光は後になってそう思い、そんな目で友人を見ていたかもしれないことを、申し訳なく感じた。

旅行で見たあいつの裸はがりがりだったが、それは若さと体質ゆえで、まさか栄養失調だったわけでもあるまい。アルバイトをたくさんしていたからか、ブランド物の服やバッグを持ってくることもあり、金に困っていたはずはない。

そう思うも、元同級生の意外に貧相だった裸は、妙に心に残っている。今や大金持ちで、ＳＮＳから見えてくる感じ、豪華なものばかり食べて、中年太りが始まっているようだ。けど、あの頃あいつが何を考えていたかは、きっと誰にもわからない。

博光が支度を整えると、工藤さんは小屋から出て、吹きっさらし温泉への扉を開けてくれた。博光は礼を言い、扉から外に出る。

十五年前に自分たちを案内した時、工藤さんは、明るくしゃべっていても、どこか寂しげに見えた。歳を重ねた今、この人がこれだけ大きな温泉施設で働いて、ささやかな稼ぎを得ていることに、少しほっとする。

曲がるみちみちに、「撮影厳禁」の看板がある。砂と石の交じった道はかたく、ビーチサンダルをレンタルできたのはありがたかった。

少し歩いた先で曲がると、いっきに海景色が広がった。

「お……」

と、つい声が漏れた。

海辺の岩肌がそのままくりぬかれたような、まさに吹きっさらしの、これはあの頃のままの温泉だった。

近づいて、ビーチサンダルを脱ぎ、赤茶色の湯に浸かる。

これだ、これ。

このお湯だ。

顔を近づけ、鼻腔に湯気を味わった。そこにたちのぼる濃い塩味。湧き出た瞬間は透明なのに、空気に触れるとじわじわと茶褐色に光り出すのは、鉄成分が多いからだ。中の露天温泉のまるで遊具みたいなあれやこれやが湛《たた》えていたかすかに消毒液のにおいのする湯とはまったく違う、かけ流しの、生きた湯。

雄大な大地を味わえるこの空間こそ、観光地としても最高だろうに、どうしてホームページや施設の入り口でほとんど宣伝されていなかったのだろう。工藤さんのいた小屋まで行って声をかけなければ気づかないほど、こんなにひっそりと存在しているとは。「大事な自然を保護するため」、ここまで目立たせないようにしているのか。

さすがにこの料金なので、吹きっさらし温泉には、博光以外には、くっついてちいさな声で話している若いカップルと、ほとんど話さない中年のカップル、ふた組だけであった。

しばらくして静かなカップルふた組は出て行き、温泉に、博光ひとりになった。

波の音が響いてくる。どこかから鳥の鳴き声がした。

高い金を払ってこんなところに来るのは、ムードに浸りたいカップルと俺だけか、と博光は思った。

混浴だから、女性ひとりでは入りにくいというのもあるかもしれない。博光はよりのびのびと足を伸ばした。最高の湯を独り占め。そういえば、槙本はこの施設について、「スーパー銭湯」というふうに言っていた。この吹きっさらし温泉の存在を知らないのだろう。「撮影禁止」の看板はあちこちにあった。これだけ徹底されていれば、ネットで拡散されることもなかろう。

汐里だったら……と思う。

「撮影禁止」とされていても、こっそり撮って、SNSに載せるかもしれない。そういうことをやりかねない人だった。博光とふたりで訪れたヨーロッパの教会の、撮影禁止エリアでも自撮りをし、職員に注意された。

汐里に請われるまま、指定されたアクセサリーをいくつもプレゼントしたことを思い出す。甘えてねだるのが得意な女性だった。同年代と比べてかなり高い給料をもらっている上、実家暮らしの博光は、それらを支払えないこともなかったし、ケチな男だと思われたくなくて、記念日のたびに買った。名前の呼び間違いから、二股をかけられていたことがわかった時には、目の前が暗くなるような思いがした。

汐里は泣いて詫《わ》び、自分を縛りつけてほしいと、博光に縋《すが》った。

もうひとりの男より、博光のほうが、何倍も好きなのだと言った。博光が忙しくて、寂しすぎて、博光に愛されているのか不安になって、それで、つい、他の男の誘いに乗ってしまった。そんな自分が本当に嫌い。

——すぐ寂しくなっちゃうんだもん。

そう言って泣きながら甘えてくる汐里を、許さないわけにはいかなかった。本当は、博光に一途だし、博光以外の男に自分の姿を見られるのも厭《いや》なくらいだし、博光のためだけに生きていきたいのだ。

だから、籍を入れてほしい。結婚してほしい。一生、博くんのために尽くしたいから。

博光は、たしかに仕事で忙しかった自分も悪かったと思った。

婚約してからの汐里が、鍵をかけたSNSに、外資系ホテルでのドレス試着の様子や、婚約指輪を選んだ後のアフタヌーンティーの写真など、きらびやかな姿をあげていたことを博光は知らなかった。

双方の親の顔合わせの日程を相談していた頃、どう調べたのか汐里の中学時代の同級生二名が、会社に電話をかけてきた。

汐里さんについて大事な話があると言ってきた見も知らぬ彼女たちに、会ってみようと思ったこと。

「あの子、昔いじめで人を死なせてるんです」と聞いた時、自分の未来の妻を誹謗《ひぼう》するのかと憤る気持ちが湧かなかったこと。思い返すに、もしかしたら自分の中に、すでに答えはあったのかもしれない。

博光が黙っていると、女性ふたりは口々に告げた。

——ニュースにもなりました。彼女の名前は出てないですけど。原因は、彼女が好きだった男がその子のことを好きになっちゃったことです。それからめっちゃ追い込んで……。

——あの子の鍵垢《かぎあか》のスクショが回ってきて、わたしたち、さすがにこれは……ってなりました。婚約者の人、知ってるのかなって、他のみんなも言ってます。ていうか、あの子が結局、何も知らない年上のエリサラと結婚して幸せになるようじゃ、亡くなった子が報われない。

——高橋さん、彼女とマチアプで知り合ったんですよね。妻となる人の本性を知らされないのは可《か》哀《わい》そうなことだと思って……。

——あの子、整形して、顔変えてるんですよ。

——これを聞いて高橋さんがどう判断するかはわかりませんが、彼女は、そういう人だということだけは、わたしたち伝えましたので。

一方的にまくしたてられ、わかりました、と博光は静かに言った。

女性ふたりは、これだけの話を聞かされても感情を乱さない博光を、よほど鈍感な男だと思ったようで、ため息をつく直前のような顔を見合わせた。

それから、中学校名と、両親が離婚したため苗字《みようじ》が変わっている汐里の、当時の名前を紙ナプキンに書いて渡した。

——もし嘘《うそ》だと思うなら、調べてください。

博光は、彼女たちと別れてすぐにスマホで情報を探した。午後の仕事は手につかなかった。帰宅し、さらに深く掘った。かつてのネットニュースの記事だけでなく、ブログのキャッシュから掲示板の書き込みまで漁《あさ》った。

さすがに、信じたくない内容だったし、所詮はネットの情報だ。捏造《ねつぞう》の可能性もあるのではないかとかすかな疑いも残り、次に会った時、汐里にどんな中学生だったのかと訊いた。のらりくらりと要領を得ない回答を続ける汐里に、

——昔、人をいじめていたというのは本当?

そう訊くと、最初は、「は?」と突っかかるような顔をし、それから悪事がバレた後のようなきまり悪そうな笑いを見せた。そして、一体誰から訊いたのかと、しつこく確認してきた。博光が黙っていると、かたちのよい目がみるみる吊《つ》り上がったので、とっさに考えて、会社の代表番号にかけてきた匿名の誰かからの告発だったことにした。ふたりの女性に会ったことを話してはいけないと、直感

的に思ったが、よく考えてみたら、彼女たちが博光に本名を名乗るわけもなかった。

最後までしらばっくれるかと思ったが、博光がひと通りネットで調べをつけていたことを知ると、汐里は観念したらしく、過去の行為についての言い訳を始めた。その内容は、いじめを苦にして亡くなった子がどれほど狡賢《ずるがしこ》く嫌な女だったかというもので、博光は、婚約までした女性のガラス玉のような目を、まっすぐ見ることができなくなった。過去の掲示板やまとめサイトに載っていた凄絶《せいぜつ》ないじめの内容を思い出す。人はあんなことをしておいて反省せずにいられるのかと、ひえびえとしたものを感じた。そういえば、訴えてきた元同級生ふたりは、汐里が幸せそうに結婚準備をしている様子の「スクショが回ってきた」と言っていた。過去を知る人物は「鍵垢」に含まれていないと踏んで、自慢したい相手だけに自慢をしていたのだろう。しかし「鍵垢」のフォロワーの中にスパイはおり、汐里の画策する「何も知らない年上のエリサラとの結婚」は妨害された。

話にひと区切りつくと、汐里は、性的な行為によって全てをなかったことにしようと試みてきた。凍りついた身体のまま、恐怖に近いものさえ感じた博光は、自然と後ずさっていた。その心を取り戻すことができないと悟った時、汐里は初めて、「おっさんのくせに昔のこと言ってくんのだるすぎ」と低い声で言った。そんな口のきき方をする汐里は初めてで、博光は驚き、緊張し、くちびるが強張《こわば》るのを感じた。

それでもなんとか平静を装い、自分はこのことを知ってしまった以上、君とこのまま結婚することが難しいという内容を、努めて冷静に告げた。こちらから袖にするというよりは、今後どうしたらいいかを考えようという提案のつもりだった。しかし汐里は博光に振られたと思ったようで、捨て台詞《ぜりふ》のように、わたしたち全然釣り合ってないし、一度も好きになったことなかった、と言った。呆然《ぼうぜん》としている博光は、「もういい。終わりね」と汐里から告げられた。

両家の顔合わせやら、式場やドレスの選択やら、新婚旅行の計画やら、様々な予定が白紙になった後で、自分も汐里を本当に好きだったわけではないと、博光は総括した。

異性の気配のない息子を心配する母親のプレッシャーをいつも感じていた。男子校に入れちゃったせいかしら、と真顔で嘆かれたこともあった。それが理由というわけではないが、三十もいくらか過ぎ、思い切って婚活用のマッチングアプリに登録した時は、付き合うならすぐ結婚できる相手がいいと思った。結婚を考えられない女性と付き合う理由もよくわからなかった。そんな思いで登録したマッチングアプリで、最初に会った女性にすぐに夢中になったと聞いたら、同世代の、それなりに恋愛を重ねてきた人間たちは、おおいに呆《あき》れるのだろうか。だけど、博光は真剣だった。時おり作ってくれる愛らしいお弁当やお菓子、ささやかなプレゼント、儚《はかな》げな表情や、温かくてやわらかい良いにおいのする肌に、幸せを覚えた。いくばくかの違和感に目をつむり、汐里にとってもこれが恋であってほしいと願った。でも、偽物だった。

博光はあれ以来心から笑ったことが無い。笑う必要があって頰を持ち上げる時、自分で筋肉を動かしている。槙本にアテンドされている間も、楽しくはあったが、彼と同じ表情をしようと、うっすら演技をし続けていた気がした。

自分なりの「総括」はしたものの、前に進めた気はしない。もう人と深く関わるのはやめようと思っている。そう思うよう追いつめられたともいえるが、結婚という、社会通念上適切と思われているだけの、本来、幸福に近づけるかどうかも不透明なものを求めることで、生産性のない傷を負うことの意義を、もはやどこにも見いだせないのだ。

それにしても、わからない。汐里がどうして自分と結婚しようと思ったのか。よく働く従順な夫を得られるとでも思ったからだろうか。しかし彼女の若さと美貌で本気を出せば、起業家や医者など、もっと稼ぎのいい人を狙えたはずだ。

それなのに、なぜ自分を選んだのか。

そこには、ほんのわずかでも、純な理由があったのではないか。ほんのわずかでも……と、過去に対してそのような、いじましい希望を持ってしまう自分に気づき、何度頭を振ったか知れない。だが、汐里が自分にかけた言葉や見せた素顔の全てが嘘だったとは、どうしても思えないのだ。

いずれにしても、あのような酷《ひど》いいじめをした過去のある人と一緒になるのは、間違いだ。何も知らずに結婚していたら、とりかえしのつかない傷を負うことになっただろう。汐里の過去を告げてきた元同級生のふたりに対し、当初は無責任で狡猾《こうかつ》な野次馬という感想しか持てなかったが、長い目で見れば感謝すべきなのだ。この程度の痛みで済んだことを幸いに思うべきなのだった。……と、闇の中をぐるぐると手触りだけで前に進むように、同じことを何度も自分に言い聞かせた。過去を認めた彼女の、ガラス玉のような目がどれほど怖かったかを忘れまい。そう思うのに、あの時感じた恐怖を覆うように、甘やかな日々の記憶が蘇り、吐き気をおぼえ、人間が怖くなった。以来、食べ物の味もしないような週末たちを、いくつもやり過ごしてきた。

ふと気づくと、赤茶色の湯の中で、指がふやけてしまっていた。いろいろなことを思い返しているうち、思いがけず長い時間浸かっていたようだ。

立ち上がった時、痛みがないことに気づいて持ち上げた足の、親指のはらを見た。思ったとおり、ささくれのあたりの皮膚が少し膨らんで、傷が治り始めていた。

それを見て、奇跡の温泉、という言葉を思いついたが、いや違う、と訂正した。温泉の効能もいくらかあったかもしれないが、この一時間にも満たない入浴だけで治るわけがなかった。温泉成分はおまけのようなもので、本当は自分の身体が、ずっと治ろうとし続けていたのだ。

ささくれだけでない。この傷を治したのと同じ湯が、浸かった皮膚全てにしみこんでいる。治りたいと全力で叫んでいる自分の身体にも、そして心にも、しみこんでいる。

湯あたりをおこさないよう、ゆっくりと出て、ビーチサンダルを履いて岩肌を歩き出すと、海風が吹きつけてきた。

ふりむいて見ると、海辺に湧きだしている温泉の赤茶けた湯に、ちょうど割れた雲間から陽《ひ》が射《さ》している。

それは、たしかに奇跡を感じさせる美しさだった。

入り口のほったて小屋へと戻ったが、工藤さんの姿はなかった。少し待ってみたが、戻ってくる気配もなく、もしかしたら休憩に出ているのかもしれなかった。もう一度会ってちゃんと礼を言いたかったから、残念だった。向こうにとっての自分がワンノブゼムであることを思った。どこかで遅い昼食をとり、レンタカーを返して、飛行機に乗らなければならない。博光はロッカーへ向かった。

着替えて、着用した海水パンツとビーチサンダルを返却し、出口のそばにあるフロントへと向かう。若いスタッフにロッカーキーを返し、途中で買った飲み物の精算をしていると、スタッフたちの休憩室とおぼしき扉が開いて、工藤さんが中の若いスタッフたちと談笑しているのが見えた。

少し迷ったが、ここでこのまま帰ったら後悔するだろうと思った。博光は受付のスタッフに頼んで、工藤さんを呼び出してもらった。

若いスタッフたちと同じユニホームを着て楽しく談笑していた工藤さんは、博光に呼ばれると、気安い笑顔でいそいそと出てきてくれて、

「吹きっさらし、よかったっしょ?」

と訊いてくれた。

十五年の時が経ったとは思えない、若返ったかのようなその笑顔に、この人もまた奇跡だと思った時、歯があることに気づいた。そうか、おっちゃん、歯の治療をしたのか。

「すごくよかったです。ほぼ貸し切り状態で」

答えながら、博光は、ホームページにも受付の案内にも、海辺の吹きっさらし温泉の案内が出ていないことについて、改めて不思議に思った。あそこならば、夕陽に映える、素晴らしい写真が撮れそうなのに。いくらでも観光客を呼び込めそうな、最高の温泉なのに。何事もSNSでバズらせようとしている時代に、法外な入場料を取り、拡散を禁じている……。不思議なマーケティング戦略だ。

「そしたら、またいつか、来てよ」

工藤さんに言われ、

「あ、俺、もう少ししたらこの島に住むことになるんです」

と、博光は言った。

「あ、そうなの。何。仕事で?」

「はい」

「そしたらあんた、またすぐ来ればいい。おっちゃんがいる日は、吹きっさらしに通してやっから」

工藤さんが嬉しそうに言う。すると横からスタッフの女性が、

「この方も、おっちゃんの友達?」

と話しかけてきた。博光が事情を説明すると、

「おっちゃん、こう見えてすごいですよね。そういうたくさんのご縁があって、今やアンバサダーなんですから」

と教えてくれた。

「アンバサダー……?」

工藤さんは「ほれ」と言って、アロハシャツの胸につけている金色のバッジを見せてくれた。温泉施設のロゴが入り、「アンバサダー」と書かれている。

「すぐそばのでっかいホテルが、おっちゃんをあんばさだーにしてくれたの。この建物も作ってくれたけど、吹きっさらしだけは昔のままを変えないようにって、あんまり人が入らないようにって、ちゃんとやってくれたから、あそこだけ手つかずでしょ」

工藤さんが朗らかに話すのを聞いた博光は、この世界に、彼が親切にした人たちがたくさんいて、互いに知らないままでも緩やかにつながっていることを、それもまた奇跡だな、と感じる。

「移住してきたらまた来ます」

そう言って、温泉施設を後にした。工藤さんはエントランスまで出て、手を振ってくれた。

たまたま訪れた日の、短い時間の中で、工藤さんに出会えた。苛立《いらだ》たしかった親指の傷も海辺の湯のおかげで癒えた。自分はこの島に縁があるのだろう。工藤さんとの再会を奇跡のように感じたが、実は呼ばれていたのかもしれないと、柄にもなくスピリチュアルなことを考えた。

槙本からの返信に気づいたのは、レンタカーを返し、空港で帰りの便を待っている時だった。酔い過ぎたことを謝罪し、自分が世話になった不動産会社の紹介を申し出る、簡潔で親切なメールだった。ついでに、槙本さんが住む「タワマン」の現在の空き情報と、島カフェのコワーキングスペース利用案内のＵＲＬも付けてくれていた。やはりこの人は悪い人間ではないし、きっと仕事もよくできるのだろう。

その時、電話がかかってきた。この島の市外局番だったので、槙本の顔が浮かんだが、連絡を寄こすならばメールのはずだ。通話ボタンを押すと、丸美旅館を名乗る声がした。忘れ物でもしたのだろうかと思いながら、耳を澄ませていると、

「さきほど『工藤さん』のこと、お訊ねくださりましたか。もしかして、昔ヒッチハイクの人を乗せていた工藤さんのことでしたら、わかりますよ」

と、女性スタッフが言った。

どうやら、チェックアウト時に若い男性スタッフにした問いかけが、女性スタッフ――女将だろうか――に伝わったらしい。そろそろ客を受け入れだす忙しい時間帯だというのにずいぶん親切に電話をしてくれるのだなと感謝しつつ、さきほど温泉施設でたまたま工藤さんに会えたことを伝えた。

「あら良かったわあ」

と声を弾ませた女性は、その後、こう続けた。

「工藤さん、昔うちの父の釣り仲間で、元気だったころは魚を取ってきてくれたりもしたんだけど、父が十年前に他界してしまって、それから付き合いがなくなってしまったんですよ。随分そのままだ

ったんだけど、コロナより何年前だったかね、学生のころに工藤さんの車に乗せてもらったって言う人が問い合わせてくれて、工藤さんの居所を調べてほしいって。それで、いろんな人に頼んで探しまわったことがあったんですよ」

「そうだったんですか」

「運のいい人なんだから。もう今じゃ、あのホテルの温泉で、若返っちゃって。元気だったでしょう」

「ええ、元気でした」

と、答えながら、不意に浮かんだ疑問のような確信のような、ちいさくて奇跡的なその発見が、自分の心の中に光り出すのを、感じていた。今日は何度、まさか、と思ったことが本当になっただろう。謎の瞑想《メディテーション》スパや、おっちゃんの胸にあったアンバサダーのバッジが、ちらちらと頭に浮かんでは消える。足の指のはらも、もうちっとも痛くない。帰りの便の搭乗が始まることを告げるアナウンスが流れ出した。

急《せ》くような思いにかられ、博光は立ち上がり、そのままゲートには向かわず、スマホに耳を押しあてながら人の少ない静かなエリアへと移動して、

「すみません、その、問い合わせた人物、岡部って奴じゃなかったですか」

と、訊ねた。

「あー、そうだったかな。お名前はちょっと、忘れちゃってて。調べておきましょうか」

「すみません、お願いします」

電話を切り、搭乗ゲートに向かいながら、指先をせわしく動かして、めいっぱいに検索する。島の

北端にできたという外資系ホテルチェーンの誘致に携わった企業、建物オーナー、ホテルの経営会社、温泉施設の開発に関わった企業。そのプランナー。

飛行機が離陸するまでの短い時間内では、表に出ている情報しか掬《すく》いきれず、詳《つまび》らかにすることはかなわなかった。電子機器の利用制限のアナウンスが流れたので、機内モードに変更した。会社に戻ってから、伝手《つて》をたどっていくらでも調べることはできるだろう。その気になれば、なんでもできる。どんな奇跡も起こり得る。そう思いながらふと見た窓の向こうは一面の、青、青、青。飛行機が高度を上げてゆく。ほとんど確信とも取れる想像に、久しぶりに胸が高鳴るのを感じながら高らかな離陸を味わうこの瞬間、博光の頬は自然に緩んでいる。

参考図書

『温泉ソムリエテキスト』 遠間和広監修（温泉ソムリエ協会）
『全国温泉大全』 松田忠徳（東京書籍）
『感動の温泉宿100』 石井宏子（文春新書）

初出

「女友達の作り方」（「小説宝石」二〇二四年三月号）
「また会う日まで」（「小説宝石」二〇二三年七月号）
「おやつはいつだって」（「小説宝石」二〇二二年十一月号）
「わたくしたちの境目は」（双葉社『憧れの女の子』収録）
「五十年と一日」（「小説宝石」二〇二三年四月号）
「島と奇跡」（「小説宝石」二〇二四年十一月号）
右の掲載作品を加筆修正しました。

朝比奈あすか（あさひな・あすか）

1976年東京都生まれ。2000年、大伯母の戦争体験を記録したノンフィクション『光さす故郷へ』発表。2006年「憂鬱なハスビーン」で第49回群像新人文学賞を受賞して小説家デビュー。ほかに『彼女のしあわせ』『不自由な絆』『人間タワー』『人生のピース』『君たちは今が世界（すべて）』『ななみの海』『普通の子』など。子どもの生きづらさに寄り添う作品は中学校の入試問題に出題されることが多く、過熱する中学受験を扱った『翼の翼』も教育業界で話題に。本書は、温泉ソムリエマスターの資格をもつ著者の新境地となる。

温泉小説《おんせんしようせつ》

2025年4月30日　初版1刷発行

著　者　朝比奈《あさひな》あすか
発行者　三宅貴久
発行所　株式会社 光文社
〒112-8011　東京都文京区音羽1-16-6
電話　編　集　部　03-5395-8254
　　　書籍販売部　03-5395-8116
　　　制　作　部　03-5395-8125
URL　光　文　社　https://www.kobunsha.com/

組　版　萩原印刷
印刷所　萩原印刷
製本所　ナショナル製本

ISBN978-4-334-10623-2
JASRAC 出 2501674-501